REVIEW

열일곱 살에, 학교 도서관에서 처음 캐드펠 수사 시리즈를 읽었는데 완전히 푹 빠지고 말았다. 어떻게 21세기 한국의 고등학생이 12세기 영국의 수도사에게 친밀감을 느낄 수 있었을까? 책을 펼치면 캐드펠 수사가 가꾸는 허브밭의 싱그러운 향이 미풍에 실려 오는 것만 같았고, 부지불식간에 이웃처럼 정이 든 마을 사람들이 삶의 우여곡절을 겪을 때는 함께 탄식했다. 그 생생한 경험을 통해 역사와 문학을 동시에 사랑하게 되었는지도 모르겠다.

서른다섯 살이 되어 캐드펠 시리즈를 다시 읽고 싶어졌는데, 혹시 두 번째로 읽었을 때의 감회가 예전만 못할까 걱정했었다. 기우 중의 기우였다. 열일곱 살에 발견하지 못했던 부분들을 잔뜩 발견하며 읽을 수 있었고, 역사추리소설을 추천하는 자리에서 매번 자신 있게 추천하곤 했다. 소박하고 담백하게 시작해 역사의 큰 톱니바퀴와 힘 있게 맞물려 들어가는 이 놀라운 이야기에 대해 말할 때 한없이 행복했다.

엘리스 피터스가 육십대 중반에 이처럼 대단한 시리즈를 시작했다는 것을 떠올리면 마음에 환한 빛이 든다. 먼 길을 다녀와 켜켜이 쌓인 지혜를 품고 유적지를 직접 걸으며 작품을 구상했을 작가를 상상하고 만다. 멋진 일은 언제든 시작될 수 있고, 심혈을 다해 빚은 이야기는 시간과 공간을 뛰어넘는다는 것을 보물 같은 작품들을 통해 믿게 되었다.

정세랑
소설가

REVIEW

엘리스 피터스는
가장 뛰어난 추리소설 작가다.
UMBERTO ECO
움베르토 에코

캐드펠 수사는 한 세기를
완벽하게 구가한 셜록 홈스에
비견되는 창조물이다.
LOS ANGELES TIMES
BOOK REVIEW
LA 타임스 북 리뷰

이보다 더 매력적이고 인상적인 탐정은
찾기 어려울 것이다.
SUNDAY TIMES
선데이 타임스

서스펜스와 역사소설이 혼합된
유쾌하고 독창적인 작품.
LONDON EVENING
STANDARD
런던 이브닝 스탠더드

시리즈가 추가될 때마다 기쁨을 느낀다.
연대기 시리즈가 계속 이어지기를 바란다.
USA TODAY
USA 투데이

캐드펠 수사는 분명 범죄소설의
컬트적 인물이 될 것이다.
FINANCIAL TIMES
파이낸셜 타임스

엘리스 피터스의 미스터리는 역사적 디테일,
마을과 수도원의 중세 생활상, 생생한
캐릭터 묘사, 우아하고 문학적인 문체 등
이야기 그 자체로 즐거움을 선사한다.
THE WASHINGTON POST
워싱턴 포스트

스타일과 격조를 갖춘 미스터리로
멋지게 포장된 뛰어난 역사소설.
THE CINCINNATI POST
신시내티 포스트

엘리스 피터스는 중세인들의 삶을 상세하고
설득력 있게 재현함으로써, 독자들을
강력하게 흡인하여 교묘하게 짜여진
중세의 어두운 미로 속으로 데려간다.
YORKSHIRE POST
요크셔 포스트

고전적인 의미의
선과 악이 격투를 벌이는 역작.
CHICAGO SUN-TIMES
시카고 선 타임스

어둠 속의 갈까마귀

THE RAVEN IN THE FOREGATE

THE RAVEN IN THE FOREGATE
Copyright©1986 by Ellis Peters
All rights reserved.

Korean translation copyright©2025 by Bookhouse Publishers Co.
Korean edition is published by arrangement with
Intercontinental Literary Agency(ILA) through EYA(Eric Yang Agency).

이 책의 한국어판 저작권은 에릭양 에이전시를 통해 Intercontinental Literary Agency(ILA)와 독점 계약한 (주)북하우스 퍼블리셔스에 있습니다. 저작권법에 의해 한국 내에서 보호를 받는 저작물이므로 무단 전재와 무단 복제를 금합니다.

어둠 속의 갈까마귀

엘리스 피터스 장편소설
손성경 옮김

북하우스

CADFAEL

중세 웨일스

1 아를레흐웨드
2 아르본
3 흘레인
4 흐로스
5 디프린 클루이드
6 마일로르
7 컨흘라이스
8 펜흘린
9 메카인
10 아르수이스틀리
11 마일리에니드
12 엘바일

CADFAEL

슈롭셔와 웨일스 국경지대

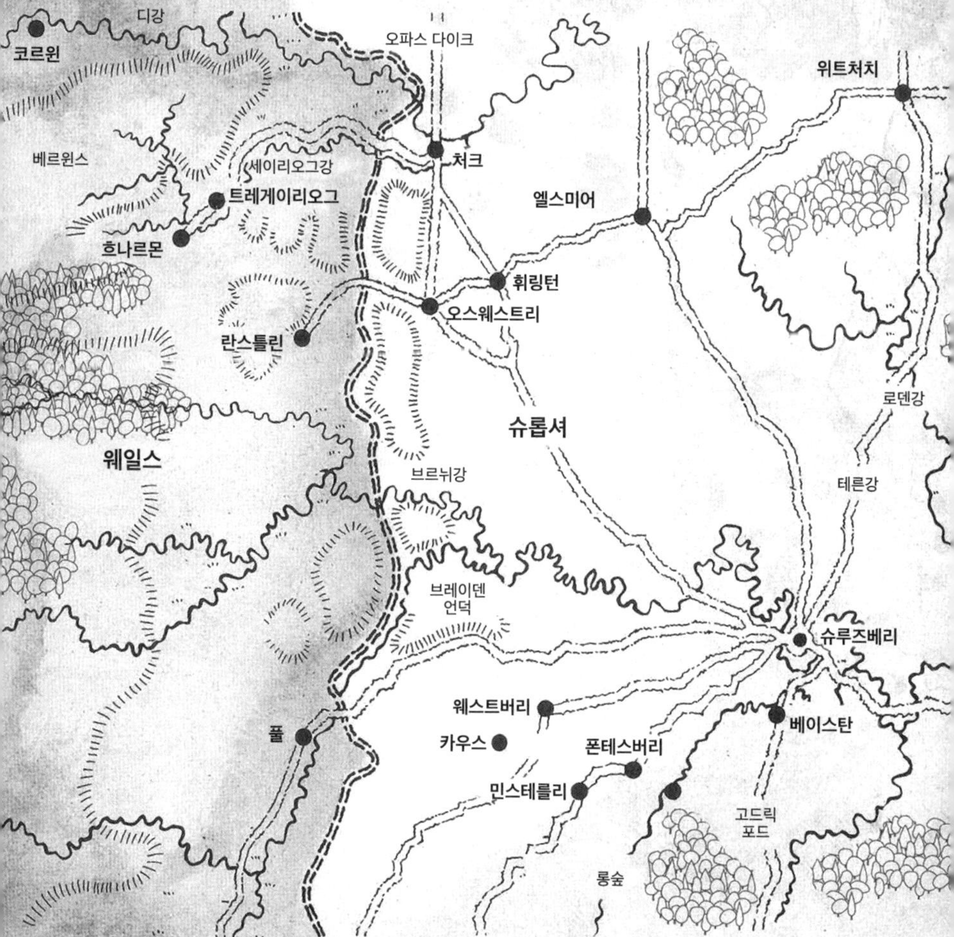

- 코르윈
- 디강
- 오파스 다이크
- 위트처치
- 베르윈스
- 세이리오그강
- 트레게이리오그
- 처크
- 엘스미어
- 흐나르몬
- 휘링턴
- 오스웨스트리
- 란스틀린
- 로덴강
- 슈롭셔
- 브르뉘강
- 테른강
- 웨일스
- 브레이덴 언덕
- 슈루즈베리
- 풀
- 웨스트버리
- 베이스탄
- 카우스
- 폰테스버리
- 민스테를리
- 고드릭 포드
- 롱숲

CADFAEL

슈롭셔주 슈루즈베리

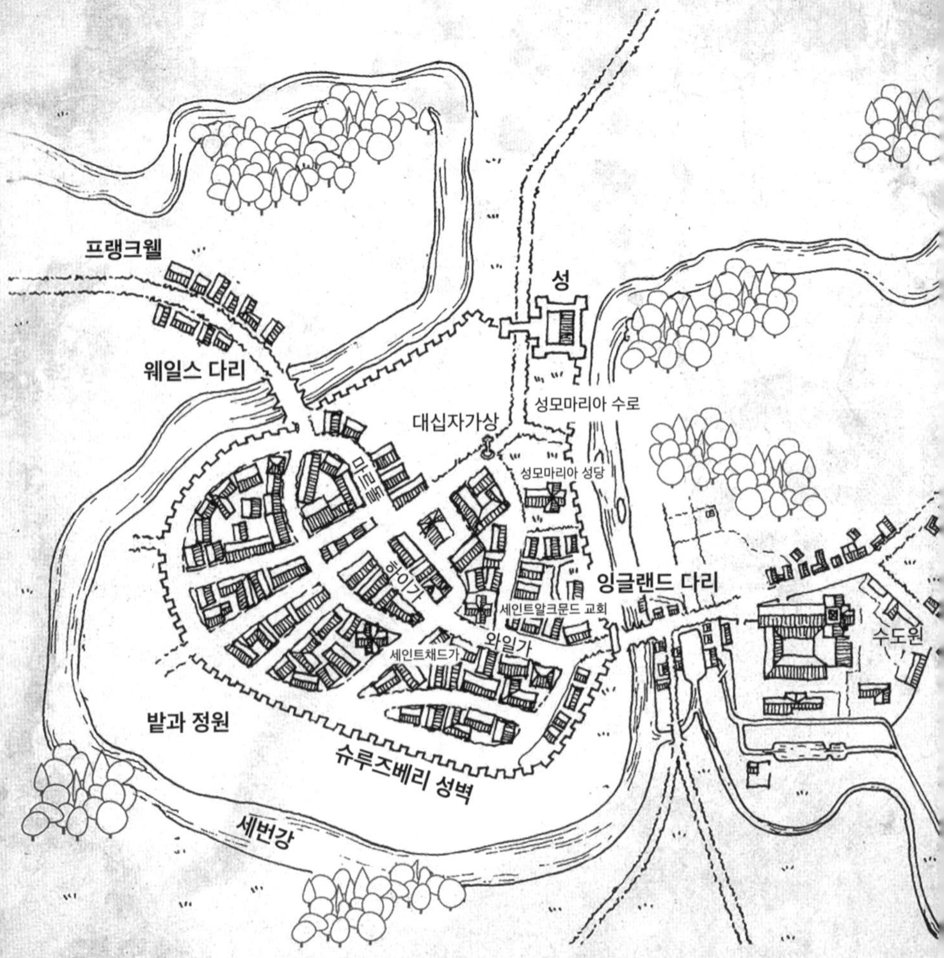

CADFAEL

슈루즈베리
성 베드로 성 바오로 수도원

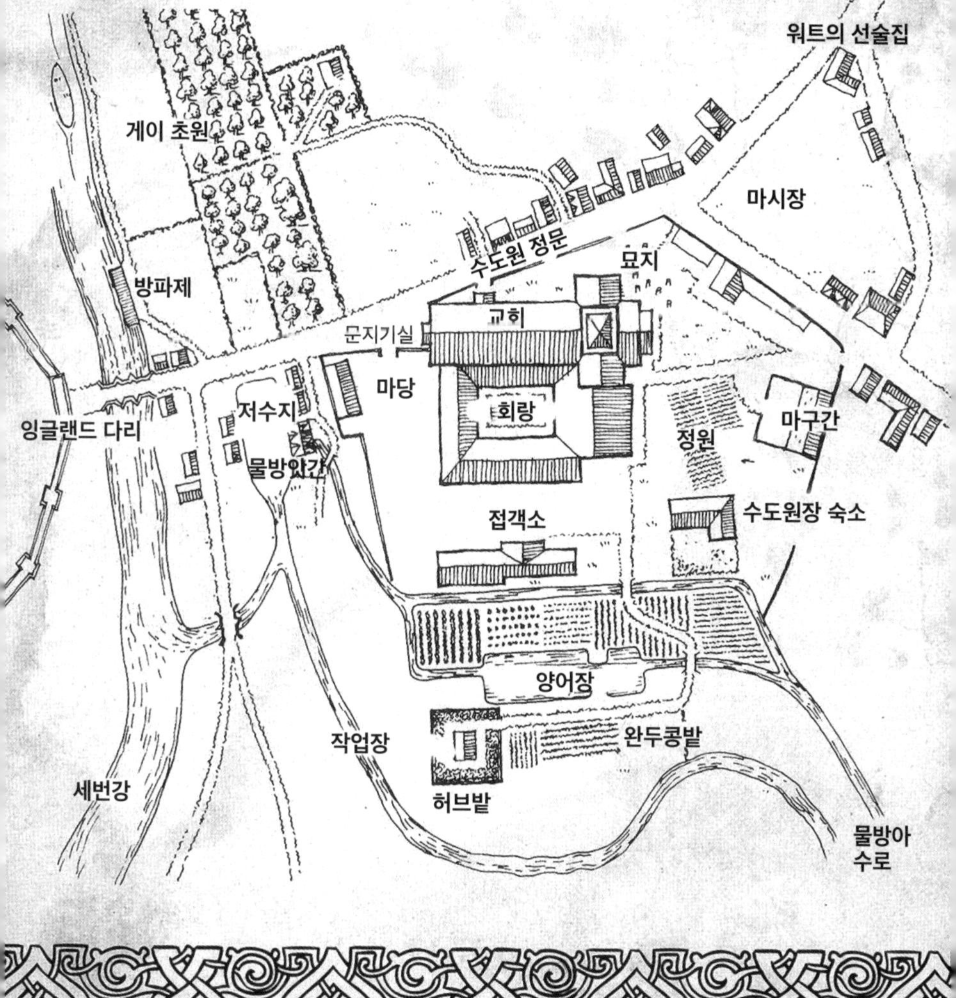

일러두기. 주석은 모두 한국어판 주다.

중세 지도
4

어둠 속의 갈까마귀
11

주
311

1

 12월 1일, 총회에 참석한 라둘푸스 수도원장[1]은 미간을 찌푸린 채 골똘히 생각에 잠긴 얼굴을 하고는, 수사들이 제시한 온갖 사소한 안건들을 서둘러 처리했다. 평소 말은 별로 없지만 다른 이들의 요구 사항이나 제안을 끝까지 잘 들어주던 그가 이토록 초조해하는 것으로 미루어, 오늘은 무엇인가 긴급한 일에 대해 생각하고 있는 모양이었다.
 "여러분께 알릴 것이 있소." 마침내 그가 마지막 안건을 처리한 뒤 후련한 듯 입을 열었다. "며칠간 부원장께서 수도원 일을 맡아줄 거요. 내게 그러듯 잘 따르고 도와주기를 바라오. 난 교황 대사이자 윈체스터 주교이신 블루아의 헨리 주교[2]의 부름을 받아 이달 7일 웨스트민스터 사원[3]에서 열리는 회의에 참석하게 되었소. 내가 자리를 비운 동안 여러분도 이번 고위 성직자 회의에 이 나라에 평화를 가져올 지혜와 화해의 정신이 깃들게끔 기도해 주길 바라오. 최대한 빨리 돌아오겠소."

담담하고 조용한 그의 목소리에서 일종의 체념이 느껴졌다. 지난 4년간 잉글랜드의 왕위를 놓고 싸워온 두 세력 사이에 화해의 기미가 거의 보이지 않는 터였다. 어느 편에도 그런 지혜는 없는 듯했다. 그러나 나라의 사정이 내전이 시작되었던 때처럼 급박하게 흘러가 또다시 무익한 과정을 되풀이하는 결과를 낳을지라도, 계속해서 지혜를 구하고 화해를 희망해야 하는 것이 교회의 일이었다.

"그에 못지않게 신경 써야 할 다른 중요한 일들이 우리에게 있다는 점은 잘 알고 있소." 수도원장이 말을 이었다. "하지만 그건 내가 돌아온 뒤로 미룰 수밖에 없겠군. 특히 홀리 크로스 교구를 담당하던 애덤 신부의 후임자를 정해야 하는 문제가 있지. 성직 임명권은 수도원에 있으니 말이오. 그분을 잃은 게 아직도 마음이 아프오. 애덤 신부는 오랫동안 하느님을 섬기며 영혼을 구원하고자 노력해온, 참으로 귀한 동료였소. 그분을 대신할 사람을 정하기 위해서는 많은 생각과 기도가 있어야 할 거요. 일단 내가 돌아올 때까지는 부원장께서 적절하게 교구 업무를 봐주실 테니 여러분 모두 부원장의 지시에 따라주길 바라오."

그는 어두운 얼굴로 회당에 모인 수사들을 잠시 둘러보았다. 침묵이 흘렀다. 라둘푸스 원장은 이 침묵을 이해와 동의의 의미로 받아들이고 자리에서 일어섰다.

"오늘 총회는 여기까지요."

*

"원장님께서 내일 떠나신다고요. 말 타고 가기에 좋은 날씨가 될 것 같네요." 허브밭에 자리한 캐드펠 수사의 작업장에서 문밖을 내다보던 휴 베링어가 말했다. 아직 푸른 풀이 드문드문 남아 있었고, 가늘게 웃자란 가지 위에 용감하게 꽃봉오리를 달고 있는 장미나무도 몇 그루 보였다. 1141년, 올해의 12월은 가만가만 내딛는 발끝걸음처럼, 온화한 바람과 얇은 구름으로 덮인 하늘을 데리고 조심스레 다가오는 중이었다. "황후의 기세가 등등했을 때는 그쪽에 붙었다가 이제 다시 슬그머니 다른 쪽으로 향하는 줏대 없는 이들에게도 마찬가지로 좋은 날씨가 되겠지요. 아마 지금쯤 숨을 죽이고 전세를 관망하는 사람이 꽤 많을 겁니다."

"교황대사인 주교는 꽤 난감할 게야." 캐드펠이 말했다. "그분은 숨을 죽이든 행동에 나서든 늘 사람들의 주목을 받게 되니 말일세. 변절을 하면 모두가 알지. 그래도 1년 사이 두 번이라니, 너무 심했어."

"게다가 그분은 교회의 이름으로 그러지 않았습니까, 수사님. 교회의 이름으로요! 개인이 아니라 교황과 교회의 대표자가 변절했다고요. 무슨 일이 있어도 교황과 교회의 불과오성을 수호해야 하는 대표자가 우왕좌왕하는 거예요."

아닌 게 아니라 블루아의 헨리가 주교들과 수도원장들을 회의에 소집한 게 벌써 두 번째였다. 첫 번째 회의는 4월 7일에 윈체스터에서 열렸다. 회의의 목적은 모드 황후[4]를 통치자로 인정한 자신의 결정을 정당화하는 것이었으니, 당시에는 황후가 세력을 크게 키우고 정적인 스티븐 왕[5]을 브리스틀의 감옥에 가둔 시기였기 때문이다. 그리고 두 번째 회의가 12월 7일 웨스트민스터에서 열릴 예정이었고, 이번 회의의 목적은 스티븐에게로 돌아가는 결정을 정당화하는 것일 터였다. 지금은 왕이 감옥에서 풀려나고, 수도에 입성해 왕관을 움켜쥐려던 모드의 시도는 런던시에 의해 결정적으로 무산되어버린 상황이었다.

"그분이 아직 완전히 마음을 정하지 못했다 해도 이젠 결정을 내려야만 하겠지." 캐드펠은 존경과 비난이 뒤섞인 심정으로 고개를 저었다. 그의 갈색 머리칼도 이제 반백이 다 되어가고 있었다. "몇 번째로 편을 바꾸는 건지…… 헨리 왕이 아들 없이 죽었을 때 그분은 딸인 모드 황후에게 충성을 맹세했었네. 그러다 그녀가 자리를 비운 사이 자기 형인 스티븐이 권력을 잡자 이를 용인하지 않았나. 그 후 스티븐의 운이 다한 듯했을 때 또다시 황후와 화해하면서―어쨌든 그것도 화해는 화해라 할 수 있지―스티븐이 신성한 교회를 모욕하고 괴롭혔다는 비난으로 자신의 행동을 정당화했고. 이번에도 똑같은 주장을 하면서 황후를 비난하려는지, 아니면 주머니 속에서 뭔가 새로운 걸 꺼내려는지 모르겠군."

"새로 나올 만한 게 있겠습니까?" 휴가 어깨를 으쓱였다. "그는 교회의 청지기라는 직위를 이용해 모든 것을 정당화할 겁니다. 결국 거기 모인 사람들은 4월에 들었던 이야기를 또 듣게 될 테죠. 그래봤자 모드 황후에게 확신을 주었던 것 이상으로 스티븐 왕에게 확신을 주지는 못하겠지만, 사실 스티븐 왕도 모드가 그랬듯 헨리의 지지를 거절할 여력이 없으니 한두 번 호통을 치고 넘어가는 수밖에요. 주교는 이를 갈며 애먼 성직자들만 노려본 다음 뻔뻔한 얼굴로 원한을 삼킬 테고요."

"그분이 태도를 바꾸는 것도 이번이 마지막일 거야." 토탄 몇 덩이를 여기저기 넣어 화로가 천천히, 알맞게 열을 내도록 신경을 쓰며 캐드펠이 말을 받았다. "보아하니, 황후는 아마도 유일한 기회가 될 만한 것을 내던져버린 것 같거든."

헨리 왕의 딸은 정말이지 종잡을 수 없는 사람이었다. 어린 시절 신성로마제국 황제인 헨리 5세와 결혼한 그녀는 독일 신민들의 마음에 굳건히 자리 잡았고, 그리하여 남편이 죽은 뒤 잉글랜드로 돌아오라는 부름을 받았을 땐 그곳의 전 국민이 경악과 슬픔 속에 그녀에게 남아줄 것을 간청했다. 그러나 이곳 조국에서는 상황이 달랐다. 적이 자신의 손에 들어오고 머리에 왕관이 씌워질 순간이 다가오자 그녀는 원한을 드러내며 매우 오만하게 행동했을 뿐 아니라 과거에 당한 모욕을 철저하게 되갚았으니, 이에 런던 시민들은 당장 들고일어났다. 물론 황후에게 남아달라고 호소하기 위해서가 아니라 그녀를 내쫓고 그들의 지배자가 되려는 그녀의 희망을 무참하게 끝장내버리기 위해서였다.

황후가 자신의 가장 충실한 지지자들에게조차 표독스럽게 군다는 사실이야 누구나 알았지만, 그럼에도 여전히 훌륭한 귀족들이 황후에게 애정과 충성을 바치고 있었다. 특히 황후의 이복 오라비인 글로스터의 로버트 백작[6]이나, 그녀의 옹호자이자 연인으로 동쪽 끝 월링퍼드 성채를 지키고 있는 브라이언 피츠카운트[7]에 필적할 만한 사람이 스티븐의 진영에는 없었다. 그러나 이미 그녀의 권리를 되찾는 일은 한두 명의 영웅만으로는 불가능한 일이 되어버렸다. 황후는 자신이 포로로 잡고 있던 스티븐을 내주고 상대에게 붙잡힌 이복 오라비를 돌려받지 않을 수 없었다. 그 없이는 어떤 것도 이룰 수 없었기 때문이었다. 그렇게 잉글랜드의 상황은 다시 원점으로 돌아갔다. 모든 것을 다시 되풀이해야 하는 지금, 황후로서는 설령 이기지 못할지언정 포기할 수 없을 것이었다.

"이곳 수도원에서 보면 이 모든 일들이 이상하게도 멀고 비현실적으로만 느껴지네. 속세와 군대에서 보낸 40여 년의 세월이 없었다면 내가 이처럼 뒤숭숭한 꿈 같은 세상에 산다는 게 도무지 믿기지 않았을 걸세." 캐드펠이 생각에 잠겨 말했다.

"라둘푸스 원장님께는 좀 다를 겁니다." 휴는 자못 진지한 태도로 대꾸한 뒤 조용히 겨울잠 속으로 빠져드는 포근하고 촉촉한 정원의 풍경을 등진 채 나무 벽에 기대어놓은 장의자에 앉았다.

토탄 아래 약해진 화로의 작은 불빛에 그의 두 볼과 턱과 이마가 또렷하고 섬세하게 드러났다. 검은 두 눈 속에 잠시 불꽃이 번쩍이는 듯했으나, 이내 눈꺼풀과 짙은 속눈썹이 그 빛을 꺼버렸다.

"왕이 다시 자유의 몸이 된 지금, 원장님이야말로 그 주위에 몰려든 어떤 인간들보다도 더 좋은 조언자의 역할을 할 수 있을 텐데요…… 하지만 왕은 그분의 말을 들어보려고도 하지 않겠죠. 그분은 왕이 듣고 싶어 하는 말을 하지 않을 테니까요."

"지금 왕은 어떻게 지낸다던가? 지난 1년의 포로 생활이 꽤 고됐을 게야. 그래, 앞으로도 계속 싸워나갈 것 같은가? 그 사이 열정이 사그라들지는 않았고? 이젠 뭘 할 것 같나?"

"그 질문에 대해서는 크리스마스가 지난 다음에야 더 확실하게 대답할 수 있을 것 같군요. 왕은 건강하다고 합니다. 하지만 포로 생활을 겪는 동안 쇠사슬로 묶여 지냈던 일에 대해서만은 황후를 쉽게 용서할 것 같지 않아요. 감옥에 들어갈 때보다 마르고 굶주린 상태로 나왔다는데, 아마 굶주림의 고통이 오히려 정신을 집중시키는 역할을 했을 겁니다. 원래는 참을성이 워낙 부족한 사람이잖습니까. 첫날 전투를 시작하거나 포를 쏘아대며 포위공격을 했다가, 사흘째가 되어도 별 소득이 없으면 싫증을 내고, 닷새째면 아예 또 다른 사냥감을 찾아 떠나곤 했죠. 그런데 이젠 한 가지 목표물을 쓰러뜨릴 때까지 눈을 떼면 안 된다는 점을 배운 것 같아요. 사실 가끔 왜 우리가 이렇게 그를 따르고 있는지 회의하다가도, 그가 직접 나아가 포효하며 전투에 임하는 모습을 보면—링컨 전투 때처럼 말이지요—그 이유를 깨닫게 되지요. 황후가 처음 애런델에 상륙했을 때, 그는 황후를 사로잡은 셈이나 마찬가지였어요. 그런데도 그녀를 포로로 잡을 생각은 않고 로버트 백작의 성까지 호위해주는 것을 보면서 저는 그를 바보라고 욕했습니다. 하지만 동시에 그런 면 때문에 그를 사랑하기도 하거든요. 그 쓸데없는 기사도 정신으로 다음엔 또 어떤 터무니없는 일을 저지를지 아무도 모르지만, 그분을 다시 뵐 수 있게 되어 그저 기쁠 뿐이에요. 그분이 지금 어떤 생각을 하고 있는지는 이제 알아볼 참입니다. 저도 부름을 받았거든요. 스티븐 왕은 캔터베리에서 성탄절을 보낸 뒤 왕관을 다시 쓸 작정이랍니다. 두 사람 중 누가 이 나라의 진정한 왕인지 모두가 알게끔 하려는 거죠. 자신을 따르는 모든 주의 행정 장관들에게 거기 모여 왕을 수행하고 각 주의 사정을 설명하라는 명을 내리더군요. 슈루즈베리에는 적법하게 임명된 장관이 없는 터라, 제가 가게 되었습니다." 그는 주의 깊게 귀를 기울이는 캐드펠의 얼굴을 올려다보며 어두운 미소를 지었다. "분별 있는 조치라 할 수 있지요. 감옥에 1년 가까이 있다 나왔으니 누구에게 어느 정도의 충성심을 기대할 수 있는지 알아둘 필요가 있지 않겠습니까. 그렇지만 이번 방문이 제겐 행정 장관으로서의 지위를 빼앗기는 계기로 작용할 수도 있다는 점은 부인할 수 없군요."

캐드펠로서는 생각도 해본 적 없는 일이었다. 전 장관인 길버트 프레스코트가 전투에서 입은 상처와 그로 인한 건강 악화로 죽음을 맞이한 이후, 휴는 어쩔 수 없이 이곳 행정 장관의 직무를 맡아온 터였다. 당시 왕은 브리스틀에 포로로 잡혀 있었기에 어떤 주의 관리도 임명하거나 좌천시킬 수 없었다. 이에 휴는 지위에 맞는 권한을 갖지 못한 채로 줄곧 왕을 위해 일하며 이곳의 평화를 지켜왔으니 치하를 받아 마땅했다. 그러나 왕이 권력을 회복한 지금 너무나 젊고 한미한 집안 출신인 이 귀족에게 현재의 직위를 계속 유지하도록 허할 것인지, 아니면 국경 지대에 있는 어느 귀족의 환심을 사 자기에게 묶어둘 수단으로 그 임명권을 사용할 것인지는 아무도 확신할 수 없었다.

"어리석은 소리를 하는군!" 캐드펠이 단호하게 말했다. "왕은 스스로에게만 바보 같은 짓을 하는 사람이야. 그는 자네의 기개를 보고 자기 신하의 부관으로 삼았네. 앞으로도 그 평가는 달라지지 않을 테고. 그래, 얼라인은 그에 대해 뭐라고 하던가?"

아내의 이름을 들을 때마다 선이 뚜렷한 휴의 얼굴은 금세 온화한 표정을 띠며 부드러워지곤 했다. 캐드펠 또한 다르지 않아, 그 이름을 부를 때면 근엄함이 미소에 자리를 내주었다. 그는 두 젊은이가 서로에게 반해 구애하고 결혼하는 모든 과정을 지켜본 사람이자, 이번 크리스마스 무렵 두 살이 되는 그들 아들의 대부이기도 했다. 여리고 상냥했던 얼라인은 이제 품위와 침착함까지 갖춘 성숙한 여인으로 변모해 있었으니, 휴와 캐드펠은 어려운 일이 있을 때마다 그녀에게 의지했다.

"왕이 과연 제 공로를 인정하고 고마움을 표할지, 얼라인은 회의적이에요. 그가 어리석든 지혜롭든, 어쨌든 스티븐에겐 자기가 거느릴 관리들을 선택할 권리가 있지 않냐고 그녀는 말하더군요."

"자네 생각은 어떤가?" 캐드펠이 물었다.

"잘 모르겠어요. 왕이 저를 인정하고 임명장을 준다면 계속 지금처럼 이곳 국경을 지킬 것이고, 그러지 않으면 메이즈버리로 돌아가 체스터와의 경계선이라도 지켜야겠지요. 체스터의 라눌프가 또다시 제 영지를 확장하려 시도할 경우 누구라도 막아야 할 테니까요. 저를 대신해 이곳을 맡게 될 왕의 신하는 아마 동쪽과 서쪽, 남쪽을 책임질 거고요." 이어 휴가 갑자기 화제를 바꾸었다. "그건 그렇고 수사님, 제가 떠나 있는 동안, 특히 크리스마스 무렵에는 저희 집에 오셔서 얼라인의 말벗이 되어주시면 좋겠군요."

"이번 크리스마스에는 내가 제일 복 많은 사람이 되겠군." 캐드펠이 유쾌하게 말을 이었다. "원장님과 자네 모두 즐겁게 다녀오길 기도하겠네. 내가 즐거울 것은 확실하니 말이야."

*

라둘푸스 원장이 웨스트민스터의 부름을 받기 일주일 전, 수도원 사람들은 슈루즈베리 수도원 앞 대로에 자리한 홀리 크로스 교구에서 17년간 교구신부로 일해온 늙은 애덤 신부의 장례식을 치른 터였다. 녹을 받는 성직의 임명권이 수도원에 있기도 하고, 슈루즈베리 성 베드로 성 바오로 수도원[8] 예배당은 홀리 크로스 교회의 본당이기도 했기 때문이다. 그곳 예배당은 성문 너머, 날로 번성하고 성장해가는 교외 지역에 사는 사람들에게도 개방되어 있었다. 시내는 하나의 자치도시나 다름없었으니, 수레바퀴를 만드는 장인이자 마을 대표인 어월드는 비공식적으로나마 시장이라는 호칭을 사용했으며, 수도원과 교회는 물론 도시 전체가 그 무해한 허세를 눈감아주고 있었다. 수도원이 자리한 이 마을의 준법성과 평판이 꽤나 괜찮은 데다, 적법하게 임명된 성의 관리들과도 아무런 갈등이 없었기 때문이었다. 속인들과 수도원 사이에 사소한 다툼이 일거나 시내와 외곽의 혈기왕성한 젊은이들끼리 이따금씩 짧은 갈등을 벌이는 일도 생기긴 했지만, 그런 문제가 하루를 넘어가는 경우란 없었다.

애덤 신부는 그곳에서 아주 오랜 시간을 보내왔다. 젊은이들 모두 사람 좋은 그의 그림자 밑에서 자랐고, 노인들도 그를 다가가기 어려운 사제라기보다 가까운 친구나 이웃으로 여겼다. 그는 교회 맞은편 좁은 골목길 안에 있는 작은 집에서 혼자 살림을 하며 지냈다. 나이 많은 자유민 한 사람이 교구의 시골 지역에 있는 그의 경작지와 밭들을 돌보았다. 홀리 크로스는 수도원 앞 대로 외곽까지 아우른 큰 교구로, 교외의 장인들과 상인들, 더하여 시골 지역의 소작인들과 촌락민들까지 모두 이곳 교구민이었다. 애덤 신부의 뒤를 이어 어떤 사제가 오는가 하는 문제는 그들 모두에게 중요한 일이었으니, 애덤 자신도 어딘가 편안한 세계에서 걱정스러운 눈길로 이를 지켜보고 있으리라.

애덤 신부의 장례식은 라둘푸스 수도원장의 주재하에 치러졌고, 고인을 기리는 연설은 로버트 페넌트 부수도원장[9]이 맡았다. 그는 큰 키에 은발을 반짝이며 더없이 귀족적인 태도로, 가장 위엄 있고 애달픈 목소리를 내어 마치 은혜를 베풀듯 애도사를 했는데, 이는 아마 애덤 신부가 글을 겨우 아는 정도인 데다 비천한 집안 출신에 허세도 없는 사람이었기 때문일 터였다. 애도의 뜻을 누구보다 훌륭하게 표현한 사람은 교구의 교회지기인 컨릭이었다. 그는 애덤이 교구신부로서 보낸 세월에 대해 잘 알고 있었다. 고인을 가장 간절히 그리워하고 있을 이 교회지기에게 위로의 말을 건네기 위해, 캐드펠은 제단 위의 초들을 다듬고 있던 그의 곁에 멈춰 섰다.

"슬프고 친절한 분이셨지요." 컨릭이 쑥 들어간 눈을 가늘게 뜬 채 초의 심지를 응시하며 입을 열었다. 늘 그렇듯 마지못해 내뱉는 듯한 낮고 거친 음성이었다. "많이 지쳐 계셨어요. 그러면서도 죄인들에게 참 너그러우셨는데……."

성무일도를 암송하듯 대답할 때를 제외하고 컨릭이 한 번에 열 마디 이상 입 밖에 내는 것은 극히 드문 경우였다. 그러나 그가 하는 말에는 예언적인 힘이 담겨 있었다. 그래, 열일곱 해 내내 인간들의 끊임없는 실패에 대해 들어야 했으니 지쳤을 만도 하지, 캐드펠은 생각했다. 위로와 질책과 용서를 한없이 반복하며 지내다 보면 예순 살이 될 무렵엔 누구라도, 특히 애덤처럼 악의도 노여움도 없는 사람 같은 경우에는 더더욱 피로를 느낄 수밖에 없을 것이다. 또한 그는 인간의 죄에 대해서도 희망과 동정심을 지키려 애썼으므로 너그럽고 친절한 사람이었다. 과연 컨릭은 누구보다 그를 잘 알고 있었다. 아마 애덤 신부를 알고 지내온 세월 동안 스스로 그의 특성들을 흡수하기도 했으리라.

"그분이 그립겠구먼. 우리도 그렇다네." 캐드펠이 말했다.

"신부님은 멀리 계시지 않을 겁니다." 엄지와 검지로 타버린 심지를 꺾으며 컨릭이 말했다.

컨릭은 쉰 살이 넘어 보였으나 그의 정확한 나이가 몇인지는 아는 사람이 없었다. 태어난 날짜만 알 뿐 출생 연도를 모르기 때문이었다. 검은 눈과 머리칼, 누런 피부, 오래 입어 해지고 빛바랜 검은색 가운. 그는 애덤 신부가 예복을 갈아입고 교회 물품들을 보관하던 북쪽 현관 위의 작은 방에서 지냈다. 말이 없고 신중하며 늘 한결같은 사람으로, 뼈대가 길고 강인하지만 무척 야위었다. 가난하기 때문이기도 했지만 은둔자 특유의 습관 때문이기도 했다. 시골 자유민 출신인 그에겐 성안 북쪽 어딘가에 가족을 이루고 사는 형제가 있었다. 축일이나 휴일이면 가끔 그곳을 방문하기도 했지만 최근에는 거의 걸음을 하지 않았으니, 그의 삶이 이루어지는 공간은 이 큰 예배당과 위층의 작은 방이 전부인 셈이었다. 워낙 마른 몸에 말이 없고 머리칼이나 눈동자나 옷이나 모두 검정 일색이라 사람들이 두려워하고 피할 법도 한데, 실상은 전혀 그렇지 않았다. 어두운 외모와 침묵 너머에 무엇이 감추어져 있는지 알아서일까, 수도원 앞 대로의 개구쟁이들조차도 그를 두려워하거나 싫어하는 기색을 내비치는 일이 없었다. 그는 자신만의 취향과 개성을 지닌 착한 사람, 말하는 것을 즐기지 않지만 누군가 자신을 필요로 할 때 늘 그 자리에 있는 사람, 그의 주인이 그러하듯 방문객을 빈손으로 돌려보내지 않는 사람이었다.

그의 침묵을 불편해하는 이들도 그에게 존경을 품지 않을 수 없었고, 가장 순진무구하고 꾸밈없는 이들은 그와 함께 있는 것을 즐거워했다. 여름날이면 아이들과 개들은 그와 함께 북쪽 현관 계단에 앉아 온갖 이야기를 나누며 우정을 다졌다. 물론 컨릭은 대체로 듣는 쪽이었고, 그것이 그들의 방식이었다. 수도원 앞 대로의 많은 어머니들은 자기 아이가 존경할 만한 교회의 일꾼과 그렇게 친밀하게 지내는 것을 보고 흐뭇해하면서, 컨릭이 왜 결혼하여 아이를 낳지 않는지 궁금해하곤 했다. 그가 아이들을 매우 좋아하는 것이 분명했기 때문이다. 교회지기라는 직분 때문은 아닐 것이다. 결혼을 하고도 교구 일을 돌보는 이들이 많았고, 사람들도 그들을 나쁘게 생각하지 않았으니까. 이곳에는 성직 생활를 하려면 결혼하지 말아야 한다는 새로운 규칙이 이제야 막 들어온 참이었다. 어느 누구도, 심지어는 주교들조차 이 규칙을 따르지 않는 옛 교단의 성직자들에게 시비 거는 눈길을 보내지 않았다. 수도사는 수도사로서 독신을 선택하는 것이다. 하지만 세

속의 성직자들은 비난을 걱정하지 않고도 세속 생활을 할 수 있었다.

"신부님껜 친척이 없나?" 캐드펠이 물었다. 컨릭만은 이에 대해 잘 알고 있을 터였다.

"없습니다."

"내가 헤리버트 수도원장[10]님과 함께―그때는 헤리버트 부원장님이셨지, 고드프리드 원장님께서 아직 살아 계실 때였으니― 우드스톡에서 막 도착했을 때, 애덤 신부님은 이곳의 신임 신부였다네. 내 기억으론 자네는 그로부터 한두 해 뒤에 이곳에 왔지. 우리 둘이면 그 세월 동안 이곳에서 있었던 일들을 역사로 엮어낼 수도 있을 게야. 애덤 신부님께는 아주 훌륭한 기념물이 될 텐데. 그간 쇠퇴도, 불화도 없지 않았나. 물론 그분이야 끝없이 고해자들을 마주해야 했지만 그건 그분의 영광이기도 한 셈이야. 그들은 늘 그분에게로 되돌아왔네. 단 한 사람도 그분 없이는 살아나갈 수 없었지. 그들이 원하든 원하지 않든, 애덤 신부님은 그들을 내내 끌어당기는 실을 가지고 계셨던 모양이야."

"맞습니다." 컨릭이 말했다. 그는 마지막 초의 검은 심지를 손톱으로 끊어내고 제단 위의 촛대들을 바로잡더니, 한 발짝 뒤로 물러나 실눈을 뜬 채 그것들이 보초를 서는 병정들처럼 똑바로 서 있는지 살폈다.

"혹시 다음 부임자가 예정되어 있습니까?" 평소보다 말을 많이 해서인지 컨릭의 음성에 쇳소리가 섞였다. 좀처럼 활동하지 않는 성대를 자극해 억지로 움직인 탓이었다.

"아직 없네. 있다면 원장님께서 자네에게 먼저 말씀하셨겠지. 원장님은 회의에 참석하느라 내일 웨스트민스터로 떠나신다네. 어쩔 수 없이 이번 부임자 추천은 원장님이 돌아오실 때까지 기다려야 할 거야. 하지만 서두르겠다고 약속하시더군. 그분도 일의 긴급함을 알고 계시니까. 원장님이 돌아오실 때까지는 제롬 수사가 들러 살펴볼 걸세. 어쨌든 원장님께서 교구 일에 매우 마음을 쓰신다는 건 의심하지 말게나."

컬릭은 알았다는 듯 말없이 고개를 끄덕였다. 애덤 신부가 성직의 녹을 먹는 동안 수도원장이 세 번이나 바뀌었지만 수도원과 교구의 관계는 늘 원만하게 유지되어왔다. 사실 이렇게 건물을 나누어 쓰는 다른 몇몇 교회에서는 마찰이 끊임없이 빚어지곤 했다. 수사들은 자신들의 영역 안에 세속인들을 위한 공간이 있다는 점, 또 자신들만 드나들 수 있는 여러 건물에 세속인들이 드나드는 것에 대해 불평을 늘어놓고, 교구신부는 그들 나름대로 자리에서 밀려나지 않게끔 권리를 주장하며 싸움을 불사하는 터였다. 하지만 이곳은 그렇지 않았다. 평화를 지키고 관계를 부드럽게 유지하는 데 가장 큰 몫을 한 것은 바로 애덤 신부의 선량함이었을 것이다.

"신부님은 이따금씩 술도 한두 잔씩 즐기곤 하셨지." 캐드펠이 생각에 잠겨 말했다. "그분이 좋아하시던 술이 아직 좀 남았는데…… 허브를 넣고 증류한 것이라 피와 심장에 좋다네. 언제 오후에 한번 와서 나와 한잔하세. 신부님을 추억하며 말일세."

"그러지요." 컨릭이 잠깐 미소를 지어 보였다. 드물게 내비치는 그 순박한 미소 때문에 아이들과 개들은 아무런 두려움 없이 그에게 가까이 다가가는 것이리라.

두 사람은 예배당의 차가운 바닥을 가로질러 북쪽 현관에 이르렀다. 컨릭이 문으로 나가 위층에 있는 자신의 어둡고 작은 방으로 올라갔고, 캐드펠은 문이 닫힐 때까지 그 뒷모습을 지켜보았다. 오랜 세월 그들은 서로 손 닿는 거리에서 원만하게 지내왔으나 결코 친밀한 관계는 아니었다. 하긴, 컨릭과 친밀하다 할 만한 사람이 누가 있을까? 어머니와 떨어져 집을 떠나온 이후—그 집이 어떤 것이었든, 어디에 있었든—그에게 진정으로 가까이 다가간 사람은 아마 단 한 명, 애덤 신부뿐이었을 것이다. 외로운 사람이 둘이 모이면 특별한 한 쌍이 되는 법, 애덤 신부를 애도하는 이들 중에서—그런 사람들은 아주 많았지만—컨릭이 가장 고통스럽게 사별의 슬픔을 겪고 있었다.

*

12월이 되면 수도원에서는 보온실에 불을 피우기 시작했다. 독회와 마지막 기도 사이 30분, 모두가 자유롭게 이야기를 나누는 휴식 시간, 이곳 보온실에 모인 수사들 사이에 주요 화제로 떠오른 것은 라둘푸스 원장이 서둘러 떠난 웨스트민스터의 회의가 아니라 교구 일에 관한 내용이었다. 로버트 부원장이 원장의 위엄을 대신하느라 원장의 거처로 물러갔기 때문에 이야기하기를 좋아하는 수사들에게는 평상시보다 자유로운 기회가 주어진 셈이었다. 그러나 부원장의 보좌 수사이자 그림자인 제롬 수사 또한 부원장을 대신하는 의무와 특권을 놓치려 하지 않았다. 정작 부원장의 역할을 대리해야 할 리처드 수사는 다소 태평한 편이라 자신의 존재를 내세우지 않는 터였다.

제롬 수사는 비쩍 마른 몸에 열정이 넘쳐나는 사람이었다. 문제는 그 열정이 발휘되는 대상이 지나치게 한정적이며, 관용이라는 유액이 빠져 있다는 점이었다. 그러니 그가 애덤 신부를 지나치게 관대한 사람이라 여기는 것도 이해할 만했다.

"확실히 덕이 있는 분이긴 했지요." 제롬 수사가 말했다. "그 점을 부정할 생각은 요만큼도 없습니다. 그분이 헌신적으로 봉사하셨다는 건 우리 모두 아는 사실이니까요. 그렇지만 죄를 지은 사람들에게 지나치게 관대하셨어요. 제재가 너무 약하고, 고해에 대한 벌도 가볍고 쉬운 것으로만 내렸잖습니까. 죄인에게 자비를 베풀다니, 이는 죄를 눈감아주는 셈이나 다름없어요."

"그분이 여기 계시는 내내 교구에는 질서가 유지되었고 이웃 간에도 정이 넘쳤습니다." 자선품 분배를 담당하는 앰브로즈 수사가 말했다. 그는 직책상 교구 전체에서 가장 가난한 사람들과 접촉하고 있었다. "저는 사람들이 그분에 관해 어떤 이야기를 하는지 압니다. 그분은 후임자를 위해 모든 걸 잘 준비해두고 가셨어요. 누가 오든 사람들이 호의를 갖고 새로운 신부를 맞도록 길을 닦아두셨죠. 고인이 계실 때 주민들 모두 호의를 갖고 그분을 도왔어요."

"아이들이란 매를 들지 않는 마음 약한 선생과 가벼운 벌을 주는 재판관을 좋아하기 마련이니까요." 제롬 수사가 현자인 양 말을 이었다. "하지만 그러면 나중에 떨어질 벌을 감당할 수 없게 되지요. 그때그때 죗값을 엄격하게 치르도록 하여 영혼이 안전하도록 미리 준비시키는 게 더 낫다고 봅니다만."

견습 수사들과 소년들을 돌보는 폴 수사 또한 학생들에게 거의 손을 대지 않는 사람이었는데, 그는 제롬 수사의 말을 들으며 그저 미소 지을 뿐 아무 말도 하지 않았다.

"지나친 자비는 곧 인색한 친절이에요." 자신의 말재간과 강론자로서의 명성을 의식하면서, 제롬 수사가 확신에 차 말했다. "종규도 아이가 죄를 지으면 때려야 한다고 규정합니다. 교구민들에 대해 말하자면, 그들이 바로 아이가 아니면 무엇이겠습니까?"

그때 마지막 기도를 알리는 종이 울렸다. 그러나 종이 울리지 않았다 해도 그들 중 누군가 나서서 제롬 수사와 논쟁을 벌이는 수고를 하지는 않았을 것이다. 그의 말은 시끄럽기만 하지 영향력이 적어서 거의 주의를 끌지 못했다. 제롬 수사는 이제 자신에게 맡겨진 이틀간의 교구 미사에서 준엄한 강론을 펼칠 테지만, 그의 강론을 듣기 위해 미사에 참석하는 사람은 거의 없을 것이었다. 설사 참석한다 해도 강론을 한 귀로 흘려버리기 쉬우리라.

그날 밤 캐드펠은 자신만의 깊은 생각에 잠겨 잠자리에 들었다. 넓은 숙사 여기저기에서 속삭임이 울려왔지만 그는 내내 침묵을 지켰다. 하루의 기도를 마무리하고 완성하는 마지막 기도 시간에 나누었던 말이 잠들기 전의 마지막 말이 되어야 하며 '신의 사업Opus Dei'으로부터 마음이 벗어나서는 안 된다는 규칙을 지키고자 했기 때문이다. 깜빡 잠으로 빠져들다 깨어나곤 하는 사이사이 성서의 말씀이 그의 머릿속에 희미하게 떠올랐다. 우연히도 그날의 말씀은 「시편」 제6편이었다. 그는 그 말씀을 마음속에 품은 채 잠을 청했다.

"야훼여! 노여우시더라도 나의 죄를 묻지 말아주소서. 아무리 화가 나시더라도 나를 벌하지 말아주소서. 야훼여! 힘이 부치오니 나를 불쌍히 여기소서……."

2

 12월 10일, 라둘푸스 원장이 돌아왔다. 그는 해가 기울고 수사들이 저녁기도를 올리던 시각에 말을 탄 채 문지기실을 지났고, 따라서 수도원장과 그 일행의 도착을 본 사람은 문지기 수사가 유일했다. 수사들은 다음 날 총회 자리에서야 원장의 이야기와 웨스트민스터 회의의 결과에 대해 듣게 될 터였다. 그러나 캐드펠 수사는 예외였다. 문지기 수사는 평소 신중하기 이를 데 없는 사람이지만 특별한 친구들에게는 수도원 경내의 가장 유능한 소식통이기도 했으니, 그날 밤 저녁기도가 끝나자마자 캐드펠은 회랑의 한 방에서 그날 저녁 무슨 일이 있었는지 듣게 되었다.
 "원장님이 어떤 신부님과 같이 오셨어요. 체격 좋고 키도 큰 사람이에요. 서른다섯을 넘지 않은 듯 보이더군요. 지금 접객소에 있습니다. 어두워지기 전에 도착하려고 오늘 쉬지 않고 달려온 모양이에요. 원장님은 데니스 수사님께 손님이 있다 전하고 다른 두 사람을 돌봐주라고 지시하셨을 뿐 다른 말씀은 없으셨어요. 신부와 함께 온 여자가 있거든요. 점잖은 중년 여자인데 행동거지가 아주 얌전했어요. 신부의 아주머니나 가정부쯤 되지 않나 싶어요. 마부를 붙여 그 여자분을 애덤 신부님의 사택까지 안내하라 하시길래 그대로 했지요. 아, 하인 같은 어린 소년도 하나 있었는데, 그 아이가 두 사람의 시중을 들고 심부름도 하더군요. 혹시 신부를 섬기는 하녀와 그 아들일까요? 어쨌든, 언제나처럼 비탈리스 수사님만 데리고 떠나셨던 원장님이 이제 세 사람을 더 데리고 오신 겁니다. 말은 두 필이 늘었고요. 소년이 뒤에 여자를 태우고 왔거든요. 이 일을 수사님은 어떻게 생각하세요?"

"글쎄, 그에 대한 설명이라면 한 가지밖에 없겠군요." 잠시 생각에 잠겨 있던 캐드펠이 입을 열었다. "원장님이 남쪽에서 홀리 크로스 교구의 신부를 데려오신 게지. 집안일을 돕는 사람들도 같이 왔고. 신부가 오늘 밤 접객소에서 편히 쉬는 동안 나머지 사람들은 빈집에 들어가 그를 위해 불을 피우고 음식을 준비해 안락한 거처로 마련해둘 겁니다. 아마 원장님이 내일 총회에서 어떻게 그 사람을 데려오게 되었는지, 거기 모였던 주교들 중 누가 그를 추천했는지 말씀해주시겠지."

"저도 그렇게 생각했죠." 문지기 수사가 동의했다. "내심 이 지역 사람이 그 자리로 승진해 가는 편이 모두에게 더 흡족한 결과가 아닐까 싶었는데…… 하지만 중요한 건 그 사람의 성품이지, 이름이나 출신지가 아니니까요. 원장님께서 오죽 알아서 잘 결정하셨겠어요."

그는 말을 마치자마자 서둘러 사라졌다. 아마도 마지막 기도 시간 전에 신중한 친구 한둘을 더 만나 소식을 전하려는 것이리라. 내일 아침이면 서너 명의 수사들이 어떤 일이 벌어질지 이미 알고서, 어서 빨리 그 주인공을 살펴볼 수 있기를 기대하며 긴장된 마음으로 총회에 참석할 것이다. 라둘푸스 원장이 선택한 사람에 대해 반대 의견을 내세울 수사가 있을 것 같지는 않지만, 그래도 모든 수사들은 교회의 녹을 받을 후보자를 추천할 수 있었고, 원장은 그러한 특권을 침해할 사람이 아니었다.

*

"최대한 서둘러 돌아왔소." 일상적인 안건들을 재빨리 해치운 뒤 원장이 마침내 말문을 열었다. "웨스트민스터에서 있었던 교황대사 주재 회의에 대해 간단히 전하자면, 회의의 논의와 결정에 따라 이제 교회는 다시 스티븐 왕에게 충성을 바치기로 했소. 왕 또한 회의에 참석하여 우리의 결정을 확인했고, 교황대사께서는 왕이 교황청의 지지에 의해 축복을 받은 분이라 선언하며 황후의 추종자들이 여전히 저항한다면 그들을 왕과 교회의 적으로 간주하리라 말씀하셨소." 이어 원장은 다소 냉담한 투로 덧붙였다. "이에 대해 더 자세히 이야기할 필요는 없으리라 믿소."

그렇지, 그럴 필요가 없고말고, 논의의 내용이 지겨워지면 눈에 띄지 않고 졸 수 있게끔 기둥 뒤의 자리를 차지하고 앉아 있던 캐드펠이 마음속으로 맞장구쳤다. 헨리 주교가 어려운 상황을 빠져나오기 위해 어떤 교묘한 술수를 부렸는지 수사들이 알아야 할 이유는 없었다. 그러나 휴는 분명 그 일에 대한 모든 설명을 듣게 되리라.

"우리 수도원과 보다 밀접하게 관련된 문제로 넘어갑시다. 내가 윈체스터의 헨리 주교님과 개인적으로 만나 논의를 했소. 이곳 홀리 크로스의 교구신부 자리가 비어 있다고 하자 주교께서 현재 성직 임명을 기다리고 있는 휘하의 신부 한 분을 추천해주셨소. 그와 얘기를 나눠봤는데, 모든 면에서 유능하고 박식해서 모셔 와도 될 만한 분이라는 생각이 들더군. 아주 엄격하고 소박하게 생활하는 분으로, 학식도 내가 직접 시험해보았소."

애덤 신부의 학식이 부족했다는 점을 고려하면 매우 의미심장한 지적이었다. 물론 교구민들에겐 이것이 그리 중요한 이야기가 못 되겠지만 말이다.

"에일노스 신부는 서른여섯 살이오." 원장이 말을 이었다. "지난 4년간 헨리 주교의 서기로 충실하게 봉사하느라 다소 늦은 나이에 교구신부의 직책에 오르게 되었지. 주교께서는 그 성실함을 인정하시며 그가 교구신부 직을 맡아 자리 잡는 모습을 보고 싶다고 하셨소. 내가 보기에도 에일노스 신부는 그 직책에 적합한 자질을 갖추고 있는 듯하오. 자, 그럼 그의 이야기를 들어봅시다. 알고 싶은 것이 있으면 질문하시오."

흥미와 동의와 호기심을 표하는 웅성임이 총회당 안을 가득 메웠다. 로버트 부원장은 기대에 차 고개를 끄덕이는 수사들을 죽 둘러보다가 원장의 눈짓에 따라 에일노스 신부를 데리러 나갔다.

에일노스라, 색슨인의 이름이군, 캐드펠은 생각했다. 키가 훤칠하고 체격도 좋은 사람이랬지. 어쨌든 궁정 근처를 어슬렁거리며 자리 하나 얻어보려고 기웃대는 노르만인보다는 나을 거야. 그는 금발에 혈색 좋은 얼굴을 한 생기 있는 젊은이를 마음속에 그려보는 중이었다. 그러나 부원장의 뒤를 따라 들어와 총회당 한가운데 침착하고 예의 바르게 자리 잡고 모든 이들을 마주한 에일노스 신부를 본 순간, 그 이미지는 완전히 지워지고 말았다.

키가 크고 체격이 좋은 건 사실이었다. 넓은 어깨에 근육질 몸매, 빠르고 힘찬 걸음걸이, 몸을 곧게 펴고 침착하게 선 모습과 꽤나 잘생겼다 할 만한 얼굴. 다만 색슨인의 금발과 불그레한 피부는 찾아볼 수 없었다. 머리칼과 눈이 휴 베링어보다도 더 검은 듯했다. 훤칠하고 귀족적인 용모에 올리브빛 양 볼은 붉은 기라곤 없이 말끔하게 면도되어 있었다. 삭발한 정수리 주변의 검은 머리는 철사처럼 곧고 숱이 많았는데, 얼마나 꼼꼼하게 맞추어 이발을 했는지 머리카락이 아니라 꼭 검은 물감으로 칠을 해놓은 듯 보였다. 그는 엄숙한 태도로 원장에게 인사를 올린 뒤 커다랗고 힘센 두 손을 검은 수사복의 앞섶에 모은 채 자신을 시험하기 위해 쏟아져 나올 질문들을 기다렸다.

"에일노스 신부요." 라둘푸스가 말했다. "나는 이분을 홀리 크로스의 교구신부로 추천하는 바요. 그와 관련하여 이 형제의 소명과 학식, 그리고 과거에 대해 궁금한 게 있다면 여러분이 직접 물어보시오. 에일노스 형제는 숨김없이 대답할 거요."

로버트 부원장이 제일 먼저 우아한 환영의 말을 건넸다. 그는 에일노스의 용모가 마음에 드는 모양이었다. 이어 수도원장의 말대로 에일노스는 숨김없고 자유롭게 수사들의 질문에 답하기 시작했다. 지금껏 자신감을 잃어본 적도, 시간을 낭비한 적도 없는 사람인 양 짧고 거침없는 대답이었다. 그처럼 키가 크고 가슴통이 넓은 남자에게서 나오리라 예상했던 것보다는 조금 높은 음성이 확신에 찬 위엄과 함께 울려 나와 회장을 메웠다. 그는 자신에 대해 설명하며 성실하고 열성적으로 의무를 다하겠다는 의지를 표한 뒤 강철 같은 확신을 가지고 곧 내려질 평결을 기다렸다. 라틴어 실력이 훌륭하고 그리스어도 조금 알며 회계에도 정통한 사람이었으니, 이러한 재능은 곧 교회 운영 능력을 보장하는 것이었다. 그가 그 자리를 얻을 것은 거의 확실했다.

"원장님, 한 가지 요청을 드려도 되겠습니까?" 마지막으로 그가 입을 열었다. "저와 함께 온 젊은이가 평신도 일꾼으로 이곳에서 일할 수 있도록 해주신다면 정말 감사하겠습니다. 그는 제 가정부인 해밋 부인의 조카이자 유일한 혈육입니다. 부인이 그 젊은이도 함께 이곳에서 일할 수 없겠느냐고 부탁하더군요. 그에게는 땅이나 재산이 없습니다. 원장님, 그가 건강하고 튼튼하며 힘든 일도 마다하지 않는 사람이라는 점은 원장님께서도 직접 확인하셨을 줄 압니다. 여행 내내 자진해서 우리의 시중을 들어주었죠. 아직 결정을 내리진 않았지만, 언젠가는 수도사가 되고 싶다는 마음을 품고 있는 것 같습니다. 원장님께서 한동안 할 일을 주신다면 그가 마음의 결정을 내리는 데도 도움이 될 것입니다."

"아, 그 베넷이라는 젊은이 말이군." 원장이 말했다. "좋은 청년 같아 보였소. 일단 수도원으로 보내시오. 그가 할 만한 일이 분명 있을 거요. 농장에도 그렇고 정원에도……."

"그렇습니다, 원장님." 캐드펠이 소리 높여 말했다. "젊은 일손이 있다면 제가 유용하게 쓸 수 있을 겁니다. 겨울을 대비해 땅을 대강이라도 갈아두어야 하는데, 이제 겨우 채소밭 하나 치워놓은 참이거든요. 과수원 가지치기도 남아 있고요. 일이 많습니다. 겨울은 오는데 날은 점점 짧아지고, 오스윈 수사는 세인트자일스로 보낸 터라 도움의 손길이 필요합니다. 그렇지 않아도 저를 도울 형제를 보내달라 요청드릴 생각이었습니다. 여름엔 어찌어찌 저 혼자 해왔습니다만……."

"그렇지! 게이 초원에도 쟁기질을 해둬야 하고, 크리스마스 전후에는 언덕 위 농장에서 양털 깎기가 시작될 테니 거기 그 젊은이를 보내면 되겠군. 에일노스 형제, 베넷을 우리에게 보내주시오. 나중에 그가 다른 이로운 일자리를 찾는다면 그때는 기꺼이 놓아주겠소. 그사이 여기서 우리를 위해 노동을 한다 해도 해가 될 리는 없을 거요."

"그에게 전하겠습니다." 에일노스가 말했다. "그도 저처럼 원장님께 감사드릴 겁니다. 그의 이모도 기뻐하겠군요. 유일한 친척이자 의지할 사람이라곤 그 청년뿐이라, 두고 왔다면 아주 슬퍼했을 겁니다. 그럼 오늘 보낼까요?"

"그렇게 하시오. 문지기실에서 캐드펠 수사를 찾으라고 하면 될 거요. 자, 이제 우리끼리 더 의논해야겠으니 잠시 자리를 비켜주면 좋겠군." 원장이 말했다. "회랑에서 기다리고 있으면 부원장이 결과를 알릴 것이오."

에일노스는 고개를 숙여 정중하게 예의를 표하고는 두어 걸음 뒷걸음질로 물러났다가 검고 잘생긴 머리를 꼿꼿하게 쳐든 채 성큼성큼 걸어 나갔다. 그 힘찬 기세에 수사복이 반쯤 펼쳐진 날개처럼 휘날렸다. 이곳에 모인 모든 사람들이 그렇듯, 에일노스 신부 자신 또한 홀리 크로스의 신부 자리가 그의 것임을 이미 확신하고 있었다.

*

"예상한 대로였소." 그날 오후, 숙사의 응접실에서 라둘푸스 원장이 말했다. 그 맞은편에는 휴 베링어가 조그맣게 타오르는 벽난로 불빛을 받으며 앉아 있었다. 여독이 아직 가시지 않아 원장의 얼굴은 푸석푸석하니 창백했고, 눈도 평소보다 더 움푹 들어가 있었다. 두 사람은 서로를 아주 잘 알았다. 이 땅의 질서를 위해서라면 모든 정보를 공유하는 사이였으니, 서로 같은 의견을 가지고 있는지 의심할 필요도 없었다. 원칙은 서로 다를지언정 둘 모두 봉사의 삶을 성실히 받아들이기는 매한가지였으며 묵묵히 서로를 인정하고 있었다.

"주교님으로서는 선택의 여지가 별로 없었겠지요." 휴가 말했다. "사실상 하나도 없었다고 해야 옳을 겁니다. 왕은 다시 자유의 몸이 된 반면 황후는 또다시 서쪽으로 쫓겨 가 잉글랜드 땅의 거점 대부분을 잃게 되었으니까요. 별로 상상하고 싶지도 않지만, 제가 주교님의 처지였다 해도 달리 어떻게 했을지 모르겠습니다. 자신의 용기를 확신하는 사람이나 그분께 돌을 던지라지요. 전 못 하겠습니다."

"나도 마찬가지요. 하지만 그리 교훈적인 사례는 아니지. 운이 좋았건 나빴건, 결코 흔들리지 않은 사람들도 있었잖소. 어쨌든 헨리 주교가 교황 성하의 편지를 받으셨던 건 사실이오. 회의 때 그 편지를 읽어주셨지. 왕의 석방을 강력히 주장하지 않았다고 주교를 꾸짖으며, 다른 무엇보다 석방을 촉구하도록 독려하는 편지였소. 주교로서는 이를 최대한 활용한 셈이오. 게다가 왕도 그 자리에 있었으니…… 그분은 홀에 들어와 자신에게 충성을 맹세했음에도 감옥에서 고생하도록 내버려두며 죽음 직전으로 몰아넣은 이들 모두에 대해 공식적으로 비난하셨소."

"그런 다음 의자에 기대앉아 자신의 동생이 유창한 언변을 이용해 사람들의 비난을 벗어나는 광경을 지켜보았겠지요." 휴가 미소를 띠었다. "그분은 자기 사촌이자 경쟁자인 황후보다 나은 사람입니다. 언제쯤 누그러지고 잊어야 하는지 잘 알지요. 반면 황후는 잊지도 않고 용서도 하지 않아요."

"그건 사실이지만, 그래도 보기 좋은 광경은 아니었소. 헨리 주교는 닥쳐오는 운명을 그저 받아들이는 수밖에 달리 선택의 여지가 없었다고, 그래서 황후를 인정했다고 솔직하게 고백하며 자기변호를 하더군. 자신은 최선이며 유일한 길을 택했는데 황후가 모든 약속을 깨뜨리고 신민 모두를 모욕했으며 자신의 목숨까지 빼앗으려 했다고 말이오. 그러곤 마지막으로, 교회는 다시 스티븐 왕께 충성하겠다 맹세한 뒤 모두에게 이를 촉구했소." 라둘푸스 원장은 서글픈 어조로 천천히 덧붙였다. "그분은 왕의 석방에 대한 공로가 자신에게 있는 듯 말했소. 그러면서 반대하는 이들을 모두 교회에서 축출하겠다고 엄포를 놓더군."

"한발 더 나아가 황후를 앙주 백작 부인이라 불렀다면서요." 휴가 덤덤하게 말했다. 이는 황후가 몹시 싫어하는 칭호였다. 자신의 태생과 첫 결혼으로 얻은 지위를 모두 깎아내리는 말이었기 때문이다. 그녀는 왕의 딸이자 황제의 미망인이었다. 그런데 사랑하지도, 사랑받지도 못했던 두 번째 남편, 재능과 상식과 능력을 제외하면 모든 면에서 자신보다 못했던 앙주의 조프루아 백작의 이름으로 불리게 된 것이다. 앙주 백작이 모드에게 해준 일이라곤 아들을 만들어준 것이 전부였다. 물론 그 아들 헨리에게 쏟는 그녀의 사랑에 대해서는 의심의 여지가 없었지만 말이다.

"그의 말에 반대하는 이는 아무도 없었소." 원장은 멍하니 말을 이었다. "황후의 사절이 무어라 항의를 늘어놓긴 했지만, 결국 지난 회의 때 마틸다 왕비를 대신해 반대하고 나섰던 사람과 같은 취급을 받았지. 그래도 길에서 암살자들에게 습격을 당하지는 않았으니 다행이오."

4월과 12월 두 차례에 걸쳐 헨리 주교가 소집한 회의는 끔찍할 정도로 서로 꼭 닮아 있었다. 다만 행운의 여신이 처음엔 이쪽 편으로 다음번엔 저쪽 편으로 얼굴을 돌리고, 오른손으로 주었던 것을 왼손으로 빼앗아갔을 뿐이다. 끝이 보이려면 얼마나 더 많은 반전을 겪어야 할지 아무도 모를 일이었다.

"결국 시작했던 자리로 다시 돌아온 셈이오." 원장이 말했다. "몇 달씩이나 재앙을 겪고도 새로운 결과가 하나도 없다니…… 왕은 이제 어떻게 나올 것 같소?"

"제가 크리스마스 연회 동안 알아내고 싶은 게 바로 그겁니다." 휴가 자리에서 일어나며 말을 이었다. "저도 왕의 부름을 받았거든요. 스티븐 왕이 각 주의 행정 장관들을 전부 캔터베리의 궁정에 불러 모았습니다. 거기서 연회를 즐기며 직무 보고를 받으려는 거죠. 저도 그 자리에 끼게 되었어요. 이곳 행정 장관으로 참석할 사람이 저밖에 없는 마당이니까요. 그분이 다시 찾은 자유로 과연 무엇을 할지, 잘 헤아려볼 생각입니다. 이게 어떤 의미가 있는지 모르겠지만 어쨌든 왕은 아주 건강하고 의지도 확고하다 하더군요. 그분이 절 어떻게 하실지는…… 글쎄요, 그것도 때가 되면 분명해지겠지요."

"왕이 장관을 그대로 둘 정도의 양식은 갖추고 있을 거요." 라둘푸스가 말했다. "여기선 적어도 그럭저럭 평화로운 상태가 유지되어왔잖소. 다른 주의 불안한 상황에 비하면 이곳 슈롭셔주는 정말 평온했지. 그보다는 그분이 하려는 일이 결국 잉글랜드에 더 많은 싸움과 파괴를 가져오지나 않을까, 나는 그게 걱정이오. 장관이나 나로서는 그 일을 막을 수도, 누그러뜨릴 수도 없을 테니……."

"잉글랜드에 평화를 가져올 수 없다 해도, 슈루즈베리를 위해 우리 두 사람이 할 수 있는 일이 무엇인지 알아볼 수는 있겠지요." 다소 심술궂은 미소를 지으며 휴가 말했다.

*

점심 식사를 마친 캐드펠 수사는 큰 마당을 가로지른 뒤 검고 빽빽한 회양목 울타리를 돌아 축축한 정원으로 들어섰다. 울타리의 가지가 마구 뻗어 있는 것을 보니, 추위로 성장이 멈추기 전에 마지막으로 가지치기를 하는 게 좋을 듯했다. 정원의 장미들은 가늘고 잎도 없는 줄기 위, 사람의 키와 맞먹는 높은 자리에 피어나 꺼뜨릴 수 없는 빛과 생명으로 반짝이고 있었다. 그 뒤편이 그의 허브밭이었다. 담으로 둘러싸인 조용한 곳에 작고 네모

지게 구획된 밭들은 벌써 잠이 들려는 참이었다. 잎을 전부 떨군 채 철사처럼 꼿꼿이 선 박하 줄기와 남은 잎들을 보호하려는 듯 웅크린 땅에 닿도록 낮게 피어난 백리향 무리. 그러나 그 모든 것들 위로 여름 허브들의 향기가 여전히 희미하게 떠돌고 있었다. 어느 정도는 기억에서 흘러나온, 또 어느 정도는 작업실 문틈으로 새어 나오는 향기였다. 작업실의 처마와 들보마다 말린 허브 다발들이 매달려 흔들리고 있으니 말이다. 하지만 밭에 잠들어 있는 저 보잘것없는 풀들 또한 틀림없이 그 나름의 향기를 내뿜고 있을 터였다. 지금은 시들어 있으나 봄이 오면 다시 푸르고 싱싱해지리라. 하나하나가 모두 초록의 불사신이요, 영원한 생명을 암시하는 증거—그런 게 필요하다면 말이지만—였다.

작업장은 따뜻하고 고요했다. 피난처 안의 피난처라고나 할까. 캐드펠은 벽에 붙여놓은 장의자에 앉아 마음을 편안히 가다듬으며, 자신에게 허용된 30분의 휴식을 명상으로 보낼 준비를 했다. 그날은 생각해야 할 일이 많았고, 이에 그는 여기 자신만의 작은 왕국에 혼자 앉아 곰곰이 생각에 잠겼다.

자, 먼저 홀리 크로스의 새 신부에 대해 생각해보자. 헨리 주교는 왜 굳이 수고스럽게 나서서 자신이 아끼는 사람을 우리에게 추천했을까? 자기 상전이 지닌 고귀한 특질을 타고난, 혹은 존경하는 마음으로 이를 모방한 덕에 몸에 지니게 된 서기를 말이다. 혹시 당당하고 자신만만하며 자존심 강한 수하와 함께 지내는 것이 불편해 헨리가 그를 기꺼이 내준 건 아닐까? 아니면 1년 사이 두 번씩이나 공개적인 망신을 당하고 위신에 손상을 입은 그가 다른 주교 및 수도원장 들의 요구와 소원에 자애로운 관심을 보임으로써 그들의 비위를 맞추는 기회로 이 건을 이용한 걸까? 그러니까, 흔들리는 충성심을 잡아두기 위한 방편으로써? 그것도 있을 법한 일이었다. 그래, 라둘푸스 원장님 같은 분을 확실히 붙잡아두기 위해서라면 소중히 여기던 서기도 희생할 수 있다고 생각했을지 모르지. 어쨌든 한 가지는 확실해. 그 직책에 적합한 사람을 얻었다는 확신이 없었다면, 원장님은 주교의 제안을 받아들이지 않았을 것이다.

그는 더 편안히 생각해보고자 눈을 감고 나무 벽에 등을 기대며 샌들 신은 두 발을 쭉 뻗어 꼬았다. 옷소매 속의 두 팔은 팔짱을 낀 채였다. 미동도 않고 그렇게 앉아 있었기에, 자갈 깔린 길을 걸어 다가온 젊은이에게 캐드펠은 마치 자고 있는 사람 같아 보였다. 꼼짝도 않고 한자리에 가만히 머무는 것에 익숙지 않은 이들이 캐드펠 수사를 보며 종종 하는 착각이었다. 조심스럽게 내딛는 부드러운 발소리가 캐드펠의 귀에도 들려왔다. 수사는 아니군. 하지만 평신도 일꾼들은 몇 되지 않는 데다 여기까지 오는 경우가 드문데. 게다가 심부름으로 왔다면 이렇게 조심스럽게 다가오진 않을 테고……. 그 소리는 샌들이 아니라 낡고 닳은 신발이 내는 소리였다. 신발의 주인은 자기가 소리 없이 걷고 있다고 생각하는 듯했다. 아닌 게 아니라, 캐드펠이 야생동물과도 같은 청력을 지니고 있지 않다면 정말 그렇다 할 수도 있을 것이다. 발소리는 열린 문 바로 너머에서 멈추었다. 한동안 정적이 감돌았다. 나를 관찰하고 있군. 내가 어떻게 보이는지는 내가 알지. 예순이 넘은 노인. 그 나이가 되면 보통 그렇듯 가끔씩 관절이 뻣뻣해지긴 하지만, 겉으로는 건강하고 튼튼해 보일 거야. 땅딸막한 체구에 무뚝뚝한 얼굴, 거기에 날이 좋으나 궂으나 늘 드러내 놓고 다니는 정수리 주위의 갈색 머리털은 흰머리가 섞이고 뻣뻣한 게 좀 지저분할 거고. 거참, 나를 재고 달고 찬찬히도 보는군.

그가 마침내 눈을 떴다. "내가 마스티프(개의 한 품종. 용맹하고 사나워 주로 투견으로 사육한다—옮긴이)처럼 보일지도 모르지만, 지난 몇 년간 아무도 문 적이 없다네. 그러니 주저 말고 들어오게."

방문객을 안으로 들이는 데 전혀 도움이 되지 않는, 너무나 기습적인 인사였다. 남자는 움찔하며 한 걸음 뒤로 물러섰고, 그 덕에 캐드펠은 한낮의 부드러운 햇살 아래 완전히 드러난 그의 모습을 또렷이 볼 수 있었다. 스물이 넘지 않은 듯한 젊은이였다. 키가 그리 크지는 않지만 균형 잡힌 몸, 무슨 색인지 알아보기도 힘든 우중충한 빛깔의 구겨진 바지와 뒤꿈치가 형편없이 닳은 가죽 신발이 눈에 들어왔다. 진갈색 윗옷의 양쪽 소매와 옆구리는 닳아서 색이 바랬고 끈을 꼬아 만든 허리띠는 끄트머리 올이 풀려 있었다. 두건이 뒤로 젖혀진 짧은 망토의 목깃 너머 거친 아마포로 만든 셔츠가 들여다보였다. 윗옷 소매가 너무 짧아, 보기 좋게 그을린 손등 위로 그보다 색이 옅은 손목이 한참 드러난 채였다. 튼튼한 기둥처럼 체격이 좋은 젊은이였다. 오랫동안 말도 없이 관찰을 당하는데도 그는 불편하다기보다 오히려 즐거운 기색으로 눈을 반짝이고 있었다. 웃음을 참지 못해 자꾸 벌어지려는 입에서 공손한 음성이 흘러나왔다. "문지기실에서 이리로 가보라고 하더군요. 저는 캐드펠 수사님을 찾고 있습니다."

적당히 낮고 섬세하면서도 명랑한 울림이 있는, 듣기 좋은 목소리였다. 아마 제 혀에 익숙지 않은 온유함을 훈련하고 있는 듯했다. 캐드펠은 흥미로운 눈길로 계속 그를 살폈다. 우아하게 빠진 목 위에 덮인 숱진 연갈색 고수머리가 눈에 띄었다. 윗사람 앞에서 주눅 든 멍청한 촌놈의 표정을 애써 꾸미고 있는 얼굴은 젊은이답게 뺨과 턱이 둥그스름하면서도 적당히 각이 져 있었고, 착한 학생처럼 면도도 깨끗하게 되어 있었다. 햇빛을 받아 유쾌하게 반짝이는 초록과 갈색의 자갈들 위를 흐르는 시냇물처럼, 커다란 연갈색 눈에 애써 억누르고 있는 장난기가 비쳤다. 제 본성을 감추지 못하는 젊은이구먼, 캐드펠은 생각했다. 저 눈에서 나오는 유쾌함은 어떻게 해도 숨길 수 없겠어. 잠이나 들면 모를까, 눈을 뜨고서는 그저 순진하기만 한 촌놈이라는 믿음을 주지 못할 터였다.

"제대로 찾아왔네." 캐드펠이 말했다. "내 이름이 바로 캐드펠이거든. 자네는 아마 새 신부님과 함께 온 젊은이겠구먼. 당분간 우리와 함께 일하고 싶다고?" 그는 서두름 없이 몸을 움직여 일어섰다. 그들의 눈이 거의 같은 높이에서 마주쳤다. 기운차게 흐르는 시냇물 같은 청년의 눈이 겨울 햇빛에 반짝거렸다. "그래,

이름이 뭔가?"

"니…… 아, 제 이름요?" 청년이 더듬거리며 되물었다. 한순간 긴 갈색 속눈썹이 긴장으로 떨리며 반짝이는 눈에 그늘을 드리우는 것을 캐드펠은 놓치지 않았다. 그가 청년에게서 감지한 첫 번째 불안의 표시였다. "베넷. 제 이름은 베넷입니다. 디오타 이모님의 남편은 존 해밋이라는 점잖은 분으로, 헨리 주교님을 섬기는 마부였어요. 이모부가 돌아가시자 주교님께서 제 이모님을 에일노스 신부님 댁에서 일할 수 있도록 자리를 마련해주셨습니다. 그래서 저희가 여기 온 겁니다. 두 분은 이제 3년 넘게 같이 지내셔서 서로 무척 편한 사이가 되었어요. 저도 함께 따라가 이모님 곁에서 일자리를 찾을 수 없는지 알아보겠다고 사정했지요. 가진 기술은 없지만 뭐든 열심히 배우겠습니다."

그는 더 이상 말을 더듬지 않고 매끄럽게 자기 이야기를 늘어놓더니 작업장으로 발을 내디뎠다. 한낮의 햇빛 아래 서 있다가 그늘 속으로 들어오자 그 위험스러운 반짝임이 다소 빛을 잃었다. "신부님 말씀이, 이곳에서 할 일이 있을 거라 하시던데요." 그의 활기찬 목소리가 부드러운 울림을 내었다. "뭘 하면 되는지 말씀해주십시오. 열심히 해보겠습니다."

"일을 대하는 태도가 아주 마음에 드는구먼." 캐드펠이 말했다. "수도원 안에서 지내게 될 거라고 들었는데, 어디에 있으라고 하던가? 평신도 일꾼들과 함께 지내라던가?"

"그건 아직 정해지지 않았습니다." 청년은 활력과 울림을 되찾은 목소리로 조심스레 대답했다. "어쨌든 이곳 수도원 안에 잠자리를 마련해주겠다는 약속을 받았지요. 신부님 댁에서는 곧 나올 겁니다. 농지를 돌보는 교구민이 따로 있다니 거기선 제가 쓸모없을 테지요."

"여기서는 쓸모가 아주 많을 게야." 캐드펠이 진지하게 말을 이었다. "추위가 닥치기 전에 땅을 갈아두어야 하는데 이런저런 일로 바빠서 아직 못 했어. 게다가 크리스마스 무렵엔 작은 과수원에 있는 나무 여섯 그루도 가지치기를 해줘야 하지. 버나드 수사도 자넬 보면 반가워할 걸세. 게이 초원에 수도원 농지가 있는데, 거기 쟁기질하는 걸 도와야 하거든. 아직은 어느 땅이 어디 있는지 모를 테지만 곧 알게 될 거야. 어쨌든 나로서는 여기 일을 다 마치기 전까지 아무도 자네를 채가지 못하게 할 작정이네. 자, 이리 오게. 작업장에서는 무슨 일을 할지 한번 보세."

베넷은 작업장 안으로 몇 발짝 더 들어와 호기심과 약간의 경외심을 가지고 주위를 둘러보았다. 병이며 단지, 항아리 들이 선반들을 장식하며 줄줄이 늘어서 있었고, 천장에는 허브 다발들이 줄지어 매달린 채 열린 문으로 들어오는 희미한 공기의 움직임에 바스락 소리를 내며 흔들리고 있었다. 조그만 놋쇠 저울들, 세 개의 절구, 거품이 이는 포도주 항아리 하나, 약초 뿌리가 담긴 작은 목기들이 방 안 여기저기에 놓여 있었고, 대리석으로 된 판석 위에서는 흰색의 작은 알약들이 건조되는 중이었다. 그는 놀란 듯 눈을 둥그렇게 뜨고 입을 벌린 채 이 모든 것들을 바라보았다. 작업장을 처음 방문하는 이들은 정체를 알 수 없는 신비로운 것들을 마주하고 방어심에 자기도 모르게 성호를 긋기도 했으나 베넷은 그러지 않았다. 캐드펠은 놀라움과 흥미를 동시에 느끼며 그를 지켜보았다. 다행이지, 그렇게 생각해서는 안 될 일이니.

"여기 있는 것들에 대해서도 배울 기회가 있을 거야. 부지런히 이 일을 하겠다고 마음만 먹는다면 말일세." 그는 감정을 드러내지 않은 채 담담하게 입을 열었다. "그러려면 몇 년 걸릴 테지만…… 이건 약들이네. 하느님께서 약에 들어갈 모든 재료를 이미 만들어두셨지. 다른 마법 같은 건 없어. 어찌 되었든, 일단은 가장 급한 일부터 하세. 채소밭이 상당히 넓은데 그걸 전부 갈아주게나. 잘 썩은 가축의 똥거름이 작은 산만큼 쌓였으니 그것도 수레에 실어다가 장미밭에 뿌려줘야 해. 얼른 시작해야 얼른 끝나겠지. 자, 가세!"

소년은 씩씩하게 따라왔다. 그의 밝고 아름다운 눈은 모든 것을 흥미롭게 살피고 있었다. 양어장 너머, 수도원의 서쪽 경계를 이루고 있는 메올천川까지 완만한 경사를 이루는 언덕에 완두밭이 두 곳 있었다. 줄기는 이미 한참 전에 잘라 건조시킨 뒤 가축 우리에 깔아주고 뿌리도 전부 쟁기질을 해서 땅속에 묻어두었지만, 마구간 마당과 외양간에서 잘 썩은 똥거름을 가져다 뿌려주어야 하는 힘들고 지저분한 노동이 남아 있었고, 더하여 작은 과수원에 있는 과일나무 몇 그루의 가지치기도 해야 했다. 그리 춥지 않은 12월 초의 날씨에 웃자란 풀들은 한 살짜리 양 두 마리가 벌써 깨끗하게 먹어치웠으니 손을 쓰지 않아도 될 것이다. 초가을의 황량한 분위기로 가득한 꽃밭은 곧 닥쳐올 추위로 모든 것이 성장을 멈추기 전 마지막으로 한 번만 잡초를 뽑아주면 될 테고. 한편 수확을 마친 채소밭은 짓밟힌 잡초로 무성하여 삽질을 기다리고 있었는데, 기가 질릴 만큼 넓은 그 규모도 베넷의 기를 꺾을 수는 없는 듯했다.

"제법 넓군요." 기다란 밭이랑을 바라보며 베넷이 담담하게 말했다. "농기구들은 어디 있죠?"

캐드펠은 그를 광으로 데리고 가, 늘어선 농기구들을 호기심 어린 눈으로 살피는 베넷을 흥미롭게 지켜보았다. 베넷은 당장 해야 할 일에 적당한 도구를 찾더니 쇠를 두른 나무 삽을 골라 들었다. 그러곤 눈앞에 펼쳐진 넓은 땅을 흘깃 보고는 온 힘을 다해—기술이 있다고는 할 수 없었지만—첫 번째 이랑을 파 엎기 시작했다.

"잠깐!" 캐드펠이 외치고는 나달나달하게 닳아버린 그의 신발을 가리켰다. "그런 걸 신고 삽을 밟다간 금방 발이 부르틀 거야. 내 작업장에 나막신이 있어. 그걸 가져다 발밑에 묶으면 내키는 대로 힘껏 밟아도 될 걸세. 하지만 서두르다가는 열 이랑도 채 끝내기 전에 땀투성이가 되기 십상이야. 일정한 속도로, 박자를 맞춰서 해야 돼. 그러면 하루 종일이라도 할 수 있지. 삽이 알아서 박자를 맞춰줄 걸세. 삽질에 맞춰 노래를 불러보게. 그냥 흥얼거리기만 해도 돼. 아마 숨이 좀 덜 찰 걸세. 삽질을 마친 이랑이 얼마나 빨리 늘어나는지 보면 놀랄걸." 거기서 그는 말을 멈추었다. 자신이 관찰한 바를 지나치게 드러내 보였다는 생각이 들어서였다. "자네는 주로 말을 돌봤다고 들었네. 어떤 일이건 기술은 있는 법이지." 캐드펠은 부드럽게 말을 맺은 뒤 베넷이 무어라 대꾸하기도 전에 나막신을 가지러 갔다. 땅을 파거나 진흙 길을 갈 때 신으려고 손수 깎은 것이었다.

그렇게 신발을 갖추고 여러 가지 충고도 들은 뒤 베넷은 매우 신중하게 일을 시작했다. 캐드펠은 잠시 그 모습을 지켜보다가 작업장으로 돌아갔다. 늘 하는 대로 푸른 허브들을 빻아 처방약과 연고를 만들기 위해서였다. 연고는 기록실에서 필사를 하거나 채색을 하는 수사들에게 도움이 될 것이었다. 매년 1월이면 어김없이 그들의 손이 트곤 했다. 더하여 조금 지나면 기침과 감기 환자도 나타나리라. 겨우내 쓰게 될 그런 약들을 준비하기에 이 시기만큼 좋은 기회가 없었다.

저녁기도 시간이 가까울 무렵, 캐드펠은 만들던 약들을 치워놓고 새 제자가 어떻게 하고 있는지 보러 갔다. 일을 할 때 누군가 지켜보는 것을 좋아하는 사람은 없다. 특히 처음 해보는 일이라 제 기술과 경험의 부족함을 예민하게 의식하고 있는 사람이라면 더더욱 그렇다. 하지만 이 젊은이가 완강한 땅을 상대로 이루어놓은 엄청난 결과에 캐드펠은 깊은 인상을 받았다. 그가 일군 이랑들은 모두 곧게 쭉 뻗어 있었다. 눈썰미가 아주 좋은 친구군, 캐드펠은 생각했다. 게다가 뒤집힌 흙의 색으로 보아 꽤 깊게도 판 모양이었다. 베넷은 광에서 잔가지로 엮은 빗자루를 가져와 경계를 이룬 사잇길 여기저기 흩어진 흙을 밭으로 쓸어 넣고 있었다. 캐드펠이 나타나자 그는 뒤편에 던져놓은 삽에 한번 눈길을 주더니 무언가 변명하는 듯한 표정으로 제 스승을 올려다보았다.

"돌에 부딪쳐 날이 뭉그러졌어요." 그가 삽을 거꾸로 세워 들고는 나무에 둘린 쇠테를 조심스레 손가락으로 쓸어내렸다. "들어가기 전에 망치로 쳐서 잘 펴놓겠습니다. 아까 보니까 광에 망치가 있더라고요. 돌우물 가장자리가 넓으니 거기서 해볼 생각입니다. 어두워지기 전에 두 이랑만 더 해놓고요."

"이보게." 캐드펠이 입을 열었다. "자네는 이미 내가 기대했던 것보다 더 많은 일을 했어. 그리고 그 삽은 벌써 세 번쯤 날을 갈았다네. 곧 다시 갈아야 할 때가 됐군. 생각하던 참이지. 그래도 자네 보기에 아직 쓸 만하다 싶다면 어떻게든 펴보게나. 하지만 지금은 아니야. 일을 마무리하고 가서 씻은 다음 저녁기도에 참석해야지."

베넷은 움푹 들어간 날을 보고 있다가 캐드펠의 칭찬에 조심스레 고개를 들더니 예의 환하고 거리낌 없는 미소를 지어 보였다. 송어가 노니는 시내 같은 그 두 눈 속이 갑작스레 밝아지며 맑게 물결치는 듯했다.

"그러지요. 사실은……" 순진한 기쁨과 은근한 자부심 사이에서 얼굴을 붉히며 그가 솔직하게 덧붙였다. "태어나 삽을 잡아본

게 처음이에요."

"듣고 보니 그래 보이는군." 짧은 소매 밖으로 드러난 두 손의 모양과 상태를 유심히 살피며 캐드펠이 대꾸했다.

"지금까지는 주로……" 그의 말이 다소 빨라졌다. "주로 말을 돌봤거든요. 하지만 저도 압니다. 오늘 노력하면 내일 더 쉬워지고, 내일 노력하면 그다음 날은 더더욱 쉬워지겠죠."

캐드펠은 저녁기도에 참석하기 위해 예배당으로 향했다. 그러나 마음속에서는 일그러진 삽날을 날카롭게 펴려고 성큼성큼 걸어가던 새 일꾼의 의기양양한 모습이 떠나지 않았고, 그의 귀 또한 해진 신발과 빌려 신은 나막신 속의 크고 젊은 발과 박자를 맞춘 젊은이의 휘파람 소리, 기도와는 아무런 관련이 없는 그 소리를 들으려 애쓰고 있었다.

*

"에일노스 신부가 오늘 아침에 교구신부로 취임하셨네." 다음 날, 성직 취임식에서 막 돌아온 캐드펠이 말했다. "자네도 그 자리에 참석하고 싶지 않았나?"

"저요?" 베넷은 허리를 펴더니 놀란 얼굴로 물었다. "제가 왜 갑니까? 여기 제 일이 있고, 그분은 제 도움 없이도 일을 해나가실 수 있는데요. 사실 이곳으로 출발하기 전까지는 그분을 알지도 못했습니다. 의식은 잘 치러졌나요?"

"그럼, 다 잘됐지. 가엾은 죄인들에게는 그의 강론이 좀 가혹하게 들렸을지도 모르지만 말이야." 캐드펠이 말을 이었다. "애일노스 신부는 처음부터 자신의 열성을 드러내 보이고 싶었던 모양이야. 시간이 지나면 고삐가 좀 느슨해지겠지. 신부와 신도들이 서로의 성향과 상황을 이해하게 될수록 말이네. 아직 젊은 데다 이곳이 낯선 분이니 연륜 있고 능숙한 전임자를 따라가기가 쉽지 않을 걸세. 낡은 신발은 편하고 새 신발은 조이지 않는가. 그렇지만 시간이 지나면 새것도 낡은 것이 되면서 편하게 맞는 법이지."

베넷은 새 주인의 이야기 속 숨은 뜻이 무엇인지 읽어내는 능력을 아주 빨리 익힌 듯했다. 그는 곱슬머리를 한쪽으로 기울인 채 진지하게 캐드펠을 바라보았다. 지금껏 생각해보지 못한 문제, 이미 오래전에 생각했어야 할 문제에 아무런 경고 없이 맞닥뜨린 양, 그의 반듯한 갈색 이마는 익숙지 않은 신중함으로 찌푸려져 있었다.

"디오타 이모는 3년 넘게 그분을 섬겼어요." 그가 생각에 잠겨 입을 열었다. "제가 아는 한 이모님은 그분에 대해 불평하신 적이 한 번도 없죠. 전 최근에야 그분을 알았지만 이리로 절 데려와주신 것에 감사하고 있어요. 저 같은 하인에게 대하기 쉬운 분이 아닌 건 사실이에요. 하지만 말을 조심하고 시키는 대로 따르면 아주 공정하게 대해주시던데요." 곧 베넷의 쾌활함이 갑자기 일어난 하늬바람처럼 모든 의혹을 날리며 되돌아왔다. "제가 새 일을 맡았듯 그분도 새로운 일을 막 시작하신 셈이군요. 거침없이 해나가실 겁니다. 저도 조심조심 살피며 나아갈 거고요. 예, 수사님 말씀대로 시간이 흐르면 그분도 자리를 잡으실 테지요."

물론 그의 말이 옳았다. 어떤 사람인지 모를 새로운 인물이, 아직 익숙지 않은 곳에 불안한 마음으로 도착한 터였다. 그에게 숨쉴 시간을, 그리고 다른 사람들의 숨소리를 들을 시간을 주어야 했다. 그러나 캐드펠은 작업장으로 돌아가며 반은 광기 어린 꿈이요 반은 최후 심판의 날 같았던 그의 강론을 걱정스레 떠올리지 않을 수 없었다. 그 강론은 도달하기 힘든 천국의 깨끗한 공기로 시작해 너무나 생생한 지옥의 묘사로 끝났다.

"…… 지옥은 섬입니다. 사방으로 영원한 물에 둘러싸여 있으며, 용들이 지옥에 떨어진 죄인들을 지키는 곳입니다. 그곳을 둘러싼 물은 곧 고통의 바다입니다. 파도가 지옥의 불에서 이는 불길보다 더 뜨겁게 몰아칩니다. 그것은 또한 반란의 바다입니다. 헤엄을 치거나 노 저어 건너려 할 때마다 손을 내저어 도망자를 불 속으로 도로 내던집니다. 그것은 절망의 바다입니다. 그곳에선 배는 전부 침몰하며 헤엄치는 사람도 모조리 돌처럼 가라앉고 맙니다. 마지막으로 그것은 또한 모든 죄인의 눈물로 이루어진 참회의 바다입니다. 지극히 소수의 사람만이, 그것도 눈물에 의해서만 겨우 탈출할 수 있습니다. 죄인들을 위해 흘리신 우리 주님의 눈물 한 방울이 떨어질 때에만, 오직 완전한 참회를 이루어낸 이들을 위해서만, 바다의 열기가 잦아들고 파도는 잔잔해질 것입니다……."

'참으로 엄격하고 무서운 자비야.' 진료소에 있는 늙고 힘없는 병자들, 그 자신이 그렇듯 결점 많고 이 세상에 오래 있지도 못할 이들의 가슴에 바를 향기로운 고약을 만들면서 캐드펠은 생각했다. '그렇다면 그건 자비가 아니지!'

3

시내의 맑은 하늘에 처음으로 작은 구름이 나타났다. 신부의 경작지를 갈고 교구의 황소와 수퇘지를 돌보는 아일가가 자칭 시장이자 수레바퀴 장인인 어월드에게 와 불평을 늘어놓았다. 그는 비난의 태도라기보다는 그저 근심에 잠겨, 새 주인이 자신의 신분에 대해 무언가 단단히 오해를 하는 것 같다고 털어놓았다. 애덤 신부가 세상을 떠날 무렵 조금 멀리 떨어진 들의 밭 한 뙈기를 놓고 소소한 분쟁이 일어났는데, 그와 신부 사이에 소유권에 대한 합의가 완전히 이루어지지 않은 상태였다. 애덤 신부는 욕심이 없는 성품이었으니 만일 그가 살아 있었다면 이 문제는 평화롭게 해결되었을 것이고, 그게 아니더라도 아일가의 어머니 쪽에서 이 밭과 관련한 분명한 권리를 소유하고 있는 터였다. 하지만 칼처럼 정확한 에일노스 신부가 그 문제를 법정에서 가려야 한다고 주장했으며, 나아가 아일가는 자유민이 아니라 농노이기 때문에 왕의 법정에 설 수 없을 것이라고 말했다는 것이었다.

"다들 알다시피 저는 자유민이고 여태 계속 자유민이었는데, 그분은 제게 농노인 친척이 있으니 저도 농노라는 겁니다. 제 숙부와 사촌이 워딘의 영지에서 소작을 부치고 있다면서요. 사실 숙부에게 토지가 없는 건 사실입니다. 그래서 그곳 땅이 놀고 있을 때 기꺼이 나서서 소작을 부치기로 했지만, 제 친척들이 다 그렇듯 그분 또한 자유민으로 태어나셨거든요. 제가 신부님이나 교회에 그 밭뙈기를 주기 싫어서 이러는 게 아닙니다. 그게 신부님 거라면 당연히 드려야죠. 그렇지만 그분이 제가 자유민이 아니라 농노라는 걸 밝히기 위해 소송을 하겠다면, 대체 저더러 어쩌란 말입니까?"

"그렇게 되지는 않겠지." 어윌드가 위로하며 말을 건넸다. "자네가 법정에 설 일은 결코 없을 걸세. 신부님이 왜 자네한테 해를 끼치겠나? 그저 법률의 자구를 깐깐하게 따지시느라 그러는 것뿐이야. 아마 교구민 모두가 자네를 위해 증언해줄 걸세. 나도 신부님께 따로 말씀드릴 테고. 그분도 이치를 아시겠지."

그 사연은 땅거미가 지기 전에 벌써 모든 사람의 귀에 들어갔다.

이어 두 번째의 구름이, 이번에는 머리가 깨진 한 소년의 모습으로 나타났다. 아이는 코를 훌쩍이고 흐느끼면서, 친구들이랑 공놀이를 하느라 신부의 집 벽에 공을 찼다고 말했다. 창문도 없이 깨끗한 벽이라 공을 차기에 안성맞춤인 곳이었다고. 물론 소란스러웠겠지만 전에도 여러 번 그렇게 놀았다고, 애덤 신부는 늘 미소를 지으며 장난스레 주먹을 휘두르며 그들을 물렸다고 말이다. 그런데 이번에는 달랐다. 키가 크고 시커먼 사람이 옷을 펄럭이며 밖으로 나오더니 아이들에게 저주를 퍼부으며 기다란 지팡이를 휘둘렀다는 것이었다. 놀라서 도망쳤지만 그리 빠르지 않은 아이 몇몇은 지팡이를 피하지 못했다. 두세 명의 아이가 시퍼런 멍 자국을 보여주었다. 그리고 이 운 나쁜 아이는 하필 머리를 맞아 거의 기절할 뻔했고, 나중에 보니 머리가 깨져 한동안 피가 철철 흘렀다는 얘기였다.

"사실 아이들이 좀 유난스럽긴 합니다." 아이를 달래고 붕대를 감아 화가 잔뜩 난 엄마에게 딸려 보낸 뒤, 어월드가 캐드펠에게 말했다. "수사님이나 저도 여러 차례 저 아이들 등짝을 때려주지 않았습니까? 하지만 그 사람이 들고 다니는 그런 커다란 지팡이로 때린 적은 없어요."

"누군가를 때리려고 휘두른 건 아니겠지. 아마 운이 나빠 그리 되었을 거요." 캐드펠이 말했다. "그렇다고 그 말썽꾸러기들이 에일노스 신부를 애덤 신부처럼 만만히 보아도 괜찮을 거라는 얘긴 아니오. 아이들도 새로운 신부가 가까이 있을 땐 태도를 조심하는 법을 배우는 게 좋을 거요."

아이들의 생각도 다르지 않은 모양이었다. 그들은 더 이상 골목 끝에 자리한 그 작은 집 부근에서 시끄럽게 노는 일이 없었고, 검은 옷을 입고 갈까마귀 날개 같은 옷자락을 펄럭이며 성큼성큼 걸어가는 그의 모습이 보이기라도 하면 야단맞을 짓을 않았는데도 순식간에 흩어져 안전한 거리를 확보할 때까지 도망치곤 했다.

에일노스 신부는 한순간도 자신의 의무를 소홀히 하지 않았다. 그는 성무일도를 틀림없이 지켰고, 기도를 할 땐 그 무엇에도 방해받지 않고자 했다. 여전히 준엄한 강론을 펼치고, 미사의 의식들을 경건하게 행하며, 환자들을 방문하고, 신앙심이 약해진 사람들을 훈계했다. 병자들에게 주는 그의 위로는 엄격하다 못해 오싹할 지경이었으며, 신자들은 지금까지와 달리 고해성사 때마다 마음이 무거워졌지만, 그로서는 자신의 직무상 요구되는 모든 것을 온전히 수행하는 셈이었다. 에일노스 신부는 또한 십일조와 경작물처럼 자신의 직책에 따라붙는 수입을 꼼꼼히 챙겼다. 그 결과 이웃한 밭의 주인은 자신의 밭 가장자리가 절반 이상 사라졌다고 불평했고, 이에 아일가는 땅을 놀리는 것은 비난받아 마땅한 일이므로 더 꼼꼼하게 갈라는 지시를 받았을 뿐이라고 항변했다.

애덤 신부에게서 어설프게나마 글자를 배우던 아이들은 이 후임자 밑에서도 계속 수업을 받고 있었다. 그런데 어찌 된 일인지 아이들이 점점 자주 수업을 빠지기 시작했다. 듣자 하니, 아주 사소한 잘못에도 매질을 당한다는 모양이었다.

"애덤 신부처럼 아이들을 날뛰게 내버려두는 게 잘못이지." 제롬 수사가 거만하게 말했다. "이제야 적절한 통제가 발동한 셈이오. 그걸 공정하다 여기지 않고 자기들을 괴롭히는 것으로 받아들인다니, 녀석들의 생각이 잘못됐소. 종규에도 나와 있잖소. 파문이 얼마나 큰 벌인지 이해하지 못하는 소년들이나 젊은이들은 그들 자신을 위해서라도 단식이나 매서운 채찍질로 다스려야 한다고 말이오. 에일노스 신부는 아주 잘하고 있는 거요."

"전 글자 좀 틀린 게 죄라고 생각하지 않습니다." 폴 수사가 아이들을 대변하듯 나서서 대꾸했다. "죄라는 건 죄를 범하겠다는 의지가 있어야 성립되지 않습니까. 이 아이들은 오직 잘하겠다는 생각으로 최선을 다해 대답했을 뿐입니다."

"죄는 그들로 하여금 완전치 못한 대답을 하게 만든 그 부주의와 태만에 있는 거요." 제롬이 젠체하며 말을 이었다. "부지런히 공부를 하는 애들이라면 틀리지 않고 대답할 수 있겠지."

"이미 겁을 먹고 있는 상태에서는 그러기가 어렵습니다." 폴 수사는 이렇게 쏘아붙이고 입을 다물어버렸다. 더 이상 논쟁을 이어가다가는 자신의 성질을 이기지 못해 무슨 일을 저지를지 걱정이 되었던 것이다. 제롬 수사는 자못 경건한 표정으로, 마치 어디 한번 때려보라는 듯 얼굴을 내미는 습관이 있었다. 덩치 크고 힘센 이들이 흔히 그렇듯 풀 수사도 어린 학생들처럼 약하고 힘없는 이들에게 놀랍도록 친절하고 다정하지만 자신의 주먹이 상대에게 어떤 결과를 가져올지 너무나 잘 알고 있었다. 하물며 제롬 수사처럼 말라빠진 인간이 어떤 꼴이 될지는 말할 필요도 없으리라.

*

 일주일쯤 지나자 라둘푸스 원장도 새 교구신부와 관련한 문제에 대해 알게 되었다. 그 빌미가 된 건 비교적 사소한 일이었다. 무게가 모자라는 빵을 배달했다며 에일노스 신부가 시내의 제빵장 조던 어커드를 공개적으로 비난한 것이다. 직업적인 자부심에 상처를 입은 조던이 어떤 식으로든 그 비난에 반박하기로 작정한 것도 당연했다.
 "어커드는 차라리 운이 좋은 셈이죠." 어월드가 말했다. "시내 주민 모두 그 비난이 잘못된 것이라 맹세할 만한 문제로 비난을 받았으니까요. 그는 늘 무게를 정확히 달아서 빵을 주었잖습니까. 물론 그 사람이 뭘 제대로 처리하는 건 딱 그것 하나뿐이지만 말이에요. 만일 최근 이 지역에서 아비 없이 태어난 애들 한둘을 놓고 혹시 그 아버지가 당신 아니냐 하고 문제를 제기했다면 그는 아예 반발할 생각도 못 했을 겁니다. 하지만 빵 얘기라면 달라요. 그는 빵을 잘 구울 뿐 아니라 무게도 속인 적이 없으니까요. 신부가 대체 왜 그런 비난을 하게 되었는지…… 조던은 아마 정의를 강력히 요구할 테고, 게다가 워낙 달변이니 마음 약한 다른 이들을 대신해서 쓸모 있는 소리를 해줄지도 모르겠습니다."
 그리하여 어월드는 시내의 시장 자격으로 제빵장 조던과 교구 유지 한두 명을 대동하여 12월 18일 총회에서 라둘푸스 원장을 접견하기로 했다.

*

"개인적으로 뵙고자 이리로 모셨소." 손님들이 요청에 따라 원장 숙사의 응접실로 들어서자 라둘푸스 수도원장이 입을 열었다. "다른 형제들의 직무를 방해하고 싶지 않아서 말이오. 하실 말씀이 많은 듯하니 여기서 편하게 이야기합시다. 시간은 넉넉하오. 자, 시장께서 먼저 말씀해보시오. 나 역시 시장과 마찬가지로 이곳 주민들의 번영과 행복을 바라는 마음이오."

아무런 공식적 권리가 없는 어월드를 시장이라 높여 부른 것은 호의와 환대의 의미였으니, 어월드 또한 기꺼이 원장의 뜻을 받아들였다.

"원장님." 그가 진지하게 말을 시작했다. "새로 오신 신부님의 규율이 너무나 엄격해 이렇게 원장님과 상의하러 왔습니다. 에일노스 신부님은 교회에서의 의무를 충실하게 수행하시고, 저희로선 그에 대해 아무런 불만이 없습니다. 문제는, 교구에서 저희를 대하는 그분의 태도입니다. 그분은 자신의 일을 돌봐주는 아일가의 신분에 의혹을 품으셨고, 그러면서도 그가 자유민임을 잘 아는 저희에게 전혀 묻지 않으셨습니다. 그분은 또 아일가로 하여금 이웃한 땅의 주인인 에드윈에게 알리거나 허락을 받지도 않은 채 그곳 땅 일부에 쟁기질을 하도록 지시했습니다. 그리고 여기 있는 조던이 빵의 무게를 속였다고도 비난했지요. 그게 잘못된 비난이라는 건 저희 모두 압니다. 조던은 맛있는 빵과 정확한 셈으로 유명한 제빵장이지요."

"사실입니다." 조던이 단호하게 말했다. "저는 수도원 땅에서 일하며, 빵 굽는 화덕도 수도원에서 빌려 쓰고 있습니다. 수도원의 여러분께서는 제가 자부심을 갖고 일하는 모습을 오랫동안 보아오셨지요."

"그렇지." 라둘푸스가 동의했다. "맞는 말이오. 자, 계속해보시오. 시장께서는 더 할 이야기가 있소?"

"있습니다, 원장님." 이제 어월드는 더욱 진지한 목소리로 말을 이었다. "에일노스 신부가 교회학교의 아이들을 얼마나 엄격하게 다루는지는 원장님도 들으셨을 겁니다. 그분은 교구의 소년들도 그렇게 대하십니다. 아이들이란 본디 무리 지어 있다가 한 발만 잘못 움직여도 어리석은 짓을 저지르기 쉽지 않습니까. 그런데 그분의 체벌은 지나칠 정도입니다. 저희가 보기엔 그럴 필요가 없을 사소한 일에도 폭력을 휘두르지요. 다들 그분을 무서워합니다. 물론 모든 사람이 아이들을 인내로 대하는 건 아니지만, 그분의 경우는 너무 지나쳐요. 그리고 여자들도 그분을 두려워하고 있습니다. 무서운 강론으로 지옥의 공포를 일깨우시거든요."

"지옥은 두려워할 필요가 없지." 원장이 말했다. "죄를 저지르지 않았다면 말이오. 여기 교구에 그런 죄인들은 없으리라 생각하는데."

"없지요. 그러나 마음 여린 여자들은 쉽게 겁을 먹습니다. 혹시 자신도 모르는 사이 죄를 저지른 건 아닌지 싶어 자기 마음속을 들여다보지요. 이젠 자신들이 죄를 짓고 있는지 생각해보지 않고는 숨도 마음 놓고 못 쉽니다. 게다가 그것 말고도 더 있습니다."

"계속해보시오."

"저희 교구에 켄트윈이라고, 가난하지만 존경할 만한 남자가 있습니다. 그의 아내 엘렌이 나흘 전에 미숙아를 낳았어요. 사내아이였지요. 점심기도 시간 무렵에 태어났는데, 아이가 워낙 작고 약해 켄트윈은 곧 죽겠구나 하는 생각에 신부님 집으로 달려가 아이의 영혼이 구원받을 수 있도록 세례를 해달라고 간청했지요. 그런데 에일노스 신부는 기도를 마칠 때까지는 갈 수 없다며 거절했습니다. 켄트윈이 그렇게 간청하는데도 기도를 중단하려 하지 않았어요. 결국 그가 갔을 때 아이는 죽어 있었지요."

잠시 서늘한 침묵이 감돌았다. 판자벽으로 둘러싸인 방 안으로 어둠이 내리는 것만 같았다.

"원장님, 그분은 아이가 세례를 받지 않았다는 이유로 기독교식 매장을 불허하셨습니다. 매장할 때 기도는 해주겠지만 신성한 땅 안으로 아이 시신을 들여올 수는 없다 하더군요. 그래서 묘지 밖에 묻었지요. 제가 그 장소를 보여드릴 수 있습니다."

라둘푸스 원장이 무거운 어조로 입을 열었다. "그는 자신의 권리를 행사했을 뿐이오."

"그분의 권리라고요! 아이의 권리는 어쩌고요? 처음 불렀을 때 왔더라면 그 아이는 세례를 받은 영혼이 됐을 겁니다."

"그는 자신의 권리를 행사했소." 라둘푸스가 되풀이했다. 냉정하지만 깊은 혐오가 담긴 목소리였다. "기도는 신성한 것이지."

"새로 태어난 영혼도 그렇습니다." 어월드가 날카롭게 대꾸했다.

"그 말도 맞소. 하느님께서도 우리 두 사람의 말을 들으셨을 테니 당신의 뜻을 보여주시겠지. 자, 더 할 이야기가 있으면 하시오. 전부 말이오."

"원장님, 저희 교구에 엘리네드라는 젊은 여자가 하나 있었습니다. 아주 아름답지만 다른 여자들과 달리 산토끼처럼 제멋대로였지요. 그녀를 모르는 사람이 없었습니다. 그 여자가 자기 자신을 제외한 어느 누구에게도 해를 끼치지 않았다는 건 하느님께서 아실 겁니다. 원장님, 그녀가 남자들에게 안 된다고 말하지 못해 이 남자 저 남자와 어울린 건 사실입니다. 그러다 눈물을 흘리며 돌아와서는 고해성사를 하고 다시는 안 그러겠다 맹세했지요. 그건 진심이었어요! 단지 맹세를 지키는 게 너무 힘들었을 뿐이죠. 청년들이 도무지 그녀를 가만두지 않으니까요…… 애덤 신부님은 언제나 그녀를 받아주셨습니다. 고해와 참회를 시킨 다음 죄를 사해주셨지요. 그녀로서도 어쩔 수 없다는 걸 신부님은 아셨어요. 게다가 그녀는 어느 누구보다 친절한 여자였거든요. 남자건 아이건 짐승이건, 누구에게나 너무나 친절했어요!"

원장은 어떤 내용이 이어질지 예견한 듯 꼼짝도 않고 말없이 앉아 있었다.

"지난달에 그녀는 아이를 낳았습니다. 몸이 회복되자 부끄러움으로 어쩔 줄 몰라 하며 언제나 그랬듯 고해성사를 하러 갔지요. 신부는 그녀의 참회를 거부했어요. 행동거지를 고치겠다는 약속을 그녀 자신이 깨뜨렸다면서요. 물론 그건 사실이죠. 하지만 아무리 그래도…… 어떻게 참회조차 하지 못하게 할 수 있습니까? 그분은 엘리네드의 약속을 믿지 않았고, 죄를 사해주지도 않았습니다. 그녀가 겸손하게 교회에 와 미사에 참석하려 하자 냉정하게 돌려보내며 다시는 오지 말라고 했어요. 모두가 보는 자리에서 공개적으로, 큰 소리로 그렇게 말했습니다."

깊은 침묵이 이어졌다. 마침내 원장이 겨우 입을 열어 물었다. "그 여자는 어떻게 됐소?" 물을 필요가 있을까? 그녀는 이미 과거의 사람, 버림받은 유령이 되었으리라.

"사람들이 그녀를 저수지에서 건져냈습니다. 시냇물을 따라 떠내려갔는데, 다행히 시신을 건져낸 이들이 그녀에 대해 알지 못하는 도시 사람들이라 자기들 교구로 옮겼다더군요. 세인트채드 교회의 신부가 장례를 치러주었답니다. 그녀가 어떻게 물에 빠지게 되었는지는 분명치 않습니다. 일단은 사고로 처리되었지요."

그러나 다들 사고가 아님을 알고 있었다. 그의 표정과 목소리에 그것이 분명히 드러나 있었다. 절망은 지옥에 떨어질 만한 죄악이다. 그렇다면, 절망을 나누어준 이들은 하늘의 장부에 어떻게 기록될 것인가?
"모두 내게 맡겨주시오." 라둘푸스 원장이 말했다. "내가 에일노스 신부와 이야기해보겠소."

*

미사 후, 에일노스 신부가 응접실 책상을 사이에 두고 원장 앞에 섰다. 길고 엄격하고 잘생긴 그의 얼굴에서 죄책감이나 동요, 주저 같은 건 전혀 찾아볼 수 없었다. 그는 허리를 꼿꼿이 세우고 두 손을 편히 모아 쥔 채 무엇으로도 깨지지 않을 고요한 얼굴로 조용히 서 있었다.
"원장님, 솔직히 말씀드리지요. 제가 맡은 영혼들은 오랫동안 아무렇게나 방치되어 스스로 파멸을 향해 달려가고 있습니다. 정원이 온통 잡초로 가득해 좋은 곡식을 병들게 만들고 질식시키는 셈이지요. 깨끗한 수확물을 거두기 위해 필요한 일이라면 무엇이든 하기로 서약했으니 전 노력을 다할 생각입니다. 그것이 제 의무이기도 하고요. 때리지 않고 키운 아이는 나중에 망나니 같은 어른이 됩니다. 에드윈의 밭 가장자리를 갈아낸 일에 대해 말씀드리자면, 제가 그의 경계석을 제자리로 옮겨놓은 겁니다. 실수를 바로잡은 거죠. 저는 그 돌을 마땅히 있어야 할 자리에 놓고 제 밭의 경계를 그보다 못 미치게 잡아두었습니다. 다른 이의 땅을 손바닥만큼이라도 가질 생각이 제겐 없습니다."

이는 사실이었다. 손바닥만큼의 땅도, 한 푼의 돈도 그는 빼앗지 않았다. 물론 빼앗기지도 않았고 말이다. 칼날 같은 정의만이 그의 잣대였다.

"땅 한두 뼘과 관련된 일에는 나도 별 관심이 없소." 원장이 건조한 목소리로 말했다. "다만 인간 삶에 훨씬 더 가깝게 다가오는 문제들에 대해서는 다르오. 신부의 하인인 아일가는 자유민으로 태어났으며, 지금도 자유민이오. 그의 숙부와 사촌도 마찬가지지. 그들의 주장을 문제 삼고 나설 이는 아무도 없을 거요. 그들은 한 조각의 땅을 부치는 대가로 관습적인 의무를 떠맡았을 뿐 시민권을 박탈당한 적이 없소. 돈으로 땅을 산 경우와 다를 바가 없다는 얘기요."

"저도 조사를 통해 그러한 사실을 알았습니다." 에일노스가 침착하게 말했다. "그에게 알았다고 이야기했고요."

"그럼 그 문제는 해결된 셈이군. 그러나 먼저 조사를 한 다음 고발했더라면 더 좋았을 거요."

"원장님, 올바른 사람이라면 누구라도 정의를 찾는 일에 분노해서는 안 됩니다. 저는 이곳에 새로 온 데다, 그 사람 친척들의 땅이 농노로서의 봉사를 통해 소유되고 있다는 얘기를 들었으니 의혹을 품을밖에요. 진실을 밝혀내는 것이 제 의무였고, 당사자에게 먼저 물어보는 것은 정당하고도 당연한 일이었습니다."

배려는 부족할지언정 이 역시 맞는 말이었다. 게다가 확인이 된 후에는 그가 예의 칼날 같은 정의감으로 진실을 받아들인 듯했다. 하지만 이런 사람을 어떻게 해야 좋을까, 잘못을 저지르기 쉬운 평범한 인간들의 무리 사이에서……. 라둘푸스는 보다 심각한 문제로 화제를 돌렸다.

"켄트윈이라는 남자와 그의 아내 사이에 태어났다가 한 시간도 못 되어 죽은 아기에 관한 얘긴데…… 그가 신부에게 가서 아기가 너무 약해 곧 죽을 것 같으니 서둘러 와달라고 간청했다 들었소. 하지만 신부는 즉시 나서지 않았고, 이후 신성한 땅에 아이의 시신을 매장하지 못하게 했다던데. 그가 부르러 왔을 때 왜 곧장 달려가지 않은 거요?"

"막 기도를 시작한 참이었기 때문입니다. 원장님, 저는 기도를 도중에 그만두지 않겠다는 서약을 어긴 적이 없습니다. 앞으로도 마찬가지일 거고요. 어떤 일이 있어도, 설령 제가 죽게 된다 해도 그런 일은 없을 겁니다. 기도를 끝내지 못했는데 어찌 자리를 뜰 수 있겠습니까? 물론 기도가 끝나자마자 달려갔지요. 저로서는 아이가 그렇게 빨리 죽을 줄 몰랐습니다. 하지만 아마 알았다 해도 기도를 중단할 수는 없었을 겁니다."

"신부에겐 여러 가지 의무들이 있소." 원장이 냉정하게 말을 이었다. "때론 어떤 의무를 앞세워야 할지 선택해야 하지. 나는 신부가 자신이 돌보아야 할 이들의 영혼을 먼저 선택해야 한다고 보오. 하지만 신부는 그러는 대신 개인적인 기도의 완성을 택했고, 그 결과 아이를 묘지 밖의 무덤으로 보냈소. 그게 잘한 일이라 생각하오?"

"원장님," 에일노스는 아무런 동요 없이, 스스로에 대한 확신으로 검은 두 눈을 빛내며 말했다. "이미 말씀드렸지만 그게 옳은 일이었습니다. 저는 신성한 기도와 관련된 것이라면 조금이라도 제 의무를 벗어날 생각이 없습니다. 나 자신의 영혼은 물론 다른 모든 이들의 영혼이 그것을 존중해야 합니다."

"이 세상에 갓 내려온, 하느님의 창조물 중에서도 가장 순결하고 가장 힘없는 존재의 영혼도 말이오?"

"세례 받지 않은 이들이 교회 안에 묻힐 수 없다는 건 원장님께서도 잘 알고 계십니다. 그게 하느님의 법이지요. 저는 제가 지켜야 할 법을 지킵니다. 그 밖의 일은 아무것도 할 수 없습니다. 하느님께서 자비를 베풀고자 하신다면 신성한 땅에 있건 부정한 땅에 있건 켄트윈의 아기를 찾아내시겠지요."

그 방식이 무자비하긴 해도 틀린 대답은 아니군, 완고하고 확신에 찬 얼굴을 똑바로 바라보며 원장은 말했다.

"규칙의 자구가 중요한 건 사실이오. 하지만 그 안에 담긴 정신이 더 중요하지. 신부는 갓난아이의 영혼을 보호하기 위해 자신의 영혼을 위험에 빠뜨리는 편이 나았을 거요. 중간에 끊긴 기도는 그 이유가 급박한 것이었다면 용서받을 수 있소. 그리고 엘리네드라는 여자에 관한 이야기도 들었소. 교회에서 쫓겨난 이후―강조하지만 나는 '이후'라고 했소, '때문에'가 아니라―스스로 목숨을 끊었다고. 가장 큰 죄인이라 해도 고해성사를 거부당해서는 안 되오. 그건 심각한 문제요."

"원장님!" 처음으로 격한 분노를 드러내며 에일노스가 말했다. 그의 확신에는 흔들림이 없었다. "회개하지 않는다면 고해성사도, 용서도 있을 수 없습니다. 그 여자는 여러 차례 회개하고 다시는 그러지 않겠다 맹세했지만 한 번도 약속을 지키지 않았습니다. 사람들에게서 그녀의 평판을 듣자니, 이미 개선의 여지가 없더군요. 양심상 저는 그녀가 고해성사 하는 것을 받아들일 수 없었습니다. 그녀의 약속을 믿을 수 없었으니까요. 회개의 행위에 진실이 들어 있지 않다면 고해성사를 해봤자 아무 소용이 없을뿐더러, 그런 여자의 죄를 사해주는 것 또한 치명적인 죄가 될 것입니다. 구제불능의 여자였어요! 그 여자가 죽었든 말든 전 제 결정을 후회하지 않습니다. 다시 그런 일이 생겨도 똑같이 할 겁니다. 제가 지켜야 할 서약과의 타협이란 있을 수 없습니다."

"두 사람의 죽음에 대해 신부가 책임져야 할 몫과의 타협도 없을 거요." 라둘푸스가 엄숙하게 말했다. "만일 주님께서 신부와 다른 견해를 취하신다면 말이오. 에일노스 신부, 당신은 올바른 이들이 아니라 죄인들로 하여금 회개하게 하고, 잘못을 저지르기 쉬운 약한 사람들, 두려움과 무지 속에 사는 이들을 깨우도록 부름 받았소. 순전히 당신 자신만을 위해 여기 온 것이 아님을 기억하시오. 그들의 능력에 당신의 요구를 맞추시오. 그리고 당신의 완벽함을 따라오지 못하는 이들에게 보다 너그러워지기를 바라오." 수도원장은 거기서 말을 멈추었다. 일종의 질책으로 던진 말이었지만, 저 자만심 강하고 둔감한 신부의 얼굴을 보아하니 그는 이를 칭찬으로 받아들이는 모양이었다. "그리고 아이들에게 손을 댈 때에는 신중하시오. 그들이 악의를 지니고 죄를 짓는 게 아니라면 말이오. 우리 모두 잘못을 저지르기 쉬운 존재요. 당신도 마찬가지요."

"올바른 일을 하도록 애쓰겠습니다." 에일노스가 대답했다. "지금까지 늘 그랬던 것처럼 앞으로도 언제나 그럴 것입니다." 이어 그는 사제복 자락을 날개처럼 펄럭이며 자신 있는 걸음으로 응접실을 나섰다.

*

"지나칠 정도로 금욕적이고 강직하며, 융통성 없이 정직하고, 지극히 순수한 사람이오." 라둘푸스 수도원장은 로버트 부원장과 따로 만나 이렇게 입을 열었다. "겸손과 인간적인 관대함 외에는 모든 덕목을 다 갖추었더군. 내가 그런 사람을 이곳으로 데려왔다니…… 이제 그를 어쩌면 좋겠소?"

*

  12월 22일, 디오타 해밋 부인이 바구니를 들고 문지기실에 와 겸손한 태도로 조카인 베넷을 찾았다. 바구니에는 축일을 기념하여 구운 꿀 빵 몇 개와 케이크가 들어 있었다. 조카가 크리스마스 때 먹을 수 있도록 하려는 것이었다. 그녀가 교구신부의 가정부임을 아는 문지기 수사가 정원으로 가는 길을 일러주었다. 베넷은 네모반듯하게 손질된 회양목 울타리에서 제멋대로 자라 나온 가지들을 열심히 쳐내고 있었다.

  작업장에 있던 캐드펠은 말소리를 듣고 밖을 내다보았다. 저 품위 있는 부인이 누구인지 짐작이 되어 다시 절구질을 이어가려 했으나, 그들이 서로 인사를 나누는 방식에 뭔가 미묘한 기미가 느껴져 그는 눈길을 떼지 못했다. 유난스럽지 않은 애정, 짐짓 밖으로 드러내지 않는 편안한 애정은 이모와 조카 사이에 더없이 자연스러운 것이었고, 캐드펠이 보기에도 정도를 벗어나지 않았다. 하지만 그럼에도, 나이 어린 친척을 대하는 여자의 태도가 어딘지 부자연스러웠다. 상냥함을 넘어 거의 존경에 가까운 몸짓이랄까. 한편 이모를 향한 조카의 따뜻한 포옹에는 묘하게도 어린아이 같은 수줍음이 깃들어 있었다. 아닌 게 아니라 그는 어떤 일도 어중간하지 않은 젊은이였으니, 두 사람이 서로를 편하게만 생각하는 사이는 아닌 게 분명했다.

  캐드펠은 그들을 내버려둔 채 자신의 일로 돌아갔다. 해밋 부인은 아름다운 얼굴에 몸매가 단정한 여자였다. 신부의 가정부에게 어울리는 점잖은 검은색 의복, 단정하게 빗은 희끗희끗한 머리에 두른 검은 숄. 고요하면서도 어쩐지 슬픈 표정을 띤 그녀의 갸름한 얼굴은 그 청년에게 인사를 건네는 순간 눈부시게 밝아졌다. 마흔 살도 안 되어 보이는군, 캐드펠은 생각했다. 베넷은 아버지를 닮은 모양이야. 저들 두 사람은 닮은 구석이 전혀 없으니. 어쨌거나 그가 상관할 일은 아니었다.

베넷이 바구니를 비워주기 위해 작업장으로 들어왔다. 그는 음식들을 꺼내 나무 의자 위에 늘어놓으며 말했다. "잘됐어요, 수사님. 이모님은 왕실 부엌에서 일하는 사람들만큼이나 솜씨가 좋거든요. 수사님과 저는 왕자들처럼 먹을 수 있게 됐어요."

그러곤 빈 바구니를 들고 명랑하게 밖으로 뛰어나갔다. 캐드펠은 열린 문 너머 그의 뒷모습을 바라보았다. 그가 바구니와 함께 웃옷 안에서 무언가 작은 것을 꺼내 건네는 모습이 보였다. 해밋 부인이 진지하게 고개를 끄덕이며 그것을 받자 청년은 고개를 숙여 그녀의 뺨에 입을 맞추었다. 그녀의 얼굴에 미소가 떠올랐다. 분명 그는 사람 다루는 방법을 잘 알고 있었다. 부인이 떠난 뒤에도 베넷은 오랫동안 서서 그 뒷모습을 지켜보다가 곧 몸을 돌려 작업장으로 향했다. 그 얼굴에 매력적인 미소가 어려 있었다.

"수도사는 수도원장의 허락 없이 부모를 포함한 누구에게서도, 어떤 종류의 선물도 결코 받아서는 안 된다." 캐드펠이 정색을 하고 말했다. "종규에 그런 내용이 있다네."

"그렇다면 수사님이나 저나 운이 좋은 셈이네요." 청년이 쾌활하게 대꾸했다. "전 서약을 하지 않았으니까요. 이모님이 만드신 꿀 빵은 이제껏 제가 먹어본 것 중 제일 맛있는 음식이라고요." 이어 그는 희고 고른 이로 빵을 베어 물더니 또 하나를 집어 캐드펠에게 건넸다.

"형제들은 그 선물을 서로 주고받아서도 안 된다." 계속 종규를 외우면서도 캐드펠은 빵을 받아 들었다. "그래, 정말 운이 좋군! 나는 비록 규칙을 어겼지만 자네는 아무 죄도 없는 셈이지. 그나저나, 수도사가 되겠다는 생각은 완전히 버린 건가?"

"저요?" 부지런히 빵을 씹던 청년이 놀란 듯 입을 벌리고 되물었다. "언제 제가 그런 소망을 내비친 적이 있나요?"

"자네가 아니라 자네의 후원자가 그랬지. 여기서 자네를 일하게 해달라고 부탁할 때 말이야."

"그분이 저에 대해 그런 말을 했다고요?"

"그래. 확실한 약속 같은 건 아니고, 언젠가 그렇게 될지도 모른다는 식으로 얘기했네. 하지만 내가 보니 그런 일은 없을 것 같구먼."

베넷은 빵을 다 삼키고 손가락에 달라붙은 부스러기를 핥으며 곰곰이 생각에 잠겼다. "그분은 아마 절 떼어버리고 싶었던 모양이에요. 그런 얘길 하면 제가 여기서 더 환영받으리라 생각하셨겠지요. 제가 썩 마음에 들지 않았나 봐요. 너무 잘 웃어서 그랬는지…… 하지만 수사님도 절 여기 오래 가둬두지 못하실 겁니다. 때가 오면 저만의 길을 갈 생각이거든요." 신부에게는 지나치게 경박해 보였을지 모를 그 환한 미소를 얼굴 가득 퍼뜨리며 그가 말을 맺었다. "물론 여기 있는 동안에는 제대로 일을 해낼 테지만요."

이어 그는 커다란 손으로 가위를 들고 이리저리 흔들어대며 울타리로 돌아갔다. 캐드펠은 내내 깊은 생각에 잠겨 그의 뒷모습을 응시하고 있었다.

4

그날 오후 늦은 시각, 디오타 해밋 부인이 세인트채드 교회 근처의 어느 집에 나타나 조심스러운 태도로 주인인 랠프 기퍼드 어른을 뵙고자 청했다. 문을 열어준 하인은 처음 본 여인의 부탁에 머뭇거리며 그녀를 위아래로 훑어보았다.

"주인어른께 무슨 볼일이 있으신가요, 부인? 누가 보내셨습니까?"

"그분께 이 편지를 전하러 왔습니다." 디오타는 얌전히 대답하며 돌돌 말린 채 봉랍으로 단단히 묶인 작은 종이를 내보였다. "어르신께서 괜찮으시다면 답장을 받아 가려고 합니다."

이것을 받아도 될지 하인은 좀처럼 결정을 내릴 수 없었다. 작고 비뚤어진 양피지 조각. 그건 이틀 전 안젤름 수사가 악보를 그리느라 크기에 맞추어 잘라낸 종잇조각 중 하나였다. 그러나 보잘것없어 보이는 서신에 붙은 봉인이 그 중요성을 암시하고 있었다. 하인이 여전히 머뭇거리고 있는데, 그의 뒤에서 한 젊은 여자가 현관으로 다가왔다. 그녀는 낯선 방문자의 품위를 알아보고 흥미가 동한 듯 무슨 일이냐 물었다. 이어 편지를 주저 없이 받아 들어 그 봉인을 확인하더니 놀라움과 관심이 가득한 푸른 눈으로 손님의 얼굴을 바라보았다. 그녀가 두루마리 편지를 다시 디오타에게 건넸다.

"들어오세요. 이건 부인께서 직접 전하시지요. 제가 의부께 안내하겠습니다."

주인은 작은 일광욕실의 따뜻한 불 곁에 포도주를 놓고 앉아 있었다. 그의 발치에 동그랗게 몸을 말고 누운 사슴 사냥개가 눈에 들어왔다. 쉰쯤 되어 보이는, 몸집 크고 혈색 좋은 근육질의 남자. 벗어진 머리에 턱수염을 기르고 맵시 있는 옷차림을 하고 있었다. 활동적인 젊은 시절을 보내고 이제 막 살이 붙기 시작해 두세 곳의 시골 영지와 도시에 자리한 저택을 거느린 주인다운 풍모가 엿보였다. 지금은 이 집에서 편안하게 크리스마스를 보내려는 모양이었다. 딸이 디오타를 소개하자 그는 도저히 영문을 모르겠다는 표정으로 올려다보았으나 양피지의 봉인을 확인하는 순간 모든 것을 이해했다. 그는 아무 질문도 없이 딸에게 서기를 불러오라 이르고는, 잠시 후 서기가 편지를 읽는 동안 주의 깊게 귀를 기울였다. 서기의 목소리는 매우 낮았다. 그 편지에 담긴 내용이 얼마나 위험한 것인지 짐작한 모양이었다. 원체 작은 몸집에 나이가 들어 더 쪼그라든 이 남자는 그동안 한 주인을 섬기며 오랜 세월을 보냈으니, 기퍼드로서는 완전히 믿을 수 있는 사람이었다. 서기는 편지를 다 읽고서 주인의 얼굴을 걱정스레 바라보았다.

"주인님, 어떤 것도 글로 써서 보내시면 안 됩니다! 답을 하고 싶으시면 구두로 하는 편이 안전합니다. 그건 부인할 수 있으니까요. 하지만 글로 쓰는 건 어리석은 짓입니다."

랠프는 불안한 얼굴로 가만히 서서 기다리고 있는 이 기묘한 심부름꾼에게 시선을 고정한 채 생각에 잠겼다.

"가서 전하시오." 그가 마침내 입을 열었다. "그의 전갈을 받았으며 이해했다고 말이오."

디오타는 잠시 머뭇거리다가 용기를 내어 물었다. "그게 전부입니까, 어르신?"

"그거면 충분하지! 그에게나 나에게나 말이 적을수록 좋소."

방 한구석에 서서 대화에 귀를 기울이던 젊은 여자가 디오타를 따라 나와 문을 닫은 뒤 현관의 그늘 속에 나란히 섰다.

"아주머니," 그녀가 디오타의 귀에 대고 나직이 속삭였다. "어디 가면 그분을 뵐 수 있나요? 당신을 보내신 분 말이에요."

디오타의 얼굴에 의혹의 표정이 떠오르더니 멍한 침묵이 이어졌다. 두려운 모양이었다. 그 두려움을 잠재우기 위해 여자가 낮고 열렬한 목소리로 말했다. "그분께 해를 끼치려는 게 아니에요. 정말이에요! 제 아버지도 같은 편이세요. 제가 그 봉인을 단번에 알아봤잖아요. 절 믿으셔도 돼요. 아무에게도, 그분께도 말하지 않을게요. 다만 어떻게 그분을 뵐 수 있는지, 필요할 때 어디서 그분을 찾을 수 있을지 알고 싶어요."

"수도원에 계세요." 결심이 선 듯, 디오타 역시 낮은 목소리로 서둘러 말했다. "약초를 다루는 수사님 밑에서 베넷이란 이름으로 정원 일을 하시죠."

"아, 캐드펠 수사님 말이죠. 저도 그분을 알아요!" 안도의 한숨을 내쉬며 여자가 말을 이었다. "제가 열 살 때 심한 열병을 앓았는데 그분이 고쳐주셨죠. 그리고 3년 전 어머니가 다시 일어나지 못할 병으로 누우셨을 때도 종종 보러 오셨어요. 잘됐네요. 저 노 그분 작업장이 어딘지 아니까요. 자, 이제 얼른 가세요!"

그녀는 종종걸음으로 서둘러 작은 마당을 빠져나가는 디오타의 뒷모습을 지켜보다가 곧 문을 닫고 일광욕실로 돌아왔다. 기퍼드는 얼굴을 찌푸린 채 근심에 잠겨 앉아 있었다.

"만나러 가실 거예요?"

편지는 여전히 그의 손에 들려 있었다. 갑자기 그가 충동적으로 양피지를 불길 속에 던져버리려다가, 다시 팔을 거두고는 윗도리 안쪽에 조심스레 감추었다. 이것은 편지를 보낸 이에 대한 호의의 태도가 아닐까? 그녀는 내심 기뻤다. 기퍼드에게서 아무런 대꾸가 없는 건 놀랄 일이 아니었다. 깊이 생각할 필요가 있을 테니까. 게다가 그는 어떤 경우에도 의붓딸에게 관심을 기울인

적이 없으며, 그녀에게 무엇을 털어놓는 일은 더더욱 없었다. 딸의 행동에 어떠한 간섭도 하지 않았으니, 이는 애정이 아니라 무관심에서 나온 태도였다.

"이 일에 대해서는 누구에게도 말하면 안 된다." 그가 말했다. "그 약속을 지켜서 내가 무얼 얻겠느냐? 모든 걸 다 잃을 뿐이겠지! 네 집안이나 우리 집안이나 그쪽에 충성을 바치다가 이미 충분히 잃은 마당이야. 만일 누가 방앗간까지 미행이라도 하면 어쩌겠느냐?"

"왜 미행을 당하겠어요? 그분을 의심하는 사람은 전혀 없어요. 지금 그분은 베넷이라는 이름으로 수도원 정원 일을 하신대요. 이미 보증을 받은 셈이죠. 크리스마스 전야인 데다 한밤중이니 미사에 참석하는 사람들을 빼면 밖에 아무도 없을 거예요. 위험할 게 뭐가 있겠어요? 딱 좋은 시간이지요. 게다가 그분에겐 도움이 필요하고요."

"글쎄다……." 랠프는 두루마리를 넣은 윗도리 가슴께를 손가락으로 두어 번 두드렸다. "아직 이틀 남았으니 그때까지 지켜보자."

*

베넷이 즐겁게 휘파람을 불며 회양목 울타리에서 쳐낸 가지들을 쓸고 있는데, 뒤에서 축축한 자갈을 딛는 가볍고 민첩한 발소리가 들렸다. 돌아보니 두건이 달린 짙은 색 외투를 입은 젊은 여자가 큰 마당에서 그를 향해 다가오고 있었다. 작고 날씬한 체격과 꼿꼿하고 자신 있는 태도가 눈에 띄었다. 조용한 낮의 흐릿한 안개와 슬금슬금 다가오는 어스름 탓에 외투에 감싸인 얼굴은 흐릿하게만 보였다. 그녀가 아주 가까이 다가오자 베넷은 예의 바르게 몸을 돌려 길을 내주었고, 그제야 비로소 두건이 드리운 그늘 속의 젊은 장밋빛 얼굴을 똑똑히 볼 수 있었다. 사과꽃 같은 피부와 둥근 얼굴, 단호한 턱과 반쯤 핀 장미 빛깔을 한 도톰한 입술. 아직 남아 있는 희미한 일광에 부드럽게 반짝이는 그녀의 커다란 푸른 눈을 보는 순간 그는 다른 무엇도 생각할 수 없었다. 길을 내준 채 예의 바르게 고개를 숙이고 있었지만, 이상하게도 그녀는 그내로 시나가는 대신 고양이처럼 겁 없고 순진한 눈빛으로 솔직하고 세세하게 그를 뜯어보았다. 아닌 게 아니라, 정말로 새끼 고양이를 닮은 얼굴이었다. 눈썹에서 턱에 이르는 길이보다 미간이 더 넓고 아래로 갈수록 급격하게 좁아지는 얼굴이, 한 번도 두려움이라는 걸 느껴본 적 없는 새끼 고양이가 세상을 마주하듯 겁 없이 그를 위아래로 훑어보는 것이었다. 매우 중대한 목적이 있음을 무언중에 암시하지 않았다면 무례하고 거만하게만 보였을 엄숙한 조사가 천천히 행해지고 있었다. 고귀한 집안의 자제, 혹은 부유한 상인의 딸일 이 젊은 여인이 왜 자신에게 이러한 관심을 보이는지 베넷은 알 수 없었다.

  마음속에 품고 있던 의문을 모두 만족시켰는지, 그녀가 마침내 맑고 단호한 음성으로 물었다. "당신이 캐드펠 수사님의 새 일꾼인가요?"

"그렇습니다, 아가씨." 발을 이리저리 옮기며 일꾼이 수줍게 답했다. 그렇게도 자신만만하고 쾌활하던 얼굴은 붉게 달아올라 있었다.

여자는 깨끗하게 손질된 회양목 울타리와 최근 잡초를 뽑고 거름을 준 꽃밭을 바라본 뒤 다시 그에게로 시선을 돌렸다. 잠시 눈이 부신 순간 그는 미소를 보았다고 생각했으나, 눈을 한 번 깜박이는 사이 그녀의 얼굴엔 다시 엄숙함이 돌아와 있었다.

"수사님께 고기 요리에 쓸 허브를 좀 얻으러 왔어요. 그분은 어디 계시죠?"

"작업장 안에 계십니다. 저기 담 안의 정원으로 들어가 쭉 가시면 돼요."

"길은 알고 있어요." 그녀는 이렇게 대꾸하고서 고귀한 사람이 신분 낮은 이에게 하듯 우아하게 고개 숙여 인사한 뒤 휙 돌아 담장으로 둘러싸인 문을 지나 사라졌다.

저녁기도 시간이 가까운 때였다. 이제 일을 마치고 기도에 참석할 준비를 해야 했으나, 베넷은 쓰레기들을 잘 모아 무더기를 만들었다가 조금 흐트러뜨리고 다시 쓸어 모으는 일을 되풀이하며 필요하지도 않은 비질을 계속하고 있었다. 그 여자를 다시 한 번 보고 싶어서였다. 마침내 여자가 천에 느슨하게 싼 말린 허브를 조심스럽게 들고 나왔지만, 이번에는 마치 의도한 듯 눈길 한

번 주지 않고 그를 지나쳐버렸다. 그럼에도 베넷은 놀라울 정도로 푸르고 커다란 그 눈이 자신을 샅샅이 살피고 있다는 느낌을 받았다. 두건이 약간 뒤로 젖혀져 그녀의 땋은 머리가 동그랗게 말려 있는 것이 보였다. 형언하기 힘든 봄의 빛깔이었다. 그늘 속에서 막 열리기 시작하는 고사리의 어린 순처럼 초록색이 살짝 섞인 부드러운 엷은 갈색. 아니, 개암나무의 가느다란 가지 같다고 할까? 개암나뭇빛 눈은 그다지 드물지 않다. 그러나 개암나뭇빛 머리칼을 자랑할 수 있는 여자가 얼마나 되겠는가?

그녀는 가버렸다. 외투 끝자락이 회양목 울타리를 휙 돌아 시야에서 사라졌다. 베넷은 급히 빗자루를 팽개치고 쓰레기 더미를 그대로 둔 채 캐드펠 수사에게 달려갔다. 궁금한 것들이 너무도 많았다.

"방금 그 숙녀분은 누구세요?" 그는 숨김없이 물었다.

"자네 같은 수도사 지망자에게는 어울리지 않는 질문인 것 같구먼." 캐드펠이 막자와 사발을 깨끗이 닦으며 느릿느릿 대꾸했다.

베넷은 웃음소리를 내며 그 단단한 몸을 캐드펠의 눈앞에 세우고 눈을 맞추었다. 독신 생활이라니, 상상할 수도 없는 일이라는 표정이었다. "그러지 말고 알려주세요, 수사님. 그 여자를 아시잖아요. 아니면 그 여자가 수사님을 알거나요. 누구예요?"

"자네에게 말을 걸던가?" 캐드펠이 관심을 보이며 물었다.

"수사님이 어디 계신지 물었을 뿐이지만, 그래요, 말을 걸었다고 할 수 있겠죠!" 그가 의기양양하게 말을 이었다. "게다가 멈춰 서서는 저를 꼼꼼히 살피는 거예요. 마치 몸종이 하나 필요한데 이 사람을 조금 다듬으면 어떨까 생각하는 것처럼요. 그런 숙녀분을 모시는 몸종으로 제가 쓸 만할까요, 수사님?"

"확실한 건, 자네에게 수도사로서의 자질은 전혀 없다는 점이야." 캐드펠이 관대한 어조로 대답했다. "하지만 숙녀분을 모시는 자리가 어울린다고 할 수도 없네." 캐드펠은 속생각을 굳이 덧붙이지 않았다. '동등한 관계가 아니라면 말이지!' 이 순간 청년은 가난한 과부의 가진 것 없는 친척, 못 배우고 어리숙한 조카라는 제 처지를 완전히 망각하고 있었다. 그다지 놀라운 일도 아니었다. 지난 일주일 내내 이곳 정원에서도 자기 신분에 대해서는 아예 생각도 하지 않는 듯 보였기 때문이다. 비록 다른 사람들 앞에서는, 특히 자신의 은혜를 과시하는 로버트 부원장 앞에서는 순식간에 영락없는 시골뜨기 얼간이로 돌아가곤 했지만 말이다.

"수사님……" 베넷이 캐드펠의 양쪽 어깨를 붙들더니 곱슬머리를 한쪽으로 기울이며 친밀하게 그를 불렀다. 기회만 주어진다면 자신이 나무에 앉아 있는 새도 매혹시켜 끌어내릴 수 있으리라는 사실을 그는 잘 알고 있었으니, 한때 그와 비슷한 성향을 지녔을 나이 많은 동조자를 구슬리는 일에도 아무런 어려움을 느끼지 않는 듯했다. "제가 그 숙녀분과 두 번 다시 말을 섞지 못할지도 모르고 아예 다시 볼 일도 없을지 모르지만, 그렇다고 노력까지 포기하라는 법은 없잖아요. 그러니 말씀해주세요. 그 숙녀분은 누구죠?"

"새넌 베르니에르라는 사람이네." 압력에 못 이겨서라기보다는 그 나름대로 생각한 바가 있어 캐드펠은 순순히 그녀의 이름을 알려주었다. "부친이 주 북동쪽에 영지를 가지고 있었는데, 이곳이 포위되었을 때 대영주인 피챌런과 황후를 위해 싸우다가 죽고 영지는 몰수되었어. 이후 모친은 피챌런의 또 다른 가신 기퍼드와 재혼을 했고. 그 역시 잃은 게 많은 사람이지. 그쪽 파벌 사람들은 이제 모두 기가 꺾여 움츠리고 있네. 기퍼드는 겨울이면 주로 슈루즈베리의 저택에서 지내는데, 새 아내가 죽은 뒤로는 의붓딸에게 집안일을 맡긴 것 같더군. 그 의붓딸, 그러니까 새넌이 바로 자네가 본 숙녀야."

"그러니 그냥 지나가게 놔두는 게 좋을 거라는 말씀이죠?" 캐드펠의 말에 담긴 명백한 경고를 알아듣고 베넷이 서글프게 중얼거렸다. "제게 맞는 사람이 아니니까요?" 이어 갑자기 예의 환한 미소가 그의 얼굴을 채웠다. 캐드펠에겐 이미 익숙한, 그러나 때로 그 변덕스러움에 불안하고 걱정이 이는 미소였다. 베넷은 웃으며 두 팔로 스승을 꼭 껴안았다. "저랑 내기하실래요?"

캐드펠은 크게 힘들이지 않고 한 팔을 빼낸 뒤 숱 많은 곱슬머리를 잡아 이 시끄러운 청년을 떼어놓았다. "생각 없는 사람 같으니. 자네가 관심을 갖는 일에 나는 남아 있는 머리카락 한 올도 걸지 않겠네. 어쨌든 신중해지는 게 좋아. 자네에겐 자네의 역할이 있지 않나. 이곳에도 날카로운 관찰자들이 많네."

"알고 있어요." 어느새 미소를 거두고 진지한 얼굴로 베넷이 대꾸했다. "저도 조심하고 있다고요."

어떻게 우리는 이 비밀을 공유하게 되었을까? 그러면서도 왜 서로 알고 있다 내색하지 않는 걸까? 저녁기도를 드리러 가면서 캐드펠은 생각했다. 일종의 암묵적인 합의가 이루어진 셈이야. 의심 어린 질문도, 무모한 믿음의 말 한마디도 없이. 하지만 그들의 관계는 변했고, 당장은 이를 유지하는 것이 중요했다.

*

휴가 떠났다. 여느 때와 달리 멋있게 차려입고 부하들의 호위를 받으며 캔터베리를 향해 남쪽으로 출발했다. 그는 조롱 섞인 웃음을 지으면서도 당연히 갖추어야 할 이 위엄과 권위의 표현 중 무엇도 덜어내지 않았다. "만일 직위를 빼앗기고 돌아온다 해도 출발만큼은 당당하게 하는 셈이고, 여전히 장관인 채로 오게 된다면 이것이 그 직위와 명예에 걸맞은 모습이겠지요."

크리스마스가 벌써 문턱에 와 있었으니, 예수의 탄생을 축하하며 긴 밤을 새우기 위해 거창한 준비를 해야 했다. 크리스마스 전야, 그것도 저녁기도가 끝난 이후에야 캐드펠은 잠깐 짬을 내 시내에 나갈 수 있었다. 얼라인과 시간을 보내고 두 살 된 대자에게 선물을 가져다주어야 했다. 목수인 마틴 벨코트가 어린아이를 위해 작은 목마를 만들어준 터였다. 캐드펠은 펠트와 헝겊, 가죽 조각 따위로 기사에게 어울리는 밝은 색깔의 마구와 장식을 달아놓았다.

오후 내내 보슬보슬 내리던 부드러운 빗방울이 저녁이 되자 서리로 바뀌었다. 축축하니 낮게 드리웠던 하늘은 맑게 개어 더할 나위 없이 높아지고, 작지만 반짝이는 별들이 하나둘 떠오르고 있었다. 아침이 되면 길이 얼어붙어 미끄러워지고, 바큇자국들은 조심성 없는 발길에 커다란 위험이 될 것이었다. 수도원 앞 대로에는 여전히 오가는 사람들이 있었지만 대부분은 불을 따뜻하게 지피고 발을 녹이기 위해 서둘러 집으로 향하거나, 혹은 철야를 위해 교회로 가는 이들이었다. 성문으로 이어진 다리 아래서 검은 강물이 조용히 흘러갔다. 사위가 너무 어두워 장을 보러 갔다가 짐을 싣고 서둘러 집으로 돌아가는 사람들과 마주쳐도 겨우 얼굴을 알아볼 수 있을 정도였다. 희미한 빛 속에서 캐드펠의 실루엣과 굴러가는 듯한 그의 걸음걸이를 알아본 이들이 인사를 건넸다. 목소리마저 찬 공기에 얼어붙어 마치 유리잔이 부딪치듯 쨍쨍하게 울려 퍼졌다.

문득 성문 아래 꽂힌 횃불의 불빛에 성큼성큼 다리를 건너 수도원 앞 대로로 향하는 랠프 기퍼드의 모습이 보였다. 횃불의 위치가 조금만 더 옆으로 치우쳤어도 모르고 지나쳤겠지만, 불빛에 드러난 사람은 틀림없이 그였다. 이 시간에 그는 어디로 가는 걸까? 세인트채드 대신 홀리 크로스 교회에서 크리스마스를 기리려는 걸까? 지나치게 이른 시각에 나온 것 같지만 있을 수 없는 일은 아니었다. 오늘 밤 부유한 많은 시민들이 수도원과 홀리 크로스로 향할 터였다.

캐드펠은 하늘의 어둠과 붉게 타오르는 따뜻한 지상의 횃불 빛 사이에서 와일가(街)의 긴 언덕을 올라 세인트메리 교회 곁에 자리한 휴의 집에 도착했다. 마당을 지나 현관 안으로 발을 들이자마자 꼬마 요정 자일스가 소리를 지르며 달려와 넘어질 듯 그의 허벅지를 껴안았다. 키가 거기까지밖에 닿지 않는 탓이었다. 그를 떼어놓기란 어렵지 않았다. 헝겊에 싸인 작은 꾸러미를 보여주자 아이는 기쁨에 겨워 두 손을 내밀더니 현관 바닥에 주저앉아 선물을 풀었지만, 이내 첫 흥분이 가라앉자 잊지 않고 다시 달려와서는 난로 곁에 앉은 제 대부의 무릎 위로 기어올라 열렬한 감사의 키스를 퍼부었다. 아이의 자립적인 성격은 아마 휴에게서 온 것일 테고, 천성적인 따뜻함은 얼라인에게서 물려받은 것이리라.

"한 시간 뒤에는 가봐야 하네." 아이가 새 장난감을 가지고 노느라 다시 기어 내려가자 캐드펠이 얼라인에게 말했다. "마지막 기도 시간에 맞춰야 해서. 그다음엔 새벽기도가 이어질 테고, 우리 모두 새벽 미사와 아침기도 시간까지 밤을 새우겠지."

"한 시간이라도 푹 쉬면서 같이 식사를 드세요. 콘스턴스가 저 장난꾸러기를 잠자리로 데려갈 즈음 일어나시면 되겠네요. 집에 아버지가 없으니 저 아이가 무슨 소릴 하는지 아세요?" 얼라인이 흐뭇한 미소를 지으며 말을 이었다. "제 아비가 가르쳐준 말이긴 한데, 글쎄 지금은 자기가 이 집의 가장이라는 거예요. 그러면서 아버지가 언제 돌아오시는지 묻더라고요. 자존심이 어찌나 센지 제 아버지가 보고 싶다는 말도 안 해요. 아버지의 자리를 차지하는 게 저 꼬마 어르신에겐 아주 즐거운 모양이에요."

"사나흘밖에 안 되니 그렇지, 더 걸린다고 하면 저 아이의 얼굴에도 낙담의 빛이 역력할 걸세." 캐드펠이 짓궂게 말했다. "아버지가 일주일 뒤에나 돌아올 거라고 말해보게. 그러면 아마 울어버릴걸. 하지만 사흘이라면…… 저 녀석 자존심에 그 정도는 버티고도 남지."

사실 이 순간 아이는 아버지가 안 계신 집을 지켜야 할 가장으로서의 위엄이나 책임 같은 것에 신경 쓸 정신이 없었다. 넓게 펼쳐진 매트 위에서 새 말을 달리며 상상 속 기사의 영웅적인 모험에 완전히 정신이 팔린 것이다. 그 덕에 캐드펠과 얼라인은 편안히 앉아 고기와 술을 먹고 마시며 휴가 캔터베리에서 어떤 대접을 받을지, 불안한 그의 미래는 어떻게 결정될지에 대해 이야기를 나누었다.

"휴는 스티븐 왕에게서 상을 받아 마땅한 사람이야." 캐드펠이 단호하게 말했다. "왕도 바보는 아니지. 너무나 많은 사람들이 바람의 방향이 바뀔 때마다 이리 붙었다 저리 붙었다 하는 것을 보아온 그로서는 결코 변절하지 않은 이를 어떻게 대접해야 하는지 잘 알 걸세."

한 시간 뒤, 모래시계를 확인한 캐드펠은 자리에서 일어나 작별 인사를 건넨 뒤 밖으로 나섰다. 처음 나타났을 때보다 세 배는 많아진 별들과 함께 사방에서 얼음이 반짝이고 있었다. 올겨울 처음 내린 진짜 서리였다. 조심스럽게 와일가를 내려가 성문을 지나며, 그는 자일스가 태어났던 2년 전의 혹독한 겨울을 떠올렸다. 올겨울에는 그때처럼 엄청난 눈과 사나운 바람이 없어야 할 텐데. 크리스마스 전야의 도시, 밤은 고요와 적막에 휩싸여 있었고 서리의 매서움을 녹일 온기는 어디에도 없었다. 길에 나와 있는 사람들의 움직임조차 오늘의 경이를 휘저어놓는 것이 두려운 듯 조용하고 은밀하기만 했다.

낮에 내린 비에 젖어 다리가 온통 은빛으로 빛났다. 어두운 강은 고요히, 그러나 서리도 멈추게 하지 못할 만큼 힘차게 흐르고 있었다. 지나가던 주민 몇몇이 그에게 인사를 건넸다. 여기저기 바큇자국이 난 수도원 앞 대로를 지나며 그는 걸음을 서두르기 시작했다. 곧 지상의 겨울이라는 가죽을 뒤덮은 검은 털처럼 게이 초원을 둘러싼 나무들이 왼편에 나타났고, 오른쪽으로는 수도원 소유의 작은 집 여섯 채가 보였다. 대로 옆 오솔길 양편에 세 채씩 들어선 그 집들 너머로 잔잔한 저수지가 창백한 빛을 발했다. 은빛이 가물대는 어둠 속에, 저 앞 문지기실에서 금빛으로 타오르는 횃불이 보였다.

수도원 입구를 스무 걸음쯤 앞두었을 때. 캐드펠은 자신을 향해 성큼성큼 다가오는 크고 검은 형체를 보았다. 비스듬한 횃불빛 아래 그의 모습이 잠깐 드러났으나, 그림자는 조금도 머뭇대지 않고 눈길 한 번 주지 않은 채 캐드펠의 곁을 스쳐 지나가 다시 어둠 속에 묻혀버렸다. 얼어붙은 땅을 울리는 기다란 지팡이, 넓게 펼쳐져 휘날리는 긴 옷, 무언가를 갈구하듯 앞으로 내민 머리와 어깨, 무섭게 굳어 있는 창백하고 긴 얼굴. 곧 저수지 옆에 자리한 집들 중 가장 가까이 있는 집의 문이 잠깐 열렸고, 거기서 새어 나온 불빛을 받아 그의 두 눈이 두 개의 새빨간 불꽃을 일으켰다.

캐드펠이 인사를 건넸으나 상대는 듣지 못한 듯 아무런 응답이 없었다. 밤의 고요 속에 유일한 동요를 일으키던 에일노스 신부는 바람처럼 스쳐 지나가 어둠 속으로 사라져버렸다. 그 모습이 마치 복수심에 불타는 분노의 신 같았다고, 나중에 캐드펠은 생각할 것이었다. 수도원 앞 대로에 내려앉아 사소한 작은 죄를 찾아내고 그 죄인들을 파멸로 몰아가는, 썩은 고기를 찾아다니는 갈까마귀 같았다고.

*

세인트채드 교회에서, 랠프 기퍼드는 이제 의무를 다하고 울타리를 안전하게 손보았다는 만족스러운 기분으로 무릎을 꿇었다. 그는 대영주인 피챌런과 군주인 모드 황후에게 충성을 바치다가 장원 하나를 잃은 터였다. 그나마 남아 있는 것들을 유지하기 위해서는 신중하게 처신하고 조용히 복종해야 했다. 지금 중요한 대의란 하나밖에 없었다. 자신의 지위와 남은 영지를 잘 지켜 고스란히 아들에게 남겨주는 것. 사실 그의 목숨은 한 번도 위험에 처한 적이 없었다. 죽음을 초래할 만큼 어떤 일에 깊숙이 개입한 일이 없어서였다. 그러나 재산이라면 사정이 달랐다. 게다가 이제 그는 나이가 들었다. 땅을 버리고 아무런 지위도 얻지 못할 노르망디나 앙주 같은 곳으로 도망칠 마음도, 글로스터에 가 이미 그에게 많은 대가를 치르게 한 저 지존한 여인을 위해 무기를 들고 싶은 마음도 그에겐 전혀 없었다. 천만에, 가만히 앉아 모든 유혹을 물리치고 옛 충성을 잊는 편이 백번 나으리라. 왕관을 향한 이 오랜 싸움의 결과가 무엇이든, 집에서 행복하게 장원의 영주 노릇을 하며 크리스마스를 보내고 있는 아들이 무엇 하나 잃는 것 없이 살아남도록 할 수 있는 유일한 방법은 그것뿐이었다.

그는 모든 인간에게, 특히 랠프 기퍼드 자신에게 베풀어주신 주님의 자비에 깊이 감사하며 자정을 맞았다.

*

베넷은 옆문을 통해 조용히 수도원 예배당에 들어와 앞쪽 성가대를 볼 수 있는 곳으로 나아갔다. 촛불의 노란빛과 제단 등불의 붉은빛이 흐릿하게 반사된 성가대석에서는 수도사들이 각자의 자리를 지키고 있었다. 찬송 소리가 나직하고 부드럽게 신도들을 향해 흘러나왔다. 희미한 빛 속에 외투를 껴입은 평신도들이 모여 이름 없는 사람으로서 무릎을 꿇었다 다시 일어서기를 반복했다. 대축일의 새벽기도가 시작되는 자정까지는 아직 더 기다려야 했다. 인간의 몸을 빌려 동정녀의 아들로 태어난 놀라운 신을 축하하는 날. 불이 불을 붙이고 빛이 빛을 일으키듯, 성령께서 육신이라는 도구를 만들어내지 못할 이유가 무엇인가? 육신이야 온기와 깨달음을 제공하기 위해 자신을 내어주는 연료에 불과하지 않는가? 이런 의구심을 품는 이는 이미 어떤 대답도 거부한 셈이다. 베넷은 의구심을 품지 않았다. 그저 흥분과 초조함에 거칠게 숨을 내쉴 뿐이었다. 한편 그의 마음엔 환희와 기쁨도 자리했으니, 위험은 그에게 양분과도 같은 것이었기 때문이다. 하지만 사람들로 가득 찬, 그러면서도 모두가 서로 고립되어 있는 이곳 예배당의 어둠 속에 서자 문득 어린아이가 느낄 법한 경외심이 그를 덮쳤다. 베넷은 기둥 하나를 찾아내, 그 차가운 돌에 한 손을 대고 몸을 지탱한 채 귀를 기울이며 기다렸다. 조화를 이룬 목소리들이 부드럽게 울리며 둥근 천장을 가득 채웠다. 음악의 온기에 휩싸인 천장의 돌이 바닥에 아치형 광채를 반사했다.

그는 자기 자리에 앉아 있는 캐드펠 수사를 눈으로 찾아낸 뒤 그를 더 똑똑히 보기 위해 몸을 조금 움직였다. 베넷이 이 자리를 선택한 건, 아마 이곳에서 그와 가장 가까운 사람, 이미 그와 타협하고 그를 용서했으며 어느 편이든 다른 이의 평화를 침범하려는 의사가 전혀 없는 저 한 사람을 보기 위해서였을 것이다. 조금만 더 기다리면 당신은 제게서 벗어나게 될 겁니다, 베넷은 마음속으로 말했다. 두 번 다시 제 소식을 듣지 못하게 되면, 당신도

가끔은 서운함을 느낄까요? 아직 시간이 있을 때 당신에게 뭔가 기억될 만한 말을 분명하게 전해야 하지 않을까요?

그때 나직한 목소리가 귓가에 울렸다. "그분은 안 오셨나요?"

환희와 두려움이 뒤섞인 마음으로 베넷은 천천히 고개를 돌렸다. 단 한 번, 그것도 아주 짧은 순간 들었던 목소리, 그러나 여전히 온몸의 현을 떨리게 하는 그 목소리를 그는 모를 수 없었다. 거기, 그의 오른편에 그녀가, 틀림없는 그녀가, 잊을 수 없는 그녀가 있었다. 희미한 반사광이 검은 두건 속에 파묻힌 그녀의 넓은 이마와 짙고 푸른 큰 눈을 드러내었다. "안 왔군요. 오지 않은 거예요!" 혼자서 묻고 대답하더니 그녀는 크게 한숨을 지었다. "이럴 줄은 몰랐는데…… 아, 움직이지 마세요. 돌아보면 안 돼요."

그는 얼른 제단 쪽으로 고개를 돌렸다. 그녀가 가까이 몸을 기울이자 부드러운 숨결이 뺨에 와 닿았다. "당신은 내가 누군지 모르겠지만, 난 당신을 알아요."

"저도 압니다." 베넷이 나직하게 대꾸했다. 더는 말이 나오지 않았다. 그 한마디조차도 꿈속에서처럼 간신히 흘러나왔다.

잠시 침묵이 흐른 뒤, 그녀가 다시 입을 열었다. "캐드펠 수사님이 말씀해주셨군요?"

"제가 여쭤봤어요……."

다시 침묵이 흘렀다. 그의 대답이 그녀를 기쁘게 한 걸까? 침묵 속에 미소가 깃들어 있는 것만 같았다. 그녀는 자신이 여기,

그의 곁에 온 목적이 무엇이었는지조차 잠시 잊은 듯했다.

"나도 당신을 알아요. 기퍼드는 두려운지 몰라도, 난 아니에요. 그가 돕지 않겠다면 내가 돕겠어요. 언제 얘기를 나눌 수 있을까요?"

"지금 합시다!" 베넷은 갑자기 정신을 차리며 그동안 감히 바랄 엄두도 내지 못했던 이 기회를 두 손으로 움켜쥐었다. "새벽 기도가 끝난 뒤 예배당을 떠나는 사람들 틈에 섞여 나가면 됩니다. 수사님들은 동이 틀 때까지 여기 계실 테니 그야말로 절호의 기회예요."

등에 닿은 그녀의 몸에서 온기가 전해졌다. 그 몸이 조용하지만 흥분된 웃음으로 가볍게 흔들리는 것도 느낄 수 있었다.

"그럼 어디로 가죠?"

"캐드펠 수사님의 작업장으로요."

작업장 주인이 예배당에서 크리스마스 밤샘 기도를 하는 동안 아무도 그곳을 찾지 않을 터였다. 오두막의 화로에는 밤새 천천히 타도록 뗏장을 덮어두었으니 불을 살려 그녀가 몸을 덥히도록 하면 될 것이다. 당파에 대한 충성심을 이용해 이 가냘프고 어린 여자를 위험에 빠뜨릴 생각은 없었다. 하지만 적어도 그녀와 단둘이 이야기를 나누고 그 진지하고 열렬한 얼굴을 보는 즐거움을 누리며 동지로서의 신뢰를 공유할 수는 있지 않겠는가. 설령 그녀를 다시 못 보게 된다 하더라도 이 일은 평생 잊지 못할 추억이 되리라.

"남쪽 문으로 나가서 회랑을 지나세요." 그가 말했다. "그 길이라면 눈에 띄지 않을 겁니다."

귓가에 스치는 부드럽고 따뜻한 숨결이 속삭였다. "더 기다릴 필요가 있을까요? 지금 곧장 나갈게요. 오늘 새벽기도는 아주 길어질 테니까요. 자, 따라오시겠어요?"

이어 대답도 듣지 않은 채 그녀는 일어났다. 교회의 타일 바닥을 소리 없이 밟고 걸어가 공손한 태도로 문가에 서더니 잠시 성가대의 노랫소리 너머 높은 제단을 경건하게 응시했다. 누군가 자신의 움직임을 주목할지도 모른다는 생각에 신중을 기하는 듯했다. 이미 베넷은 그녀가 이끄는 곳이라면 어디든 쫓아갈 마음이었다. 남쪽 현관의 어둠 속으로 몸을 숨길 순간을 포착하느라 지체하는 그 몇 분조차 기다리기 힘들 정도였다. 조심조심 그녀의 뒤를 따라가 드디어 닫힌 문간의 어둠 속에 도착한 뒤 그는 크게 안도의 한숨을 쉬었다. 그녀는 문을 등지고 서서 무거운 빗장에 손을 얹은 채 그를 기다리고 있었다. 거기서 두 사람은 꼭 붙어 서서 잠시 기다렸다. 드디어 기쁨으로 가득한 첫 응답 송가와 환희에 찬 외침이 들려왔다.

"주께서 우리에게 오셨네!"

"오, 어서 와 경배합시다!"

찬송이 시작되자 베넷은 그녀의 두 손 위에 자기 손을 놓고 힘을 주어 육중한 걸쇠를 들어 올렸다. 바깥도 실내만큼이나 어두웠다. 문틈으로 살짝 빠져나가 조심조심 걸쇠를 제자리에 돌려놓은 뒤 밤의 추위 속으로 사라진 두 젊은이에게 주의를 기울일 사람은 없었다. 그들은 누구의 눈에도 띄지 않고 큰 마당을 가로질렀다. 베넷이 먼저 잡았는지 아니면 그녀가 먼저였는지는 알 수 없으나, 두 사람은 서로의 손을 잡고 정원의 회양목 울타리를 돌았다. 거기서부터는 발걸음을 늦추어도 되었다. 그들은 여전히 손을 맞잡은 채 숨을 헐떡이고 미소를 지었다. 입에서 나온 숨결이 희미한 은빛 안개로 피어올랐다. 끝없이 펼쳐진 검푸른색 하늘에는 별들이 맑게 빛나고 있었다. 조용한 냉기가 쏟아져 내렸으나 두 사람은 추위를 느끼지 못했다.

담장으로 둘러싸인 곳에 자리 잡은 캐드펠 수사의 나지막한 나무 오두막에는 아직 온기가 남아 있었다. 그들은 안으로 들어가 조용히 문을 닫았다. 베넷이 작은 선반 위를 더듬었다. 그는 무엇이 어디 있는지 캐드펠만큼이나 잘 알았다. 부싯깃 통과 등잔이 언제든 쓸 수 있게끔 그 선반 위에 준비되어 있었다. 두세 번 시도하자 아마포에 불이 붙었다. 베넷은 조심스럽게 입김을 불어 불을 키운 뒤 등잔의 심지에 갖다 댔다. 심지에 조그마한 불꽃이 이는가 싶더니 점점 커져 흔들림 없이 곧고 환하게 타올랐다. 화로 옆에는 가죽 풀무가 놓여 있었다. 그는 뗏장 한두 개를 들어 내고 1분 정도 부지런히 풀무질을 했다. 밝게 빛을 내기 시작한 숯 위에 쪼갠 나무를 하나 넣자 곧 난롯불이 활활 타오르기 시작했다.

"누가 왔다 간 걸 수사님이 눈치채시겠어요." 여자가 말했다.

그러나 태평스러운 목소리였다.

"내가 왔었나 보다 생각하시겠죠." 가볍게 무릎을 펴고 일어서며 베넷이 말했다. 대담한 소년 같은 그의 얼굴은 화로의 불빛에 한여름의 청동처럼 빛나고 있었다. "직접적으로 묻지는 않으시겠지만 아마 왜 왔는지 궁금해하실 거예요. 누구와 왔었는지도요!"

"다른 여자들을 여기 데려온 적이 있나요?" 그녀가 고개를 한쪽으로 기울이며 도전적인 얼굴로 그를 바라보았다.

"아뇨. 앞으로도 그런 일은 없을 거예요." 열렬하면서도 진지한 표정으로 그녀를 내려다보며 베넷이 말했다. "당신이 제게 이런 기쁨을 다시 한번 주신다면 또 모를까."

새로 넣은 나무에 수지 덩어리가 붙어 있었던지, 갑자기 쉭쉭 소리와 함께 밝고 흰 불꽃이 일었다. 창백하게 타오르는 불을 사이에 둔 채 마주 선 그들의 얼굴은 밑에서 비추는 빛을 받아 신비롭게 빛나고 있었다. 벌어진 입술, 갑작스러운 이끌림에 커다래진 눈. 이들은 상대의 얼굴에서 자기 자신을 보고 있었다. 뜻밖에 발견한 사랑의 모습에, 두 사람 모두 서로에게서 눈을 뗄 수 없었다.

5

 짧은 휴식 이후 이른 새벽에는 아침기도가 예정되어 있었고, 이어 동이 트면 새벽 미사를 올려야 했다. 주민들 대부분은 이미 한참 전에 귀가한 터였다. 음악과 경이가 불러온 긴장 속에 한참이나 서 있던 수사들의 몸은 뻣뻣하게 굳어 있었다. 낮에 있을 행사를 준비하려면 잠깐이라도 쉬어야 했다. 그들은 비뚤비뚤 열을 지어 교회 안의 계단을 올랐다.
 뻣뻣해진 몸을 풀자면 가만히 앉아 쉬기보다 움직이는 편이 나을 듯해, 캐드펠 수사는 세면소를 독차지한 채 느긋하게 씻고 조심스럽게 면도를 한 뒤 큰 마당으로 나섰다. 바로 그때, 대문의 쪽문으로 들어오다가 반들거리는 자갈을 밟아 비틀거리는 디오타 해밋 부인의 모습이 보였다. 무언가 급한 일이 있는지 그녀는 몸에 두른 검은색 외투를 부여잡고 불안한 눈으로 주위를 두리번 거렸다. 입김이 얼어 외투 깃 가장자리에 흰 털처럼 엉겨 붙어 있었다. 배경의 담이며 덤불이며 나뭇가지도 서리 때문에 모두 은빛으로 변해 있었다.

문지기 수사가 나와 인사를 건네며 용건을 물었으나, 그녀는 회랑에서 나오는 로버트 부원장을 보더니 마치 둥지로 돌아가는 새처럼 곧장 그리로 다가가 정신없이 절을 했다. 얼마나 낮게 몸을 숙였는지 금세 앞으로 고꾸라질 것 같았다.

"부원장님, 혹시 저의 주인이신 에일노스 신부님이 지난밤 이곳 예배당에 계셨습니까?"

"아니, 나는 못 봤소." 부원장이 놀라 대답하고는 급히 손을 내밀어 미끄러운 자갈을 밟고 고꾸라지려는 그녀의 몸을 똑바로 세워주었다. 그러곤 팔을 계속 붙든 채 근심스럽게 그녀의 얼굴을 들여다보았다. "무슨 일이오? 그분도 곧 예배를 집전해야 하니 지금쯤 예복을 입고 있을 텐데. 뭔가 중요한 용건이 아니라면 나도 그를 방해할 수 없소. 말해보시오, 무엇 때문에 그러시오?"

"그분은 거기 안 계십니다." 그녀가 불쑥 말했다. "제가 올라가봤어요. 컨릭이 전부 준비해놓고 기다리고 있더군요. 그렇지만 주인님은 오시지 않았어요."

로버트 부원장은 얼굴을 찌푸렸다. 어리석은 여자가 별것도 아닌 일로 자신을 귀찮게 굴고 있다고 생각한 것이다. 그러면서도 그 불안해하는 모습에 마음이 편치 않았는지 그가 물었다. "그를 마지막으로 본 게 언제요? 언제 집을 나갔는지 아시오?"

"어제저녁 마지막 기도 직전에 나가셨어요." 그녀가 침울하게 대답했다.

"뭐라고? 그때 나가서 내내 돌아오지 않았단 말이오?"

"예, 밤새 오시지 않았어요. 전 신부님이 수도원의 기도에 참석하러 가신 줄 알았죠. 하지만 여기서도 그분을 본 사람이 없다잖아요. 부원장님도 말씀하셨듯 지금쯤은 교구미사를 위해 예복을 입고 계셔야 하는데, 도대체 어디에도 그분이 보이질 않아요!"

숙소로 이어지는 예배당 앞 계단 발치에 서 있던 캐드펠은 그 대화를 엿듣지 않을 수 없었다. 순간 에일노스가 집을 떠났다는 바로 그 시각 수도원 앞 대로를 따라 다리 쪽으로 옷자락을 펄럭이며 급히 걸어가던 불길한 검은 새가 떠올랐다. 도대체 그는 누구를 벌하러 나선 길이었을까? 그 갈까마귀의 날개가 그를 어디로 데려갔기에 오늘 같은 축일에 자기 의무조차 행하지 못하게 된 걸까?

"부원장님," 캐드펠은 미끄러운 자갈을 밟으며 서둘러 부원장 앞으로 다가갔다. "제가 어젯밤 시내에 나가 마지막 기도 시간에 맞춰 돌아오던 길에 에일노스 신부를 보았습니다. 문지기실에서 채 쉰 걸음도 떨어지지 않은 곳이었지요. 그는 다리 쪽으로 갔는데, 몹시 서두르고 있었습니다."

부르지도 않은 이 증인을 돌아보며 부원장은 다시금 얼굴을 찌푸렸다. 입술을 잘근잘근 씹어대는 품새가, 어떻게 하면 좋을지 도무지 결정을 내리지 못하는 듯했다. "형제에게 아무 말도 건네지 않았소? 그가 어디로 그리 급하게 가던 중이었는지는 모르는 거요?"

"제가 먼저 인사를 건넸지만, 그는 생각에 골몰해 절 알아보지 못하는 것 같았습니다." 캐드펠은 담담한 어조로 말을 이었다. "그분이 어디로 가는 중이었는지 저로서는 전혀 모르겠습니다. 하지만 확실히 그분이었어요. 대문 아래 걸린 횃불 빛에 똑똑히 보았지요. 착각했을 리는 없습니다."

여자는 공허한 눈으로 그를 바라보고 있었다. 어느 결에 외투의 두건이 젖혀져 왼쪽 관자놀이에 생긴 커다란 멍 자국이 드러났다. 그 한중간에 벌어진 피부와 말라붙은 핏자국도 보였다.

"다치셨구먼!" 캐드펠은 허락도 구하지 않고 두건을 뒤로 끌어 내린 뒤 그녀의 얼굴을 잡아 어슴푸레 밝아오는 빛 쪽으로 돌렸다. "심하게 맞은 것 같은데, 얼른 치료를 해야겠소. 어쩌다 이렇게 되었소?"

그의 손이 닿자 그녀는 몸을 움찔하더니 곧 체념한 듯 한숨을 쉬며 공손히 입을 열었다. "밤중에 신부님이 걱정되어 밖에 나갔었어요. 혹시 돌아오시는지, 무슨 기척이라도 없는지 보려고요. 그런데 바닥이 얼어 넘어지면서 섬돌에 머리를 부딪쳤지 뭐예요. 잘 씻었어요. 별 상처 아닙니다."

캐드펠은 그녀의 손을 잡아 뒤집어보았다. 심하게 쓸려 살갗이 벗겨진 자리가 눈에 띄었다. 다른 쪽 손바닥에도 마찬가지로 심한 상처가 있었다.

"두 손으로 바닥을 짚은 덕에 그나마 머리를 덜 다쳤군. 하지만 손을 치료해야겠소. 이마도 물론이고."

로버트 부원장은 멍하니 그 손을 바라보며 어떻게 하는 것이 좋을지 고민하고 있었다. "참 이상한 일이군…… 그 시간에 그렇게 급하게 나갔다면, 에일노스 신부도 어디선가 미끄러져 심하게 다치는 바람에 꼼짝 못 하고 누워 있는 게 아닐까 싶소. 여기저기 얼음이 얼어 있으니……."

"맞습니다." 와일가의 가파른 언덕을 뒤덮은 반들거리는 얼음과 다리 위에서 울리던 자신의 발소리를 떠올리며 캐드펠이 말했다. "엄청나게 얼었지요! 게다가 제가 보았을 때 그분도 조심성 있게 걷는 것 같지는 않았고요."

"뭔가 자비로운 일을 하러 가던 길이었겠지." 부원장이 걱정스럽게 중얼거렸다. "그런 일에 수고를 아끼지 않는 사람이니……."

물론 그렇지. 자신뿐 아니라 다른 어느 누구도 가만두지 않는 사람이기도 하고! 그러나 캐드펠은 이 말을 입 밖에 내지 않았다. 게다가, 정말로 자비로운 일을 하기 위해 급히 걷다가 미끄러졌을 수도 있지 않은가.

"만일 추운 곳에서 밤새 꼼짝도 못 하고 누워 있었다면 이미 죽었을지도 모르오." 부원장이 말했다. "캐드펠 형제, 이 부인을 돌봐주시오. 나는 가서 원장님께 이 소식을 알려야겠소. 형제들 모두와 신도들을 모아 에일노스 신부를 찾으러 나가는 게 좋을 것 같소."

*

작업장, 정원에 자리한 어둡고 조용한 이 피난처에서 캐드펠은 벽에 붙여놓은 나무 의자에 디오타 부인을 앉힌 뒤 화로로 다가갔다. 불붙이기가 어렵지 않은 다른 계절이라면 몰라도, 겨울 동안은 밤마다 화로에 뗏장을 덮어놓아 필요할 때마다 금방 불을 피울 수 있게끔 준비하곤 했다. 작업장에는 추위를 좋아하지 않을 약들이 많이 있는 터였다.

두꺼운 뗏장들이 단정하게 놓여 화로를 덮고 있었다. 그러나 이것들 대부분이 새것이었고, 그 아래서 불은 훈훈하게 살아 있었다. 누군가 밤에 여기 왔었군, 캐드펠은 생각했다. 다른 것들을 건드리지 않은 채 등잔과 부싯깃만 찾아낼 수 있고, 난로의 상태도 원래대로 돌려놓을 줄 아는 사람. 베넷은 흔적을 거의 남기지 않았지만 간밤에 침입한 사람이 바로 자신임을 알릴 만큼은 남겨두었다. 굳이 이곳의 주인인 캐드펠의 눈을 속이려 노력하지 않은 것이다. 그는 자신의 흔적을 감추기보다 모든 것을 원래의 상태로 돌려놓는 데 더 신경을 쓴 것 같았다.

캐드펠은 냄비에 물을 데워 석잠풀과 개지치, 그리고 데이지로 만든 약을 넣어 희석한 뒤 여자의 이마에 생긴 멍 자국과 두 손바닥의 찰과상들을 깨끗이 닦아주었다. 바큇자국이 얼어붙은 자리에 부딪쳐 찢어졌는지 손의 상처가 손목에서부터 엄지와 검지 밑부분까지 비스듬히 나 있었다. 그녀는 눈을 감은 채 고분고분 그의 처치에 몸을 맡겼다.

"심하게 넘어지셨구먼." 관자놀이에서 흘러내려 말라붙은 피를 닦아내며 캐드펠이 말했다.

"저야 어찌 되든 상관없어요." 그녀가 말했다. 그 진위 여부를 의심할 수 없는, 너무나 진실한 목소리였다. "전 하나도 중요하지 않은 사람이니까요."

이마를 치료하면서 내려다보니 기름하고 선이 고운 그녀의 얼굴이 눈에 늘어왔다. 넓게 호를 그린 눈꺼풀은 닫히고, 도톰하니 모양 좋은 입은 피로로 처져 있었다. 희끗희끗한 머리는 단단하게 땋아 뒤통수에 돌돌 감아 올린 모습이었다. 하고자 했던 말을 전부 하고 다른 이들에게 문제를 맡긴 뒤라 안심이 되었는지 그녀는 조용하고 차분하게 캐드펠의 치료를 받았다.

"이제 좀 쉬어요." 캐드펠이 말했다. "밤새 그렇게 애를 태우고 이렇게 다치기까지 했으니 쉬어야지. 해야 할 일이 있다면 원장님께서 하실 거요. 자, 됐소! 상처 자리는 열어두었소. 공기를 쐬는 게 좋으니까. 그렇지만 여기서 나가는 대로 집으로 가야 하오. 서리는 피하고. 서리를 맞으면 곪을 거요." 그녀에게 한숨 돌릴 시간을 주느라 캐드펠은 사용한 물건들을 느릿느릿 정리하며 말을 이었다. "알고 있겠지만, 부인의 조카는 여기서 나와 일하고 있소. 며칠 전 부인이 정원으로 그를 찾아왔던 것도 보았지. 참 좋은 청년이오, 부인의 조카 말이오."

짧지만 깊은 침묵이 흐른 뒤, 그녀가 입을 열었다. "저도 늘 그렇게 생각하고 있어요." 처음으로, 비록 핏기 없는 얼굴에 잠시 스쳐 갈 뿐이었지만 그녀가 미소를 지어 보였다.

"성실하고 의욕도 강한 청년이오! 그가 떠나버린다면 아쉬울 거요. 하지만 그 친구는 아마 더 중요한 일을 해야 하겠지."

그녀는 아무런 대꾸도 하지 않았다. 그 침묵에는 뭔가 주의를 끄는 것이 있었다. 말이 쏟아져 나올 준비가 된 채 침묵 뒤에서 떠다니는데 애써 그걸 억누르고 있는 느낌이랄까. 조용히 감사의 인사를 전할 뿐 그녀에게선 내내 아무 말이 없었다.

캐드펠이 부인을 데리고 다시 회양목 울타리를 돌아 큰 마당으로 나오는 순간, 벌집을 건드린 듯한 소란이 그들을 맞았다. 라둘푸스 수도원장이 나와 있었고, 수사들도 주위에 몰려선 채였다. 다들 잠기운을 떨쳐내고 호기심으로 얼굴을 빛내고 있었다.

"에일노스 신부에게 사고가 난 것 같소." 원장이 곧장 본론을 꺼냈다. "어젯밤 마지막 기도 시간 전에 집을 나와 시내 쪽으로 갔다는데, 그 후로 그의 행적에 대해 아는 사람이 아무도 없소. 집에도 들어오지 않았고 교회에서 우리와 함께 있지도 않았소. 아마도 빙판에 넘어져 의식을 잃었거나 걸을 수 없는 상태가 된 듯하오. 밤새도록 성가대에서 찬송하며 봉사하지 않았던 수사들부터 얼른 식사를 마치고 그를 찾으러 나가주었으면 하오. 우리가 아는 건 그가 마지막 기도 시간 직전에 여기 대문을 지나 서둘러 시내로 향했다는 사실뿐이오. 그 지점에서부터 그가 갔을 만한 길은 전부 뒤지도록 합시다. 어느 교구민의 일로 부름을 받았는지 아무도 모르니까 말이오. 밤새도록 깨어 있던 수사들은 식사를 한 뒤 일단 잠을 좀 자도록 하시오. 그런 다음 다른 형제들이 돌아오는 대로 수색에 나서면 될 거요. 기도에는 참석하지 않아도 되오. 부원장님이 이 일을 지휘해주시오. 캐드펠 형제가 에일노스 신부를 마지막으로 본 정확한 지점을 알려줄 거요. 자, 두 명 이상 짝을 지어 가는 편이 좋겠소. 에일노스 신부가 다쳤다면 적어도 두 사람은 있어야 그를 도울 수 있겠지. 그가 한시라도 빨리, 무사한 모습으로 발견되기를 바랄 뿐이오."

*

캐드펠 수사는 이리저리 흩어지는 수사들 틈에서 베넷을 발견했다. 그는 놀라고 긴장한, 아니 그보다는 죄책감과 당혹감이 뒤섞인 듯 정신없는 표정이었다. 캐드펠을 보자 그는 불안한 듯 아랫입술을 내밀며 거칠게 고개를 흔들었다. 무언가 비합리적이지만 무시할 수 없는 환영을 떨쳐버리려는 사람 같았다.

"오늘은 제가 도와드릴 일이 없겠죠? 저도 저분들과 같이 가야겠어요."

"아니, 그럴 것 없네." 캐드펠이 단호하게 말했다. "자네는 여기 남아 해밋 부인을 돌보는 게 좋을 거야. 집에 가시겠다면 모시고 가고, 여기 계시겠다면 문지기실에 따뜻한 자리를 잡아드리게. 내가 에일노스 신부를 마지막으로 보았으니 그곳에서부터 수색을 시작하게 할 생각이네. 혹시라도 날 찾는 사람이 있으면 최대한 빨리 돌아올 거라고 전하게."

"하지만 수사님은 밤새 안 주무셨잖아요." 베넷이 항의하듯 대꾸했다.

"자네는?" 캐드펠은 이렇게 되물은 뒤 베넷이 대답을 못 하고 머뭇거리는 사이 문지기실을 향해 가버렸다.

*

전날 밤 에일노스는 마치 병사의 활에서 튀어나간 검은 화살처럼 지나갔다. 눈과 귀가 멀어버린 양, 캐드펠을 보지도 못했고 단단한 서리 속에 종처럼 맑게 울리는 그의 인사도 듣지 못했다. 수도원 앞 대로에서 보았던 그 순간 그는 다리 쪽으로 가는 것 같았다. 그렇다면 시내에 사는 누군가에게 급한 볼일이 있었던 걸까? 혹은 그 지점 너머 나오는 갈림길 중 어느 한 곳으로 들어섰을지도 모른다. 그곳엔 네 개의 길이 있었다. 하나는 오른편, 강변의 게이 초원으로 내려가는 길이었다. 초원에는 밭이며 과수원 등 수도원의 토지가 약 800미터에 걸쳐 펼쳐져 있고 그 너머에는 숲과 여기저기 흩어져 있는 몇 개의 농장이 있었다. 나머지 세 개의 길은 왼쪽으로 나 있었는데, 그중 첫 번째는 저수지에 못 미쳐 꺾어져 저수지 가장자리에 있는 물방앗간과 세 채의 집으로 이어졌고, 두 번째 길은 맞은편에 자리한 다른 세 채의 집 앞으로 연결되었다. 두 길 모두 저수지를 따라 이어지다가 메올천 앞에서 끊겼다. 그리고 세 번째는 좁지만 사람들의 왕래가 잦은 길로, 세번 강의 다리 조금 못 가서 왼쪽으로 꺾인 뒤 메올천이 강으로 흘러드는 지점에서 나무다리를 지나 남서쪽으로 쭉 이어지다가 웨일스와의 국경이 자리한 숲속으로 사라졌다.

에일노스 신부가 하느님의 분노처럼 바람을 일으키며 그 길들 중 하나를 택해 사라졌을 성싶지는 않았다. 가장 가능성이 높은 곳은 시내 쪽이었다. 수색하는 사람들은 성문의 파수꾼이 그를 보았는지, 그가 누군가의 집을 방문했는지, 검고 위협적인 그림자가 성문 앞의 횃불 아래를 지나가지는 않았는지 탐문하고 있었다. 하지만 캐드펠은 그가 택하지 않았음 직한 길들에 주목했다. 그는 에일노스와 마주쳤던 지점에 선 채, 그가 과연 어디로 갔을지 깊은 생각에 잠겼다.

홀리 크로스 교구는 수도원 앞 대로 양편 모두에 걸쳐 있었다. 오른쪽으로는 숲 너머 집들이 드문드문 흩어져 있는 작은 촌락들까지, 왼쪽으로는 메올천까지가 그 교구였다. 만일 신부가 시골의 작은 농장에 사는 누군가를 방문하려 했다면, 수도원 문지기실 맞은편의 작은 골목에 자리한 그의 집에서 동쪽으로 곧장 걸어갔을 것이다. 따라서 목적지가 게이 초원 너머에 있는 몇몇 집들 중 하나가 아니라면 그는 아예 수도원 앞 대로로 들어서지 않았으리라. 그쪽은 뒤져볼 만한 지역이 그리 넓지 않았다. 캐드펠은 그리로 두 무리를 보낸 뒤 서쪽으로 주의를 돌렸다. 세 길 가운데 하나는 큰길이라 시간이 꽤 걸릴 테지만 두 길은 좁고 짧으니 금방 수색이 끝날 터였다. 어쨌든 에일노스가 그 늦은 시각에 멀리 떠날 이유가 무엇이겠는가? 분명 가까운 곳을 찾아가는 길이었을 것이다. 그 자신만 아는 목적을 가지고서.

저수지 이편의 길로는 마차가 다닐 수 있었다. 그 지역의 곡식을 방앗간으로 옮기고 밀가루를 가져오는 통로였기 때문이다. 큰길 가까이 모여 있는 세 채의 작은 집을 지나는 이 길은 집들의 입구와 수도원 담장 사이로 뚫려 방앗간 곁의 좁고 평평한 땅으로 이어졌다. 방앗간으로 들어가는 물줄기 위에 놓인 나무다리를 건너면 거기서부터는 습지에 난 거친 풀들 사이로 사람이 걸어다닐 만한 좁은 길이 나왔다. 습지에는 꼭대기를 잘라낸 버드나무 몇 그루가 높은 둑에서부터 저수지 쪽으로 뒤틀린 몸통을 구부리고 있었다. 첫 번째와 두 번째 오두막은 재산을 수도원에 양도하고 평생 숙식을 보장받은 노인들이 사는 곳이었다. 세 번째는 방앗간 주인의 집인데, 캐드펠이 알기로 그는 밤새 교회에 있었으며 지금은 사람들 틈에 끼어 수색에 나선 참이었다. 그는 베네딕토회 수도사들에게서 받은 은혜와 제 직업의 안정을 지키는 일에 열성을 보이는 독실한 신자였다.

"어젯밤 교회에 가려고 나왔을 땐 저수지 근처에 아무도 없었습니다." 방앗간 주인이 고개를 저으며 말했다. "아마 수사님께서 에일노스 신부님을 보셨다는 바로 그 시각이었을 겁니다. 하지만 전 길로 나서는 대신 쪽문을 통해 곧장 수도원 마당에 들어갔으니, 그분이 몇 분 뒤 이리로 오셨을 수도 있지요. 저희 옆집에 사는 할머니는 서리가 내릴 땐 밖에 나가지 않으니까 아마 어젯밤에도 집에 계셨을 겁니다."

"하지만 그분은 귀가 전혀 안 들리지요." 앰브로즈 수사가 낙심하여 덧붙였다. "집 앞에서 누가 큰 소리로 도와달라고 외쳤어도 아무 소용이 없었을 거요."

"아뇨, 제 말씀은……" 방앗간 주인이 말했다. "신부님이 그 할머니를 찾아오는 길이었을지도 모른다는 겁니다. 할머니가 교회에 갈 엄두를 못 내신다는 걸 아셨을 테니까요. 노쇠한 분들을 방문하고 위로하는 것이 그분의 의무 아닙니까."

서리로 얼어붙은 밤, 횃불 빛 아래 잠깐 드러났다가 사라진 그 얼굴은 도무지 위로와는 거리가 멀어 보였지만 캐드펠은 아무 말 하지 않았다. 너그러운 마음으로 그러한 가능성을 제기하긴 했지만, 방앗간 주인의 목소리에서도 확신은 찾을 수 없었다.

"그분이 그 집을 방문한 게 아니라 해도, 할머니를 돌보는 하녀는 귀가 밝으니 기척을 들었을지 모릅니다. 그분이 이리 지나가셨다면 말이죠." 방앗간 주인이 다시 기운을 내어 말했다.

그들은 두 무리로 나뉘어 저수지 양옆으로 난 길을 뒤지기 시작했다. 앰브로즈 수사가 맞은편 길을 맡았다. 세 채의 작은 집에 사는 사람들이 이용하는 곳으로, 사람들밖에 지나다니지 못하는 좁은 흙길이었다. 길은 비스듬한 마당들 아래에 있는 물가를 따라 계속 이어졌다. 캐드펠은 방앗간으로 난 마찻길을 따라갔다. 방앗간을 지나자 길이 점점 좁아졌다. 하얗게 덮인 서리 위로 검은 발자국 몇 개가 찍혀 있었으나 모두 그날 아침에 생긴 것들이었다. 밤에 생긴 흔적들은 모두 은빛 서리에 덮여 감춰졌으리라.

첫 번째 집에 사는 은퇴한 노부부는 어제 오후부터 문 밖으로 나온 적이 없어 신부가 실종됐다는 사실도 모르고 있었다. 그 소식을 듣자 그들은 흥분에 겨워 혀를 내두르며 이런저런 말을 내뱉었으나 도움이 될 만한 얘기는 전혀 없었다. 부부는 일찌감치 덧창과 문을 잠그고 불을 피운 채 잠들어 한 번도 깨지 않았다고 했다. 그 집 남편은 과거 에이턴 숲의 수도원 소유 지역에서 산림감독관을 지낸 사람이었다. 그는 서둘러 장화를 신고 거친 삼베로 만든 망토를 두르더니 수색을 돕겠다며 따라나섰다.

두 번째 집의 문을 열어준 사람은 열여덟 살쯤 된, 예쁘지만 행실이 그리 좋지 않은 여자였다. 그녀는 짙은 갈색 머리를 길게 늘어뜨리고 대담하고 호기심에 찬 눈으로 그들을 바라보았다. 집주인은 나오지 않은 채 안쪽 방에서 왜 문을 열어 찬바람을 들이냐고 신경질을 냈다. 여자가 주인을 진정시키느라 잠시 안으로 들어갔고, 이어 새된 음성으로 크게 설명하는 소리가 들렸다. 아마도 손짓 발짓을 동원하고 있으리라. 짜증스러운 목소리가 웅얼거림으로 바뀌자 여자가 숄을 두르고 다시 나오며 방문을 닫았다.

"아뇨." 그녀는 길게 늘어뜨린 머리를 세차게 흔들며 말했다. "지난밤에는 아무도 이곳에 오지 않았어요. 뭐 하러 여기까지 오겠어요? 어두워진 뒤론 조용했어요. 주인마님은 어두워지자마자 잠자리에 드시는데, 아마 최후의 심판을 알리는 나팔 소리가 들려도 안 깨실걸요. 전 늦게까지 잠들지 않았지만 아무 소리도 못 들었고, 아무도 못 봤어요."

사람들이 집을 떠나 멀어질 때까지 여자는 섬돌 위에 서서 궁금해 못 견디겠다는 얼굴로 그 뒷모습을 바라보고 있었다. 이제 그들은 세 번째 집을 지나 우뚝 선 방앗간으로 향했다. 집과 방앗간 사이에는 아무것도 없어서 오른쪽에 펼쳐진 잔잔한 수면이 한눈에 들어왔다. 둥근 저수지의 탁한 은빛 물이 넓고 얕은 곳으로 흘러들었다가 다시 돌아 나가 점점 좁아지며 메올천과 강으로 흘러갔다. 방앗간에서 나오는 센 물살에 깎인 높다란 둑 위의 풀들은 서리를 맞아 축축 늘어져 있었고, 갈대가 무성한 여울은 가장자리가 얇은 얼음으로 둘린 채였다. 겨울의 창백함으로 뒤덮인 이곳 어디에서도 검은색의 형상은 보이지 않았다. 마찻길은 점점 좁아지면서 지붕이 가파른 방앗간과 수도원 담 사이를 지나 수로 위, 난간이 한쪽밖에 남지 않은 조그마한 나무다리로 이어졌다. 수문이 닫혀 있는 터라 끊임없이 들어오는 물은 저 아래 방수로를 통해 저수지로 흘러들었다. 수면의 흔들림으로 겨우 알 수 있을 만큼 조용한 움직임이었다.

"이리로 오셨다 해도 더 이상은 가지 않으셨을 겁니다." 방앗간 주인이 고개를 저으며 말했다. "저 너머에는 아무것도 없으니까요."

그랬다. 그 너머로는 풀이 무성한 좁은 목초지를 따라 드문드문 이어진 수로와 저수지에서 흘러나가는 물이 메올천과 합류하는 지점까지 펼쳐진 풀밭뿐이었다. 물고기가 올라올 땐 어부들이 오가고, 여름에는 아이들이 와서 미역을 감고, 저녁이면 연인들이 산책하는 곳이지만, 서리 내린 겨울밤에 도대체 누가 거기까지 갔겠는가? 그럼에도 불구하고 캐드펠은 조금 더 걸어갔다. 버드나무 몇 그루가 둑 아래쪽을 훑어내는 물살 때문에 비뚜름하게 기운 채 서 있었다. 어린 나무들은 아직 가지치기를 하지 않았으나 두세 그루는 줄기 위쪽을 쳐낸 상태였고, 그중 하나는 거의 밑동 가까운 곳까지 잘라내 가늘고 탄력 있는 새 가지들이 마치 삭발한 정수리 가장자리에 돋아난 머리털처럼 동그랗게 둘려 있었다. 캐드펠은 몇 그루의 나무를 지나 높은 둑 가장자리에 장식 술처럼 늘어진 겨울 잎사귀들 한가운데 섰다.

저수지 복판으로 흘러드는 방수로의 물은 여전히 납처럼 무거운 파문을 일으키고 있었다. 조금 잦아들긴 했지만 꾸준히 이어지는 그 움직임에 양쪽 둑 아래서부터 대략 열 걸음쯤 되는 곳에 보일 듯 말 듯한 떨림이 일다가 캐드펠이 선 자리 바로 밑에서 둔한 금속빛을 내며 잦아들었다. 처음 그의 눈길을 잡아끈 것은 거의 알아볼 수 없는 그 어렴풋한 빛이었으나 이제 캐드펠은 더 아래쪽, 겹겹의 어둠을 응시하고 있었다. 둑에 돋아난 풀 아래 검은 천의 끄트머리가 흐느적거리는 것 같았다. 그는 얇은 서리가 덮인 땅에 무릎을 꿇고 앉아 풀을 헤치며 물속을 들여다보았다. 흙이 깎여 버드나무 뿌리가 드러나고 풀도 자라지 않는 곳에 검은 천이 구겨져 덩어리를 이루고 있었다. 방앗간에서 나온 물에 휩쓸려 구석에 박힌 탓에 눈에 잘 띄지는 않았지만 핏기 없는 한 쌍의 흰 덩어리가 천천히 흔들리는 모습도 보였다. 언젠가 어느 여행자가 쓴 책에서 보았던 기묘하게 생긴 물고기 같은 손, 맑게 개어가는 하늘에 대고 무언가를 호소하듯 벌린 두 손이었다. 에일노스 신부의 얼굴은 외투 자락에 반쯤 가려진 채였다.

캐드펠은 일어나 우울한 얼굴로 동료들을 바라보았다. 그들은 나무다리 옆에 서서 저수지 건너를 살피고 있었다. 다른 무리가 오두막의 마당에 막 모습을 드러낸 참이었다.

"여기요." 캐드펠이 말했다. "신부를 찾았소."

*

그를 꺼내는 일은 녹록지 않았다. 저수지 이쪽 편의 사람들이 흥분해서 연신 손을 흔들고 방앗간 주인이 황소 같은 목소리로 소리쳐 부르자 앰브로즈 수사와 함께 수색을 하던 사람들까지 황급히 큰길을 돌아와 도왔는데도 몹시 애를 먹었다. 둑이 높고 아래쪽이 깎여 있는 데다 그 밑으로는 물이 깊어서 손을 뻗어 옷자락을 붙잡는 게 불가능했다. 그들 가운데 가장 가벼운 사람이 엎드려 길게 팔을 뻗어도 도무지 손이 닿지 않았다. 결국 방앗간 주인이 연장 창고에서 갈고리 장대를 꺼내 왔다. 그걸 이용해 그들은 움직이지 않는 시체를 조심스럽게 밀어 방수로 가장자리에 옮긴 뒤 물로 내려가 옷자락을 잡았다.

검고 불길한 그 갈까마귀는 이제 괴상한 물고기가 되어 있었다. 사람들은 그를 평평한 땅 위로 끌어 올려 풀에 눕혔다. 뻣뻣한 검은 머리와 흠뻑 젖은 옷에서 물이 줄줄 흘러내렸고, 차가운 겨울 햇빛 속에 드러난 얼굴은 푸르스름한 회색으로 차갑게 굳어 있었다. 벌어진 입술과 반쯤 뜬 두 눈, 잔뜩 긴장된 뺨과 턱과 목의 근육들. 이 모든 것이 그가 공포 속에서 고통스레 발버둥쳤음을 드러내 보였다. 어둠 속에서 맞이한 너무도 춥고 외로운 죽음이었다. 전투가 끝난 뒤에도 시신은 그 치열했던 흔적을 그대로 간직하고 있었으니, 모두가 두려움과 놀라움 속에 그를 내려다보았다. 이윽고 아무도 입을 열지 않은 채, 그들은 해야 할 일들을 하나하나 해나가기 시작했다. 주위엔 온통 정적뿐이었다.

그들은 방앗간에서 문짝 하나를 떼어내 그 위에 시체를 얹고 수도원 담의 쪽문을 통해 큰 마당으로, 이어 시체 안치소로 옮겼다. 그러곤 라둘푸스 원장과 로버트 부원장에게 소식을 전하기 무섭게 모두가 각자의 자리로 흩어졌다. 살아 있는 사람들에게로, 여전히 진행 중인 축제의 현장으로 돌아가게 된 것에 기뻐하면서. 아직 행복을 느끼고 축하할 명분이 있어 다행이라 여기면서.

이 소식은 낮고 은밀한 목소리로 전해지며 곧 시내 전체에 퍼졌다. 놀라움의 외침도, 긴 설명도 없이 귀에서 귀로 옮겨져 땅거미가 질 무렵에는 교구의 모든 사람이 알게 되었다. 소리 내어 감사 기도를 올리는 사람도, 기쁨과 안도의 마음을 언급하거나 내색하는 사람도 없었다. 그러나 교구민들은 하룻밤 사이 억압의 그림자에서 벗어난 민족이 느낄 법한 진심 어린 열렬함으로 성탄을 축하했다.

*

온기라고는 전혀 느낄 수 없는 시체 안치소에 모인 이들은 온몸을 덜덜 떨며 거친 천으로 만든 통장갑 속에서 곱은 손가락을 호호 불어댔다. 에일노스 신부는 차가운 돌 침대 위에 벌거벗겨진 채 누워 있었으나 아무도 그의 얼어가는 몸에는 관심을 두지 않았다.

"그러면 신부가 저수지에 빠져 익사했다고 결론을 내려야겠군." 라둘푸스 수도원장이 무거운 어조로 말했다. "그런데 그는 대체 무엇을 하러 그곳에 갔을까? 그것도 성탄 전야에 말이오."

이 질문에 대답할 수 있는 사람은 없었다. 그는 소리도 기척도 없이 근처의 집들을 지나 그곳에 이른 뒤 인적 없는 황량한 고독 속에서 최후를 맞이한 것이다.

"익사한 건 분명합니다." 캐드펠이 말했다.

"그 사람은 헤엄도 칠 줄 몰랐던 건가?" 부원장이 물었다.

캐드펠은 고개를 저었다. "그 점에 대해 저도 아는 바가 없습니다. 누구 아는 사람이 있을 것 같지도 않고요. 하지만 헤엄을 칠 수 있고 없고는 그리 중요하지 않았을 겁니다. 우연히 물에 빠진 것 같지는 않거든요. 자, 여기를 보십시오. 여기 머리 뒤쪽 말입니다……."

캐드펠이 한 손으로 죽은 이의 머리를 들어 오른팔로 머리와 어깨를 받치자, 이미 함께 시체를 살펴보았던 에드먼드 수사가 촛불을 가까이 가져와 검고 뻣뻣한 머리칼이 둥글게 돋아난 그의 머리와 목덜미를 비추었다. 찢긴 상처가 보였다. 주위의 살갗이 쓸리고, 허옇게 불은 정수리 부분은 살짝 색이 변해 있었다. 상처는 정수리를 둘러싼 머리칼에서 시작되어 울퉁불퉁한 선으로 이어지다가 목이 시작되는 부분에서 그쳐 있었다.

"에일노스 신부는 물에 빠지기 직전 이 부분을 가격당했습니다." 캐드펠이 말했다.

"뒤에서 맞았군." 원장이 더 가까이로 다가와 들여다보았다. "익사한 게 확실하오? 이 타격 때문에 죽은 것이 아니고? 형제의 말을 듣자니 우연한 사고는 아닌 것 같은데…… 혹시 어쩌다 넘어져 머리를 다쳤을 가능성은 없소? 거기 길은 바큇자국 때문에 울퉁불퉁한 데다 단단히 얼어 있었잖소. 그냥 넘어져 다친 것일 수도 있지 않겠소?"

"아뇨, 그럴 가능성은 희박합니다. 물론 걷다가 삐끗해도 뒤로 넘어질 수는 있지요. 하지만 머리를 이렇게 세게 부딪칠 만큼 완전히 대자로 누워버리는 경우는 거의 없습니다. 게다가 여길 보십시오. 넘어질 경우 상처는 뒤통수에 나기 쉬운데 이건 그보다 아래쪽에 있고, 목덜미로 내려가며 쭉 찢어졌습니다. 뭔가 표면이 거칠고 깔쭉깔쭉한 것으로 맞은 것 같아요. 그리고 신부의 신발 밑창에는 펠트 천이 붙어 있었습니다. 그런 신발을 신고는 미끄러져 넘어지기 쉽지 않죠."

"그렇군. 듣고 보니 역시 가격당한 게 맞는 듯하오." 라둘푸스가 말했다. "하지만 그것 때문에 죽은 건 아니라고?"

"그럴 리는 없습니다! 두개골이 깨지지 않았거든요. 그 정도 타격으로는 크게 해를 입지 않습니다. 하지만 잠시 기절을 했거나 정신이 마비되어 아무런 대처를 못 했을 수 있겠죠. 그러니까 실수로 물에 빠졌거나……" 신중하지만 슬픈 어조로 캐드펠이 말을 맺었다. "누군가에게 밀려 떨어졌을 경우에 말입니다."

"그 두 가지 경우 중에 어떤 가능성이 더 크다고 보오?" 원장이 냉정하고 침착하게 물었다.

"글쎄요, 워낙 어두웠으니 경사면 가장자리에 너무 가까이 갔다가 둑이 튀어나온 곳에서 발을 헛디뎠는지도 모르지요. 하지만, 그 길로 들어선 경위가 무엇이든, 왜 마지막 집을 지나서도 계속 나아가려 했을까요? 어쨌든 이 상처는 그냥 넘어져 생긴 게 아닙니다. 틀림없이 물에 빠지기 전에 가격을 당했을 겁니다. 어떤 다른 손이, 다른 누군가가 거기 이 신부와 함께 있었던 거예요. 이 죽음의 한쪽 당사자이지요."
"하지만 상처로는 아무것도 알 수가 없군요. 그를 내리친 게 어떤 종류의 무기인지 알려줄 만한 단서 같은 것도 보이지 않고요." 에드먼드 수사가 조심스레 입을 열었다. 그는 캐드펠과 함께 유사한 사건을 여럿 겪었으며, 따라서 지극히 사소한 것이라 해도 캐드펠의 의견과 판단을 매우 중요한 것으로 여기고 존중했다. 그러나 이번 일에서만큼은 그다지 큰 기대가 없는 눈치였다.
"그런 게 있으면 오히려 이상한 일이겠지요." 캐드펠이 잘라 말했다. "밤새 물속에 있었으니 흔적 같은 건 전부 사라졌을 겁니다. 쓸린 상처에 흙이나 풀이 달라붙었다 해도 아마 한참 전에 씻겨 나갔겠지요. 제가 보기엔 애초에 그런 게 달라붙지도 않았을 것 같지만요. 자, 상처를 입고 그 사람 혼자서 비틀거리며 한참을 걸어갔을 리는 없습니다. 그리고 시신은 방수로를 막 지난 곳에서 발견되었어요. 만약 방수로에 이르기 전에 빠졌다면 물살에 떠밀려 반대쪽으로 흘러갔을 겁니다. 누군가 기절한 그를 끌거나 들어서 옮겼을 리도 없지요. 이렇게 크고 무거운 사람을 옮기는 일이 쉽지 않은 데다 그 타격은 그를 잠시 무력화할 뿐이었을 테니까요. 그러니 그는 발견된 곳으로부터 열 걸음도 떨어지지 않은 지점에서 물에 빠졌을 겁니다. 그 직전에 머리를 맞았고요. 방앗간을 지나 바큇자국이 없는 풀밭 위에 서 있을 때 말입니다. 땅이 울퉁불퉁하고 겨울 풀이 시들어 늘어져 있는 곳이지요. 만일 거기서 혼자 미끄러진 거라면, 기절이야 할 수 있어도 머리

가 찢어져 피가 나지는 않았을 겁니다." 그가 지친 듯 말을 맺었
다. "결국 이 사건의 의미가 무엇이겠습니까?"

"살인이군!" 로버트 부원장이 분노와 공포로 얼굴을 일그러뜨
렸다. "이건 살인입니다. 원장님, 이제 어찌하면 좋을까요?"

라둘푸스는 에일노스 신부였던 그 무심한 시신을, 과거 어느
때보다도 조용하며 다른 이들의 시선에 관대한 그를 내려다보며
한동안 생각에 잠겼다. 마침내 원장이 입을 열었다. 목소리에 억
제된 슬픔이 묻어났다. "로버트 부원장, 휴 베링어 장관은 임무
가 있어 다른 곳에 가 있으니 장관 대리에게 이 사건을 알려야 할
것 같소." 그는 판판한 돌 위에 놓인 납빛 얼굴을 응시하며 슬프
게 탄식했다. "이 사람이 주민들에게서 사랑받지 못한다는 건 알
았지만, 이렇게 짧은 사이 그토록 미움을 받게 될 줄은 몰랐군."

6

 휴가 없는 동안 그를 대신하고 있는 젊은 앨런 허바드가 부관들 중 가장 노련한 윌리엄 워든과 다른 부하 몇 명을 대동한 채 황급히 성에서 달려왔다. 허바드는 홀리 크로스 교구와 그곳 주민들에 대해 아는 바가 별로 없었으나 워든은 잘 알았고, 새 교구 신부를 향한 그들의 감정도 익히 아는 터였다.
 "이곳에서 신부의 죽음을 애도하는 이는 거의 찾아볼 수 없을 겁니다." 냉정하게 시신을 살피던 그가 무뚝뚝한 투로 입을 열었다. "교구민 전부가 그에게 등을 돌렸어요. 하지만 너무나 안타까운 최후로군요. 이렇게 춥고 고통스럽게 가다니!"
 그들은 머리의 상처를 조사하고 수색에 참여했던 모든 사람들의 진술을 기록한 뒤 에드먼드 수사와 캐드펠 수사의 견해를 경청했다. 해밋 부인은 주인이 외출하던 당시 저녁의 상황과 돌아오지 않는 그를 걱정하며 자신이 얼마나 불안한 밤을 보냈는지에 대해 다시 한번 설명해야 했다.

귀가하기를 거부하고 내내 기다리던 부인은 지친 얼굴로, 그러나 불안과 걱정이 어떻게든 자신의 손을 떠나서인지 자못 냉정하고 침착하게 어젯밤의 일을 되풀이해 이야기했다. 베넷 또한 그녀의 곁에서 주의 깊게 경청했는데, 개암나뭇빛 눈이 이모에 대한 걱정과 당혹감 사이에서 흔들리고 미간은 잔뜩 찌푸려져 있는 게 매우 긴장한 모습이었다.

"허락하신다면 제가 이모님을 집으로 모시고 가 불을 피워드리겠습니다. 이모님은 좀 쉬셔야 해요." 교구 주민들에 대해 누구보다 잘 아는 시장을 만나보겠다며 관리들이 경내에서 물러나자 베넷이 캐드펠에게 말했다. "오래 있진 않겠습니다. 여기서도 제가 필요할지 모르니까요."

"원하는 만큼 머물다 와도 좋네." 캐드펠은 선선히 허락했다. "뭔가 묻는 사람이 있다면 내가 대신 대답해주지. 하지만 자네가 할 말이 뭐가 있겠나? 새벽기도가 시작되기 한참 전부터 예배당에 있었다는 걸 내가 아는데." 게다가 그 이후에 어디 있었는지도 알지, 아마 혼자 있지 않았다는 것도 말이야. 그는 속생각을 삼킨 채 말을 이었다. "해밋 부인은 이제 어디로 가실지, 혹시 아는 바가 있는가? 이렇게 됐으니 자네가 없다면 이모님이 몹시 외로워지시겠구먼. 게다가 아직 이곳에선 나그네나 매한가지니. 물론 원장님께서 이모님이 친구 하나 없이 지내도록 버려두시지 않겠지만 말이야."

"그렇잖아도 원장님께서 몸소 이모님과 말씀을 나누셨어요."

그 사려 깊은 배려가 몹시 고맙고 반가웠던지, 베넷이 잠시 얼굴을 붉히며 평소의 명랑함을 되찾았다. "걱정할 것 전혀 없다고, 이모님이 자신의 직분에 따라 교회를 섬기고자 하는 깊은 신앙을 지닌 채 여기 오셨으니 앞으로도 불편함이 없도록 교회가 돌볼 것이라 하시더군요. 새 교구신부님이 오실 때까지 그 집에서 지내며 살림을 돌보다가 그때 가서 다시 생각해보자고요. 무슨 일이 있어도 모른 체하지는 않겠다고 하셨어요."

"잘됐군! 자네와 이모님도 편한 마음으로 쉴 수 있겠어. 참 끔찍한 일이 벌어졌지만, 어쨌든 자네나 이모님의 잘못이 아니니 지나치게 절망할 것 없네."

이 순간 그 두 사람의 얼굴에서 슬픔이나 안도의 기색은 전혀 찾아볼 수 없었다. 그들은 그저 당황한 얼굴로 멍하니 캐드펠을 바라볼 뿐이었다.

"필요하다면 거기서 자고 와도 되네." 캐드펠이 말을 이었다. "오늘 밤에는 이모님도 자네가 옆에 있기를 원하실 거야."

베넷은 아무 대꾸가 없었다. 해밋 부인도 마찬가지였다. 두 사람은 아침 내내 기나긴 불안의 시간을 함께 견딘 문지기실의 곁방에서 조용히 나와 수도원 앞 대로 건너 담 사이, 서리가 하얗게 내린 좁은 골목으로 사라졌다.

*

 외박 허락을 받았음에도 베넷은 한 시간도 지나지 않아 다시 돌아왔다. 캐드펠에게는 그리 놀라운 일이 아니었다. 정원으로 들어온 베넷은 작업장 화로 곁에 앉아 있는 캐드펠을 단번에 찾아내 그의 곁에 조용히 자리를 잡더니 울적한 듯 한숨을 쉬었다.
 "좋아!" 그 소리에 생각에서 깨어난 캐드펠이 말했다. "오늘은 모두 제정신이 아니구먼. 그럴 만하지. 하지만 자네가 딱히 양심의 불편함을 느낄 필요는 없는 것 같은데. 이모님을 혼자 남겨두고 온 건가?"
 "아뇨, 이웃 사람이 와 있어요. 이모님이 그런 관심을 달가워할 것 같지는 않지만요. 곧 이런저런 이들이 몰려들어 호기심에 가득 차 이모님의 이야기를 들어보려 하겠지요. 지금 와 있는 이웃을 보자니, 별로 슬퍼하는 것 같지도 않아요. 교구민들 전부 들떠서 찌르레기처럼 재잘대고 있다고요. 아마 밤이나 되어야 그칠 겁니다."
 "앨런 허바드나 그 부하가 끼어들면 즉시 그치겠지." 캐드펠이 덤덤히 말했다. "관리의 얼굴이 보이는 순간 침묵이 내려앉을 걸세. 그리고 심문이 시작되면 자진해서 뭐라 입을 열 사람은 이 교구에 단 한 사람도 없을 거야."
 베넷은 양심이 아니라 신체의 불편함을 느끼는 듯 나무 의자 위에서 조심스레 몸을 움직였다. "그분이 그렇게까지 미움받고 있는 줄은 몰랐어요. 수사님께선 주민들이 그분을 죽음으로 몰아간 이가 누구인지 알면서도 서로 단결해 범인을 밝히지 않을 거라 생각하시는 건가요?"

"그래, 아마 그럴 거야. 하나님의 은총이 아니었다면 그 일을 자신이 저질렀으리라 생각하지 않을 사람이 하나도 없을 걸세. 하지만 어찌 되든 자네가 마음 쓸 일은 아니지. 그 사람 머리를 깨뜨린 게 바로 자네가 아니라면 말이야." 캐드펠이 부드럽게 말했다. "자네가 한 짓이 아니지?"

"그럼요." 맞잡은 두 손을 내려다보며 베넷이 짧게 대답했다. 그러나 다음 순간 호기심 어린 날카로운 눈이 그를 향했다. "그런데 수사님은 어떻게 그걸 확신하시죠?"

"우선 새벽기도가 시작되기 훨씬 전에 교회에서 자네를 봤거든. 에일노스 신부가 물에 빠진 정확한 때야 알 수 없지만, 아마 그 시간은 지나서였을 걸세. 두 번째로, 자네가 그 사람에게 원한을 품을 이유가 없다고 보기 때문이지. 그가 그 정도로 미움받았다는 게 놀랍다고 조금 전 자네 입으로 말하지 않았나. 그리고 세 번째, 이게 가장 괜찮은 이유이네만, 내가 지켜본바 자넨 악의를 품고 누군가를 공격한다 해도 마주 서서 칠 사람이지 뒤에서 때릴 사람은 아니야."

"아, 그렇게 봐주시니 감사하네요!" 베넷이 환하게 미소 지었다. "그러면 수사님, 대체 어떤 일이 일어났던 걸까요? 살아 있는 신부님을 마지막으로 본 사람이 바로 수사님이라면서요. 근처에 다른 사람은 없었어요? 그분을 따라갔을지도 모를 사람 말이에요."

"문지기실부터는 아무도 없었어. 기도를 드리러 수도원에 들어선 교구 주민들이 몇 명 보이긴 했지만 시내를 향해 나오는 사람은 없었지. 그 길에서 에일노스 신부를 본 사람이 있다면, 그건 분명 내가 보기 전이었을 걸세. 그가 어느 쪽으로 향하는지 전혀 알 수 없을 지점에서 말이야. 물론 누군가 그와 얘기를 나눴다면 또 모르지만, 그렇게 급히 나를 지나쳐 간 것으로 보아 그에겐 멈춰 서서 말이나 나눌 시간이 없었을 거야."

베넷은 한참 동안 생각에 잠겨 있다가 입을 열었다. 캐드펠을 향한 것이라기보다는 자기 자신에게 하는 말 같았다. "거긴 그분 집에서 아주 가까운 곳이에요. 문지기실 바로 건너편에서 막 대로로 나온 참이었죠. 그사이 다른 이가 그분을 보거나 불러 세웠을 가능성은 거의 없어요."

"왜, 어쩌다 그런 일이 생겼는지는 관리들이 자기들끼리 머리 싸매고 알아내게 내버려두게." 캐드펠이 충고하듯 말을 이었다. "에일노스 신부의 최후에 대해 슬퍼하지 않는 이들이야 많겠지만, 관리들은 남자건 여자건 아이들이건, 그 누구한테서도 정보를 얻어내지 못할 거야. 놀랄 일도 아니지. 그 사람은 가는 곳마다 원한을 낳았으니까. 서류며 특허장이며 장부 같은 것만 다루면 되는 자리에 있었다면 가장 완벽한 일꾼이 되었을 사람인데. 평범한 죄인들을 달래가며 이끌고 위로하고 조언을 해주는 방법에 대해선 아무것도 몰랐지. 하지만 그런 일을 하지 못한다면, 교구신부가 무슨 쓸모가 있겠는가?"

*

그날 밤에도 서리가 내렸다. 전날보다 더 하얗게 내린 서리는 저수지의 갈대 우거진 여울을 얼어붙게 하고 도시 쪽 기슭에서는 하얀 얼음으로 변해 층을 이루었지만, 방수로의 흔들리는 물결 위를 완전히 덮어버리지는 못해 아침 일찍 기대에 차 얼음을 살펴보러 나왔던 어린 소년들은 시무룩한 얼굴로 돌아서야 했다. 허바드가 매장 허가를 내주었으나 쇠처럼 단단해진 땅을 파 에일노스 신부의 무덤을 마련하기란 불가능했다. 추위 때문에 장례가 지연되고 있었다.

수도원 앞 대로에는 숨죽인 듯한 고요가 내려앉았다. 사람들은 낮은 목소리로, 믿을 수 있는 친구들 앞에서만 입을 열었다. 그러나 교구를 뒤덮고 있던 거대한 구름이 사라진 양, 어디에서나 감출 수 없는 기쁨이 느껴졌다. 서로 속을 터놓지 않는 이들조차 말 없는 눈길 속에 기쁨을 주고받았고, 안도의 한숨이 곳곳에서 솟았다.

물론 동시에 두려움의 분위기도 도사리고 있었다. 누군가 이 교구에 드리운 어두운 그림자를 없애버렸으니, 이런 일이 일어나기를 바라던 모든 사람들이 저마다 죄의식을 느끼지 않을 수 없으리라. 눈과 입은 닫고 있을지언정, 그들은 자신들을 구해준 그 자가 과연 누구일지 곰곰이 생각에 잠겼다. 그리고 자신들이 그를 고발하게 되지나 않을까 두려워했다. 그들 역시 죄인이었으므로.

일을 하면서도 내내 캐드펠은 에일노스의 죽음에 대한 생각에 잠겨 있었다. 누구도 앨런 허바드 앞에서 에드윈의 밭두렁이나 아일가의 원망에 대해, 켄트윈의 아들이 묻힌 땅에 대해, 에일노스를 미움받이로 만든 수많은 상처들에 대해 입을 열지 않을 것이다. 사실 그럴 필요도 없었다. 그런 일들이라면 월 워든이 이미 전부 알고 있으니까. 어쩌면 원장도 듣지 못한 사소한 불만들까지 알고 있을지 모른다. 신부로 인해 괴로움을 겪었던 주민들은 모두 크리스마스 전야에 어디서 무얼 했는지 조사를 받을 것이고, 월은 금세 증거를 찾아낼 터였다. 에일노스를 죽인 사람이 누구건 교구 주민들은 그를 무척 동정하며 보호할 것이나, 그럼에도 진실이 밝혀지는 것은 중요한 일이었다. 그때까지는 어느 누구에게도 진정한 마음의 평화가 오지 않을 테니까. 캐드펠이 이 사건의 해결을 바라는 첫 번째 이유가 바로 그것이었다. 그리고 두 번째 이유는 바로 라둘푸스 원장을 위해서였다. 그는 이중으로 죄책감을 느끼고 있을 것이었다. 양 떼 사이에 그토록 부적절한 목자를 들여보낸 것에, 또 그로 하여금 어떤 분노한 양에게 그런 죽음을 당하게 한 것에 무척이나 괴로워하고 있으리라. 많은 사람들에게 괴로움을 안겨줄 수도 있겠지만 언제나 그렇듯 무엇도 진실을 대신할 수는 없다는 것, 그것이 캐드펠이 내린 결론이었다.

한편 가끔씩 노동에 대해 떠올릴 때면 새삼 베넷에게 고맙다는 생각이 들었다. 추위가 시작되기 전에 제때 땅을 갈아주었으니 말이다. 지금 땅이 서리 아래 편안하게 잠들어 있는 것도 그가 꽃밭에 남아 있던 잡초들을 부지런히 뽑아준 덕이었다. 담장 안의 정원은 모두 깨끗이 정돈된 상태였다. 나뭇잎과 풀과 허브 아래 깊숙한 곳에서는 고슴도치들이 봄을 기다리며 둥글게 웅크리고 있으리라.

베넷은 훌륭한 일꾼이었다. 명랑하고 성실한 데다 같이 지내기도 좋았다. 자신을 이리로 데려온 사람, 자신에겐 아무런 해도 끼치지 않은 신부의 죽음으로 다소 우울한 기색이 비치긴 했지만 타고난 쾌활함으로 극복해낼 터였다. 수도사 지망자로서의 면모는 여전히 찾아볼 수 없었다. 에일노스 신부는 북쪽으로 오는 여행길에 자신의 마부 노릇을 했던 이 청년에 대해 설명하며, 아직은 마지막 단계를 밟기를 주저하는 상태이나 수도사가 되기를 바라고 있다는 식으로 이야기했다. 이것이 에일노스 신부가 지닌 인간적 약점의 증거였을까? 아니면 낯선 청년에 대한 책임을 벗어버리기 위한 핑계였을까? 베넷은 그런 소망을 품은 적이 결코 없다고 단호하게 말했다. 설마 베넷이 거짓말을 한 것일까? 그러고 보니 초반에 그가 내보인 모습, 겁을 먹어 눈만 커다랗게 뜬 투박한 시골뜨기의 이미지도 이젠 거의 남아 있지 않았다. 적어도 정원의 고독 속에서는 그랬다. 하지만 부원장이 어떤 용건으로든 가까이 오면 그는 장갑을 끼듯 손쉽게 그 탈을 뒤집어쓰곤 했다. 나를 장님으로 아는 건 아니겠지, 캐드펠은 생각했다. 그저 내 앞에서는 그런 모습을 꾸며낼 필요가 없다고 생각하는 게야.

어쨌거나 하루 이틀 뒤에는 휴가 돌아올 것이다. 그 친구라면 왕에게서 놓이자마자 강행군을 해서라도 최대한 빨리 돌아오겠지. 얼라인과 자일스도 그를 맞이할 준비를 하고 있을 테고. 하느님, 그가 제대로 된 응답을 받아 가지고 오게 해주소서!

*

아닌 게 아니라, 휴는 아내와 아들에게 돌아오느라 몹시 서두른 모양이었다. 27일 저녁 늦게 이미 슈루즈베리에 들어섰으니 말이다. 마침내 무거운 짐을 벗은 앨런 허바드가 해결을 기다리는 큰 사건에 대해 그에게 보고했다. 교구 주민들에게는 재앙이라기보다 오히려 축복으로 다가온 죽음, 그러나 왕의 관리들은 매우 심각하게 받아들이고 있는 죽음에 관한 보고였다. 휴는 다음 날 아침기도 시간 직후 수도원으로 향했다. 원장에게서 가장 믿을 만한 설명을 듣고, 신부와 그 신도들 사이에 있었던 골치 아픈 문제 전반에 대해 의견을 나누기 위해서였다. 더하여 자신이 떠안은 큰 문제 하나도 수도원장에게 털어놓아야 했다.

오전이 한참 지난 시각 휴가 작업장을 찾아올 때까지 캐드펠은 친구의 귀가에 대해 전혀 모르고 있었다. 장화가 얼어붙은 자갈 길 위를 디디는 소리, 깨어진 유리를 비비는 듯한 그 소리에 그는 절구에서 고개를 들었다. 그 발소리를 알았지만 얼른 믿을 수가 없었다.

"이런, 이런!" 그가 기뻐하며 말했다. "자네 얼굴을 보려면 아직 하루나 이틀은 더 기다려야 할 줄 알았는데, 정말 반갑구먼. 그래, 어디 자네 표정을 한번 읽어봐야겠네." 그는 포옹한 팔을 풀어 친구의 어깨를 잡고서 걱정스럽게 그 얼굴을 들여다보았다. "좋아, 성공의 표정이군. 지금의 직위를 제대로 인정받은 모양이야."

"맞아요, 잘 보셨습니다! 얼른 돌아가 업무를 보라 하시더군요. 믿으실지 모르지만 수사님, 스티븐 왕은 마르고 굶주린 상태였어요. 쇠사슬 자국도 아직 남아 있었고요. 그분이 원하시는 건 행동과 피의 복수입니다. 만일 그토록 거센 분노가 꾸준히 유지되기만 한다면 앞으로 1년 안에 이 싸움을 끝낼 수 있을 거예요. 하지만 그분의 감정은 도통 지속되는 법이 없지요." 휴가 냉정하게 말을 이었다. "결코 그런 일은 없을 겁니다…… 어쨌든 오래 말을 타고 왔는데도 전 아직 꼿꼿하니 30분만 시간을 내주시죠. 술이나 한잔 하게요."

그는 나무 의자에 털썩 주저앉아 따뜻한 화로로 두 발을 쭉 뻗었다. 캐드펠은 포도주 병과 컵 두 개를 가져와 곁에 자리를 잡고서 기쁜 마음으로 휴를 바라보았다. 그 호리호리한 몸과 표정이 풍부한 얼굴에서 바깥세상의 공기가 느껴졌다. 직무를 계속하라는 재가를 받고 막 돌아온 휴는 스티븐 왕과 달리 활력이 넘쳤다. 그뿐 아니라 그에겐 왕이 갖지 못한 꾸준함과 성실성이 있었다. 아니, 어쩌면 왕도 이젠 조금 달라지지 않았을까? 브리스틀의 감옥에서 느꼈을 분노와 상실감이 도무지 전력을 기울이지 못하는 그의 태도에 변화를 일으켰을지도 모를 일이다. 물론 휴는 그가 그러한 변화마저 지속시킬 만한 사람이 못 된다고 생각하지만 말이다.

"왕은 크리스마스 만찬 자리에서 왕관을 다시 썼습니다. 화려했지요. 솔직히 말하자면 스티븐 왕보다 더 왕다워 보이는 사람은 없을 겁니다. 어쨌든 만찬 중 그가 저를 가까이 부르더니 우리 지역의 상황에 대해 은밀하게 묻더군요. 저는 체스터 백작과의 대치에 대해, 그리고 북쪽에서 오아인 귀네드가 확고한 동맹자로 자리매김한 것에 대해서도 자세히 말씀드렸지요. 왕은 아주 만족스러웠는지 웃으며 제 등을 세게 치시더라고요. 주먹이 꼭 삽 같았지요. 그런 뒤 제가 행정 장관으로서의 직무를 계속하도록 재가해주셨어요. 제가 어떻게 프레스코트 장관의 부관이 되었는지도 기억하시더군요. 왕이라는 지위를 가진 사람에게서 그런 세심함을 보기란 힘들죠. 바로 그런 점 때문에 그가 우리를 화나게 해도 우리로서는 그를 지지할 수밖에 없는 겁니다. 어쨌든 그의 인가를 받으니 집으로 돌아올 힘이 절로 생기더라고요. 제가 보기에 왕은 한파가 지난 뒤 북쪽을 방문할 계획인 것 같아요. 아직 결정을 내리지 못한 이들 몇몇을 다시 자신에게 묶어두려는 생각으로요. 어쨌든 잘됐습니다." 휴가 감사한 듯 말했다. "남쪽으로 가면서 말을 네 번 갈아탄 것도 좋은 생각이었어요. 돌아올 때 서둘러야 할 것 같아 제 잿빛 말을 옥스퍼드에 남겨뒀거든요. 이렇게 돌아와 기쁠 뿐입니다."

"앨런 허바드도 아주 기뻐할 걸세." 캐드펠이 말했다. "자네가 없는 사이 깊은 물속에 빠져버렸거든. 그래서 그가 움츠러들었다는 뜻은 아니야, 물론 반겼을 리도 없지만. 자네도 무슨 일이 있었는지는 들었겠지? 하필 크리스마스에 그런 일이 벌어지다니! 참 끔찍해!"

"예, 허바드에게서 들었습니다. 그러잖아도 막 원장님을 뵙고 오는 길이에요. 그분은 어떻게 생각하시는지 알아보려고요. 그 신부를 만난 적은 거의 없지만 저도 이런저런 경로로 그에 대해 많은 얘기를 들었습니다. 그렇게나 미움을 받다니, 그것도 그 짧은 사이에 말이에요. 사람들이 그에 대해 하는 말이 진짭니까? 원장님께는 직접 여쭙지 못했지만, 그분도 죽은 신부에 대해 그다지 호의를 가지고 있는 것 같지 않던데요."

"자비나 겸손을 모르는 사람이었어." 캐드펠이 대답했다. "그것만 아니라면 참 훌륭한 신부가 되었을 텐데…… 도무지 그런 품성을 찾아볼 수가 없었지. 그는 꼭 갑자기 나타나 교구 위에 내리덮인 재앙의 구름 같았네."

"수사님은 그게 살인이었다고 확신하시는군요? 저도 시신과 머리의 상처를 봤습니다. 혼자 있다가 사고로 생긴 상처로 보기는 힘들더군요."

"그래, 그걸 추적해봐야 할 거야." 캐드펠이 말했다. "어떤 가없은 인간이 분에 못 이겨 그런 짓을 저질렀는지…… 교구 주민들에게서는 아무런 증언도 듣지 못할 걸세. 다들 자신들에게서 그 그림자를 제거해준 미지의 인물을 동정하고 있거든."

"앨런도 같은 얘기를 했어요." 휴가 살짝 미소를 지어 보였다. "아직 어리지만 그 친구 역시 이곳 사람들을 아주 날카롭게 파악하고 있어요. 그리고 자신보다는 제가 나서야 그들이 입을 열 거라 생각하더군요. 그래야 한다면 그렇게 해야겠죠. 행정 업무와 관련해서는 자비와 겸손을 버려야 한다는 충고도 받은 마당이니……." 그는 서글프게 말을 이었다. "왕은 적들이 가차 없이 소탕되기를 바라고 있어요. 그 목적을 위해 닥치는 대로 명령을 내리지요. 저도 이 주에서 한 사람을 잡아들여야 할 책임을 떠맡았습니다."

"내가 기억하기에, 언젠가 왕이 지금처럼 곤란한 문제를 떠안겼을 때 자네는 자네 나름의 방식으로 그 일을 해결했었지." 친구의 컵을 다시 채우며 캐드펠이 말했다. "왕으로서는 전혀 예상치 못한 방식으로 말이야. 하지만 이후 왕이 그것을 문제 삼는 일은 없었어. 오히려 자신의 계획을 후회하고 자네가 그 일에 개입한 걸 기뻐했을 거야. 물론 이런 얘긴 할 필요도 없겠지. 자네야말로 제일 잘 알고 있을 테니까."

"물론 왕에게 그럴싸한 모습을 보여줄 수는 있습니다." 활짝 미소를 지으며 휴가 맞장구쳤다. "하지만 지금의 원한이 해소되면 부하의 지나친 열정을 그리 달가워하지 않을 수 있다는 점을 명심해야겠죠. 전 그가 오랫동안 악의를 품은 채 지내는 걸 본 적이 없습니다. 그래요, 이곳 슈루즈베리에서 그는 최악의 일을 벌였지요. 하지만 이젠 그 일을 떠올리기조차 싫어하더군요. 문제는 이겁니다. 수사님. 지난여름 황후가 왕관이며 홀이며 모든 것을 손에 넣은 듯 보였을 때 노르망디에 있던 피첼런이 휘하의 두 사람을 이 땅에 보냈답니다. 황후를 지지하는 세력이 어느 정도인지, 새 병력을 보내 그녀에게 힘을 보태줘도 괜찮을지 살피기 위해서였지요. 어떻게 그리되었는지는 모르겠지만, 황후의 운이 역전되고 마틸다 왕비가 군대를 런던 너머로 보냈을 때 그 두 모험자는 돌아갈 길이 끊겨 줄곧 체포당할 위기를 가까스로 넘기며 지금까지 버텼다더군요. 그중 한 명은 던위치를 통해 성공적으로 빠져나간 듯하지만, 다른 한 명은 아직도 이 영토 어딘가에 숨어 있어요. 그동안 남쪽에서 수색이 진행됐는데 성과가 없었고, 이젠 그가 북쪽으로 이동해 앙주 백작을 지지하는 사람들과 접촉하여 도움을 얻으려 한다는 소문이 돌고 있습니다. 그래서 왕이 임명한 모든 행정 장관들에게 그를 잡으라는 명령이 떨어진 거죠. 가혹한 대우를 받은 직후인 만큼, 스티븐 왕은 그를 용서하거나 눈감아줄 생각이 전혀 없어요. 그러니 일단은 저도 열성을 보여줘야 합니다. 포고문이라도 내야겠죠. 하지만 솔직히 말씀드리자면, 한 사람이라도 안전하게 빠져나가 아내에게 돌아갔다는 사실이 저로서는 기쁩니다. 다른 한 사람도 그를 뒤따라 탈출했다는 얘기가 들려도 전혀 유감스럽지 않을 거예요. 이곳에 숨어들어 자신들이 몸 바친 대의를 위해 위험을 무릅쓴 대담한 두 청년을 제가 왜 미워해야 합니까? 스티븐 왕도 제정신이 들면 저와 비슷한 생각을 할 겁니다."

"아주 명확한 단어를 사용하는군." 캐드펠이 관심을 보이며 물었다. "그들이 청년이라는 건 어떻게 알았나? 노르망디로 도망친 사람에게 아내가 있다는 건 또 어떻게 알았고?"

"그들 두 사람의 정체에 대해서는 이미 알려져 있으니까요. 피챌런과 아주 가까운 젊은이들이라더군요. 우리 쪽에서 지금 사냥에 나선 수사슴은 니니언 버카일러라는 청년입니다. 그리고 무사히 탈출해 돌아간 젊은이의 이름은 토럴드 블런드고요. 그래요, 수사님이나 저나 그를 기억하지 못할 리 없죠!" 캐드펠의 얼굴이 놀라움과 기쁨으로 밝아지는 것을 보며 휴도 밝게 웃었다. "맞습니다. 몇 년 전 수사님이 게이 초원 오래된 방앗간에 숨겨주셨던 그 키 큰 젊은이예요. 지금은 피챌런의 가장 가까운 친구이자 동맹자인 폴크 애더니의 사위가 되었다더군요. 고디스가 제 고집을 꺾지 않은 게죠!"

물론 기억하고 있었다. 고디스 애더니, 짧은 기간 동안 외부인들에게는 그의 정원 일을 돕는 소년 고드릭으로 알려졌던 그 소녀, 또 그가 병을 치료하고 안전하게 웨일스로 보내준 젊은이에 대한 기억으로 마음이 따뜻해지는 것을 느끼며 캐드펠은 한동안 가만 앉아 있었다. 지금은 남편과 아내라고! 그렇군, 고디스가 제 고집을 꺾지 않은 게야!

"생각해보면 제가 그녀의 남편이 될 뻔했는데 말입니다!" 휴가 말을 이었다. "만일 제 부친이 더 오래 사셨거나, 혹은 제가 상속받은 영지들을 스티븐 왕의 처분에 맡기고자 이곳 슈루즈베리에 와서 얼라인을 만나지 못했다면 말이죠. 그렇게 되지 않아 다행입니다. 고디스는 좋은 남자를 얻었고 전 얼라인을 얻었으니까요."

"그가 무사히 잉글랜드를 빠져나가 그녀에게로 돌아간 건 확실한가?"

"보고를 들었어요. 어쩌면 그의 친구도 그렇게 빠져나갈 수 있겠지요." 휴가 진심을 담아 말했다. "그가 토럴드처럼 좋은 젊은이라면, 그리고 제 눈에 띄지 않아준다면 전 기꺼이 그가 도망치도록 놔둘 겁니다. 혹시 수사님께서 그를 보시더라도—수사님은 기묘하게도 늘 뜻밖의 인물들과 마주치곤 하니까요—제게는 알리지 말아주세요. 전 저와 다른 대의에 충성을 바친다는 이유로 훌륭한 젊은이를 감옥에 집어넣을 생각이 전혀 없어요."

"마침 그 문제를 제쳐놓아도 될 만한 좋은 핑곗거리가 있지 않은가." 캐드펠이 의미심장한 얼굴로 말했다. "돌아와보니 살해당한 사람의 시체가, 그것도 신부의 시체가 문간에 놓여 있는 상황이니 말이야."

"맞아요. 우선 그걸 해결해야 한다고 주장하면 되겠네요." 휴는 이렇게 대답한 뒤 빈 컵을 내려놓고 자리에서 일어났다. "이 사건이 바로 제 발등에 떨어진 데다, 또 버카일러라는 젊은이는 이곳에서 아주 멀리 떨어진 곳에 있을지도 모르는 상황이라고 하면서 말예요. 하지만 조금은 성의를 보이는 것도 괜찮겠지요. 해로울 것도 없고."

캐드펠은 그와 함께 정원으로 나갔다. 베넷이 장미 정원 저쪽 끝, 완두밭과 시내로 이어진 완만한 경사로를 등진 채 올라오는 참이었다. 그는 한 손에 든 도끼를 가볍게 휘두르며 명랑하게 휘파람을 불고 있었다. 조금 전 양어장의 얼음을 깨어 그 아래 있는 물고기들에게 숨구멍을 만들어주고 돌아오는 길이었다.

"자네가 잡아야 한다는 버카일러라는 젊은이의 세례명이 뭐라고 했지?"

"니니언요. 그렇게 들었습니다."

"아, 그래!" 캐드펠이 말했다. "맞아. 니니언이라……."

*

평신도 하인들과 함께 점심 식사를 마친 뒤 정원으로 돌아온 베넷은 얼마 전 자신이 갈아엎은 밭의 딱딱하게 언 흙을 발로 다지며 다소 불안한 표정으로 주위를 둘러보았다. 가지치기를 마친 회양목 울타리에는 새하얀 서리가 내려앉아 있었다. 서리는 하루 종일 녹지 않았고, 이제는 매일 밤 조금씩 흰 장식이 늘어나 가지들이 움직일 때마다 유리처럼 땡그랑땡그랑 소리를 냈다. 흙덩어리들은 돌처럼 단단했다.

"무슨 일을 해야 할까요?" 그가 쿵쾅거리며 캐드펠의 작업장으로 들어와 물었다. "서리 때문에 모든 게 멈춰버렸어요. 이런 날에는 누구도 삽질이나 쟁기질을 할 수 없을걸요. 필사 작업은 말할 것도 없고요." 귀중한 금박으로 대문자 안에 색칠을 하거나 흔들림 없는 선으로 글씨를 써야 하는 필사실의 곱은 손가락들을 떠올리는 것만으로도 골치가 아픈 듯 그가 눈을 동그랗게 뜬 채 말을 이었다. "그런데도 저 가엾은 사람들은 계속 그 일에 몰두해 있더라고요. 삽이나 도끼를 가지고 일하면 몸에 열이라도 날 텐데…… 화로에 넣을 장작이라도 쪼개 가져다주는 게 좋을까요? 약을 달이려면 불이 필요하니 우린로선 다행이에요. 안 그랬으면 우리도 필사실 사람들처럼 새파랗게 얼어붙었을 거예요."

"날씨가 이러니 오늘은 아침 일찍부터 보온실에 불을 피웠을 걸세." 캐드펠이 태평스레 말했다. "그리고 펜이나 붓을 똑바로 잡을 수 없게 되면 알아서 일을 중단하겠지. 자넨 정원 일을 다 끝냈고 가지치기도 마쳤으니 하루쯤 하는 일 없이 빈둥거려도 괜찮네. 죄책감 같은 건 느낄 필요 없어. 하지만 굳이 뭘 하고 싶다면 나를 대신해 이 약을 좀 저어주게나. 뭐든 배워두면 쓸모가 생기는 법이지."

베넷은 무슨 일에든 도전할 준비가 되어 있는 사람이었다. 그는 가까이 다가와 화로 가장자리의 석쇠 위 돌 냄비에서 끓고 있는 것이 무엇인지 흥미로운 눈길로 들여다보았다. 두 사람만의 공간에서 그는 아주 편안해 보였고, 크리스마스 날 그 쾌활함에 그늘을 드리웠던 일시적인 동요와 당혹감도 이젠 떨쳐진 듯했다. 인간은 언젠가 죽는다. 그리고 생각하는 존재인 인간은 다른 이의 죽음에서 자신에게 다가오는 죽음을 조금씩 보기 마련이다. 그러나 젊은이들은 회복력이 강하다. 게다가 에일노스 신부가 베넷에게 뭐 그리 대단한 존재였겠는가? 이모와 함께 이리로 올 수 있도록 친절을 베풀어준 것이야 사실이지만, 그 역시 여행길 내내 이 청년의 헌신적인 봉사를 받지 않았던가. 이는 공평한 교환이었다.

"어젯밤에 해밋 부인에게 가봤나?" 또 다른 걱정거리를 기억해내고서 캐드펠이 물었다. "이모님은 좀 어떠신가?"

"아직 멍이 남아 있고, 충격에서도 완전히 벗어나지 못하신 상태예요. 하지만 강인한 정신을 지닌 분이니 곧 회복하시겠죠."

"관원들 때문에 힘들어하지는 않으시고? 휴 베링어도 이모님에게서 직접 모든 얘기를 듣고 싶어 할 걸세. 하지만 특별히 더 어려울 건 없을 거야. 휴가 당시 상황에 대해 이미 인지하고 있으니 이모님은 했던 말을 되풀이하기만 하면 되네."

"관원들 태도가 아주 정중했다던데요. 그나저나, 지금 만드시는 건 뭐죠?"

커다란 냄비 안에서는 상당한 양의 향기로운 갈색 시럽이 조그마한 거품을 내며 끓고 있었다.
"기침과 감기에 쓸 혼합액이지. 곧 이게 필요하게 될 거야. 그것도 아주 많이."
"이 약엔 뭐가 들어가는데요?"
"여러 종류가 들어가. 월계수, 꿀풀, 머위, 박하, 현삼, 겨자, 양귀비…… 전부 목과 가슴에 좋은 것들이지. 그리고 내가 증류한 독한 술도 나쁘지 않고. 자, 일을 돕고 싶다면 거기 있는 큰 절구 좀 꺼내주게…… 좋아! 동상 걸린 손들이 불쌍하다니 거기 바를 것도 좀 만들어봐야겠구먼."
동상 또한 겨울마다 찾아오는 불청객이니 치료용 연고를 여분으로 한 솥 더 만들어두는 게 나쁠 리 없었다. 그가 이런저런 허브들을 손가락으로 가리키며 가져오라고 지시하자 베넷은 부지런히 몸을 놀려 위에 매달린 허브 다발들을 내렸다. 뜻밖의 소일거리에 신이 나는지, 움직임이 아주 민첩하고 역동적이었다.
"거기, 선반 뒤쪽에 작은 저울이 있지? 그걸 가져오게. 거기 선 김에 그 옆 상자에 든 작은 저울추도 가져오고. 참, 니니언……." 캐드펠이 언제나 그렇듯 다정하고 조용하며 밝은 목소리로 그 이름을 불렀다. 아무 생각 없이 즐겁게 일에 몰두하던 청년은 제 이름이 불리자 동작을 멈추고 고개를 돌렸다가, 이내 제자리에 얼어붙고 말았다. 조금 전까지 평온함과 쾌활함이 넘치던 얼굴이 차갑게 굳으며 생기를 잃었다. 두 사람은 한참 동안 서로의 눈을 바라보았다. 캐드펠은 여전히 미소를 짓고 있었다. 이윽고 마비 상태에서 깨어난 듯 따뜻한 피가 베넷의 얼굴을 붉게 물들였다. 경계가 어려 있을지언정 미소도 다시 생기를 띠었다. 마침내 청년이 긴 침묵을 깼다.

"이제 어떻게 할까요? 화로를 뒤엎어 여기 불을 지르고 수사님을 가둔 채 빗장을 지른 다음 죽기 살기로 도망가는 게 좋을까요?"

"아니지, 자네가 원하지 않는다면 말일세." 캐드펠이 말했다. "그런 짓은 자네에게 어울리지 않아. 저울을 거기 판석 위에 내려놓고 하던 일에나 신경 쓰게. 그게 더 어울리거든. 아, 깜빡할 뻔했군. 그 덧문 옆에 있는 돼지기름 단지도 가져오게."

베넷은 놀랄 만큼 침착한 얼굴로 그 명령에 따랐다. 그러곤 묘한 미소를 지은 채 그를 바라보았다. "어떻게 아셨죠? 어떻게 제 이름까지 아신 겁니까?" 더 이상 숨기려는 기색은 없었다. 오히려 이 상황을 즐기는 게 아닌가 싶을 만큼 느긋한 태도였다.

"이보게, 자네가 자네만큼이나 무모한 친구하고 둘이서 이 땅에 들어왔다는 이야기야 이미 온 나라 사람들이 다 아네." 그가 부드럽게 말했다. "이젠 남쪽에서 집요하게 추적당한 끝에 결국 이곳 북쪽으로 도망쳤으리라는 사실도 퍼져가고 있지. 휴 베링어는 캔터베리의 연회에서 자네를 절대로 놓치지 말라는 명령을 받았어. 스티븐 왕이 격분한 상태라더군. 그러니 그가 진정되기 전에 잡히면 자넨 자유 같은 건 상상도 못 하게 되겠지. 안 그런가, 니니언 버카일러?"

"그렇죠. 하지만 그게 저라는 걸 어떻게 아셨어요?"

"니니언이라는 젊은이가 이 지역 어딘가에 숨어 있다는 얘기를 듣자 바로 짐작이 되더군. 자네, 전에 내게 본명을 말할 뻔했지. 내가 '이름이 뭔가?'하고 물었더니 무의식적으로 '니니언'이라고 대답하려다 정신을 차리고는 바보처럼 더듬으며 '베넷'이라고 했어. 게다가 얼뜬 시골뜨기 흉내가 얼마나 부자연스럽던지! 전에 한 번도 삽을 잡아본 적이 없다니! 그래, 그랬겠지. 물론 배움이 빠르다는 건 인정하네만, 자네 말투와 손은 시골 촌놈의 것이 아니야. 부끄러워할 것 없네. 억울해할 것도 없고. 아주 분명히 드러나지는 않았거든. 조금씩 합쳐보니 그랬다는 거지. 그리고 자네 역시 나를 속여 넘길 생각을 애초에 그만뒀잖나. 그건 부정하지 않겠지."

"그래봐야 아무 의미가 없을 것 같아서요." 청년은 그렇게 대꾸하며 단단히 다져진 흙바닥을 잠깐 노려보았다. "쓸데없는 짓 같았다고 해야 할까요. 자, 이제 절 어떻게 하실 생각이죠? 만일 장관에게 넘기겠다면, 분명히 말씀드리는데 전 무슨 짓을 해서든 도망갈 거예요. 수사님을 곤란하게 만들기는 싫지만요. 그동안 우리 꽤 사이좋게 지냈잖아요."

"그래, 나 역시 자네를 곤란하게 만들고 싶지 않네." 캐드펠이 미소를 지었다. "우린 꽤 잘 맞는 한 쌍이야. 내가 자네를 장관에게 넘길 거라고 누가 그러던가? 나는 스티븐 왕 편도 아니고 모드 황후 편도 아니야. 그들 중 누구를 섬기든 정직하게, 또 목숨을 걸고 제 임무를 다하는 자는 날 개의치 않고 자유롭게 자기 일을 하면 돼. 하지만 자네 임무가 무엇인지만큼은 내게 알려주는 편이 나을 것 같구먼. 우선, 해밋 부인은 자네 이모가 아니지?"

"그래요." 니니언이 천천히 대답했다. 그의 두 눈은 캐드펠의 얼굴을 주의 깊게 살피고 있었다. "수사님이라면 그분을 보호해주시겠죠? 그분은 주교를 모시는 마부의 아내로, 그 전에는 제 어머니의 하녀이자 제 유모였어요. 도망자 신세가 되었을 때 제가 그분을 찾아가 도와달라고 부탁드렸죠. 생각 없는 짓이었어요. 그러지 않는 게 좋았을 것을…… 어쨌든 그분이 한 일은 전부 저에 대한 순수한 애정에서 비롯된 것이라는 걸 알아주세요. 제 임무와는 아무 상관이 없다는 것도요. 그분이 제게 옷을 얻어다 주셨어요. 원래 입던 옷은, 숲에서 지내고 강을 건너고 하느라 엉망이 되었는데도 여전히 제 신분을 드러내고 있었거든요. 에일노스 신부가 자리를 얻어 이곳으로 오게 되었을 때 저를 조카라고 속여 같이 가겠다 허락을 구한 것도 그분의 생각이었어요. 그러면 추적자들로부터 절 구할 수 있으리라 생각하신 거죠. 제가 만류하기도 전에 벌써 말씀을 드리고 허락을 받았더라고요. 저로서도 어쩔 수가 없었어요. 그리고 고백하건대, 그 일은 결국 제게 축복이 되었지요."

"노르망디에서 건너올 때의 의도는 뭐였지?" 캐드펠이 물었다.

"황후에 대한 반발이 가장 심한 남동쪽 지역에서 숨죽이고 있을 황후의 친구들과 접촉해, 피챌런이 들어올 때 함께 들고일어날 준비를 하도록 촉구하는 것이었죠. 그때는 황후께 기회가 온 것 같았으니까요. 하지만 바람의 방향이 바뀌자 누군가—아마 우리와 얘기를 나눴던 이들 중 하나겠죠—겁을 먹고 자신을 보호하기 위해 우리를 배반했어요. 처음엔 둘이 왔었다는 거 아시죠?"

"알지. 사실 그 사람을 내가 잘 안다네. 이곳 슈루즈베리가 왕에게 함락되기 전 피챌런의 집에 있던 사람이지. 듣자 하니 그 친구는 동쪽 항구를 통해 안전하게 빠져나갔다더군. 자넨 그다지 운이 없었구먼."

"토럴드가 탈출했다고요? 아, 정말 잘됐네요!" 기쁨으로 얼굴을 붉히며 니니언이 탄성을 발했다. "베리 근처에서 거의 잡힐 뻔한 위기에 몰렸을 때 헤어졌거든요. 그 친구 때문에 얼마나 걱정을 했는지! 안전하게 고향으로 돌아갔다니 정말 다행이에요……." 고향이라는 단어를 입 밖에 내며 그는 잠시 전율하더니 정색을 하고 말을 이었다. "전 해낼 거예요! 왕의 감옥에서 죽는다 해도 말이에요. 물론 그렇게 되지는 않을 거지만요! 둘일 때보다 제 한 몸 방어하는 게 더 수월하거든요. 게다가 토럴드는 결혼한 몸이기도 하니까요."

"그래, 말했듯이 그는 떠났고, 자기 아내에게로 돌아갔네. 그렇다면 이제 자네의 목적은 뭔가? 처음 여기 올 때 이루려 했던 목적은 더 이상 소용없는 것이 되었잖나. 지금은 여기서 뭘 하려는 거지?"

"지금은……." 청년은 아주 진지한 태도로 말을 이었다. "국경 너머 웨일스를 통해 남쪽으로 내려가 글로스터에 있는 황후의 군대에 들어갈 생각입니다. 피챌런의 군대를 대동하지는 못했지만 그분을 위해 싸울 유능한 남자, 칼과 창을 다루는 솜씨가 제법 괜찮은 한 남자가 합류하는 셈이지요. 물론 이건 순전히 제 생각이지만요."

목소리가 높아지고 두 눈이 빛나는 것으로 보아 그는 이를 열렬히 원하고 있었다. 그리 내켜하지 않는 동맹자들의 중개인 노릇을 하는 것보다는 그에게 훨씬 어울리는 진로였다. 게다가, 성공하지 못할 이유가 무엇이겠는가? 물론 포위스의 황야를 지나 글로스터까지 가는 노정은 길고 위험할 테지만 적어도 웨일스와의 국경은 여기서 그리 멀지 않았다. 캐드펠은 생각에 잠겨 그를 살펴보았다. 겨울에 걸어서 여행을 하기에는 너무 얇은 옷차림에 무기도 말도 재물도 없는 젊은이지만, 저 용기만큼은 무엇도 꺾지 못할 터였다.

"좋은 생각이군." 캐드펠이 말했다. "나로서는 반대할 이유가 없네. 사실 이 지역에도 자네 당파의 사람들이 몇 있는데, 최근에는 아주 조용히 지내고 있지. 그들 가운데 자네를 도울 만한 사람이 있지 않을까?"

그는 미끼를 물지 않았다. 청년은 입을 굳게 다문 채 흔들리지 않는 침착함을 보이며 캐드펠을 응시했다. 만일 이곳에서 황후의 지지자들 중 하나와 접촉하려 시도했다 하더라도 그는 결코 이를 시인하지 않을 것이다. 자신감이 가득하니 자기 스승에게는 호의를 베풀지언정, 다른 사람을 엮어 넣으려 하지는 않으리라.

"좋아." 캐드펠이 알겠다는 듯 말을 이었다. "이곳에는 자네를 쫓는 사람이 없고 당장 수도원에서의 자리도 확실하네. 일단 이대로 조용하고 겸손하게 일을 계속하지 않을 이유가 없지. 이 강철 같은 추위가 계속되는 한 자네는 나하고 작업장에서 계속 약을 만들어야 하니 이제 교육을 이어가는 게 좋겠군. 자, 내가 하는 것을 집중해서 잘 보게."

그는 아이같이 순수한 안도와 기쁨에서 나온 나직한 웃음을 터뜨리고는, 신선한 피 냄새를 맡고 흥분한 어린 사냥개처럼 절구 앞에 앉은 캐드펠에게로 달려왔다.

"좋아요. 뭘 어떻게 해야 하는지 말씀해주시면 그대로 해볼게요. 떠나기 전에 쓸 만한 약제사가 될 거예요. 뭐든 배워두면 쓸모가 생기는 법이죠." 캐드펠이 훈계조로 말했던 내용을 그대로 되풀이하며 니니언이 능청스레 대꾸했다.

"그렇지!" 캐드펠도 짐짓 과장스럽게 맞장구를 쳤다. "그것이 어디에 맞아 들지 누가 알겠나."

*

몇 가지 세부적인 조각들이 맞춰지면서 캐드펠이 이 대담하고 명랑한 젊은이에 대해 그려보던 그림이 점점 더 뚜렷하게 모습을 드러내기 시작했다. 황후에게 동정을 보일 사람들—그중 몇은 이곳 슈롭셔에 있을 텐데—의 이름을 머릿속에 담고 잉글랜드로 건너왔으며, 이젠 누구에게도 발각되지 않은 채 글로스터까지 갈 수 있게 해줄 수단이 절실하게 필요한 빈털터리 청년. 그리고 자신이 키운 아이에 대한 걱정으로 가득한 헌신적인 한 여인이 꿀빵을 가져다주면서 그의 웃옷에서 나온 작은 물건을 가슴에 넣고 사라졌다. 그 직후 모드에게 충성한다는 이유로 재산을 빼앗겼던 남자의 딸이자 같은 당파 영주의 의붓딸인 새넌 베르니에르가 크리스마스 요리에 쓸 허브를 사겠다며 세인트채드 교회 옆에 있는 집에서부터 수도원까지 와 정원에서 일하고 있던 청년에게 말을 걸고, 청년 자신이 나중에 이야기했듯이 마치 "몸종이 필요한데 이 사람을 조금 다듬으면 어떨까 생각하는 것처럼" 그를 위아래로 꼼꼼히 살펴보았다.

자, 됐어! 여기까지는 모든 것이 들어맞았다. 하지만 그런 식으로 도움을 요청하고 답을 받고도 왜 그는 아직 여기 있을까?

그래, 이 불완전한 그림 위로 갑작스러운 사건이 떨어졌지. 에일노스 신부의 죽음. 절반쯤 채워진 종이 위에 번진 검은 얼룩처럼 모든 것을 복잡하게 만드는, 그러면서도 외견상 어떤 것과도 관계가 없는 듯 보이는 사건. 살아서도 죽어서도, 그는 불길한 징조를 암시하는 새였다.

7

 스티븐의 영토에서 돌아다니는 모드 황후의 첩자 니니언 버카 일러에 대한 수색이 슈루즈베리에 정식으로 선포되었다. 사람들은 모이기만 하면 그 일을 두고 이야기꽃을 피웠다. 마치 에일노스 신부의 죽음이라는 충격적인 사건으로부터의 구원이라도 되는 양 유난히 그 소문에 열중하는 것만 같았다. 아닌 게 아니라, 신부의 죽음에 관해서는 교구의 누구도 내놓고 떠들어대지 못하던 터였다. 교구민들의 마음을 사로잡고 있는 문제로부터 그토록 확실하게 벗어난 이야깃거리가 생긴 것은 어쨌든 좋은 일이었다. 게다가 그들 중 누구도 첩자에게 진정으로 관심을 보이지 않았기에 이러한 소문들은 도망자에게 아무런 위협이 되지 못했다. 하물며 해밋 부인의 착실한 조카에게 신경을 쓰는 사람은 전혀 없었으니, 그는 여전히 수도원과 신부의 집을 자유롭게 왕래했다.

12월 29일 오후, 올겨울 들어 시내에서 처음 발생한 감기 환자의 부름을 받아 진료를 마치고 돌아가던 캐드펠은 매년 기침으로 고생하는 한 늙은 상인을 방문하기로 마음먹었다. 베넷에게는 가지치기 때 나온 나뭇가지들을 톱질하고, 아몬드 기름에 허브들을 넣어 달이는 냄비를 잘 살피라 당부해둔 터였다. 동상 환자 가운데 피부가 약해 돼지기름 연고를 견디지 못하는 이들에게 줄 연고를 만드는 중인데, 화로 가장자리에 놓아둔 냄비가 끓게 두어서는 안 되었다. 베넷은 자신이 해야 할 일에 전력을 다하는, 그래서 무슨 일이든 믿고 맡길 만한 청년이었다.

캐드펠은 당초 예상했던 것보다 일찍 볼일을 마쳤다. 한가하게 돌아다니기에는 날씨가 좋지 않아, 아직 저녁기도까지 한 시간 넘게 남았는데도 그는 서둘러 수도원으로 돌아와 큰 마당을 가로지르고 정원과 회양목 울타리를 지나 작업장으로 이어지는 소로에 들어섰다. 얼어붙은 길에서 미끄러지지 않도록 부츠에 모직 천을 감고 다니는 터라 그의 걸음에서는 아무런 소리가 나지 않았다. 작업장 안에서 울려오는 빠르고 나직한 대화를 엿들을 수 있었던 건 바로 그 덕분이었다. 그중 하나는 니니언의 음성이었다. 무엇 때문인지 몹시 흥분했지만 애써 감정을 억누르는 듯 그의 목소리는 차가우면서도 평소보다 높았다. 다른 목소리는 여자의 것으로, 역시 흥분하여 무언가를 주장하고 있었다. 흥미로운 것은, 남녀 모두 위험과 불안 속에 똑같이 무모한 기쁨을 드러내고 있다는 점이었다. 잘 어울리는 한 쌍이군! 새년 베르니에르가 아니면 어떤 여자가 이 작업장에, 그리고 이 젊은이에게 볼일이 있겠는가?

"아뇨, 그는 말해버릴 거예요!" 그녀가 단호하게 말했다. "지금쯤 거기 가서 죄다 얘기하고 있을걸요. 당신이 어디 있는지, 어떻게 자기한테 연락해 왔는지 전부요! 붙잡히기 전에 어서 도망쳐야 해요."

"문지기실로 나가는 건 불가능해요." 니니언이 말했다. "그대로 그들의 품에 뛰어드는 꼴이 될 테니까. 하지만 도무지 믿을 수가 없군요. 그가 왜 배신했을까요? 내가 자신의 이름을 대지 않으리라는 걸 잘 알 텐데."

"계속 불안해했어요." 여자가 다급히 말을 이었다. "당신에게서 전언이 온 이후로 줄곧 그랬다고요. 그러다 이젠 공개 수배령까지 떨어졌으니, 자신에게 닥쳐올 위험을 떨쳐버리기 위해서라면 그는 무슨 짓이라도 할 거예요. 나쁜 사람은 아니에요. 그냥 다른 사람들과 다르지 않을 뿐이죠. 자기와 아들의 목숨을, 땅을 지키려고…… 이미 많은 것을 잃은 마당이니까요……."

"그랬군요." 니니언의 음성에서 짙은 후회가 느껴졌다. "그를 끌어들이는 게 아니었는데…… 잠깐 기다려요. 이것부터 치워야 해요. 끓게 두면 안 된다고 수사님이 그러셨거든요……."

그때까지 몰래 대화를 엿듣고 있던 캐드펠은 이 마지막 말에 문득 부끄러움을 느꼈다. 니니언은 캐드펠과 그의 일을 끝까지

배려하고 있었다. 그들 두 사람이 곧 오두막에서 나와 저 총명한 소녀가 염두에 둔 길로 도망치리라는 데 생각이 미친 건 그다음이었다. 니니언이 냄비를 안전한 곳으로 옮겨놓자마자 그들은 나올 것이다. 주여, 부디 저 청년을 축복하소서. 그는 안전하게 글로스터까지 갈 만한 가치가 있는 사람입니다! 캐드펠은 부리나케 회양목 울타리 뒤로 돌아가 꼼짝 않고 서 있었다. 완전히 몸을 숨길 시간은 없었다. 애초에 그에게 완전한 은폐라는 게 가능하다면 말이지만.

두 사람이 서로의 손을 붙잡은 채 뛰어나왔다. 앞장선 이는 새년이었다. 남의 눈에 띄지 않고 드나드는 길을 그녀가 잘 아는 터였다. 새년은 정원을 지나 경사면 가장자리 너머로 그를 이끌어 메올천을 향해 내려갔다. 검은 외투로 감싼 조그만 몸이 먼저 밭을 내려가며 점점 작아지더니 사라졌다. 니니언이 그 뒤를 따랐다. 새로 밭을 갈고 거름을 준 완두밭 너머에서 어른거리던 그들의 모습은 곧 보이지 않게 되었다. 메올천은 꽁꽁 얼어 있을 테고, 저수지도 다르지 않을 것이다. 아마 이리로 올 때도 그녀는 그 길을 택했으리라. 그런데 정말 두 사람은 캐드펠의 모습을 보지 못한 것일까? 틀림없이 눈에 띄었을 텐데……. 아마 니니언은 비밀을 털어놓은 이후 새년에게도 그에 대해 이야기한 모양이었다. 캐드펠과 마주쳐도 두려워할 이유가 없다는 것을 그녀는 알고 있었던 것이다.

그렇게 그들은 떠났다. 저 아래 메올천으로부터는 아무 소리도 들려오지 않았다. 메올천 저편에는 몸을 숨길 만한 나무가 많았다. 거기서 적당한 때를 기다리다가 다리를 건너 그녀가 찾아낸 시내 혹은 그 너머의 은신처로 조심스레 이동하면 될 것이다. 만일 시 너머라면 틀림없이 서쪽이리라. 그는 그 방향으로 가고자 하니까. 하지만 해밋 부인이 그의 탈출과 관련해 아무런 의심을 받지 않는 안전한 상태라는 걸 확인할 때까지 니니언이 떠나려 할 것인가? 만일 그의 정체가 드러난다면 그녀 역시 난감한 상황에 빠질 텐데. 니니언은 그렇게 부인을 내버려둘 만한 사람이 아니었다. 그에 대해 잘 아는 캐드펠은 이를 확신할 수 있었다.

사위에 무거운 침묵이 내려앉았다. 마치 공기가 금방이라도 닥쳐올 피할 수 없는 사태를 기다리고 있는 것만 같았다. 캐드펠은 작업장으로 돌아와 안을 들여다보았다. 냄비는 화로 가까운 곳, 뜨거운 것을 식힐 때 이용하는 판석 위에 얌전히 놓여 있었다. 그는 다시 급히 큰 마당을 가로질러 회랑으로 들어섰다. 그러곤 다른 이의 눈에 잘 띄지 않는 곳, 그러면서도 누가 문지기실을 오가는지 지켜볼 수 있는 곳에 자리를 잡고 걱정스럽게 서성이기 시작했다.

감사하게도, 예상보다 오랜 시간이 흐르도록 그들은 당도하지 않았다. 게다가 갑작스럽게 눈발이 휘날리기 시작했다. 메올천을 건너간 발자국들은 모두 눈에 덮일 테고, 저녁이 되면 바람이 일어 정원에 남겨진 흔적마저 전부 감춰버리리라. 그제야 캐드펠은 여유를 갖고 자신이 엿들은 대화에 담긴 의미를 생각하기 시작했다. 분명 니니언은 랠프 기퍼드에게 호소했던 것이다. 하지만 기퍼드는 자신이 입게 될 피해를 걱정한 나머지 그 호소를 못 들은 체했다. 그러자 황후에게 헌신했던 다른 집안 출신의 여인이 책임을 안고 나서기로 했다. 그리고 적의 첩자를 찾는 공개적인 명령이 떨어진 지금, 기퍼드는 겁에 질려 모든 사정을 털어놓는 것이 자신의 지위를 지키는 최선의 길이라 생각했으리라. 그 고백에 전혀 고마움을 느끼지 않을, 하지만 사정을 들은 이상 어떻게든 행동에 나설 수밖에 없고 적어도 그렇게 하는 척이라도 해야 할 휴 베링어에게 말이다.

문득 한 가지 흥미로운 장면이 떠올랐다. 크리스마스 전야에 랠프 기퍼드가 급히 다리를 건너 성문 앞 대로로 향하던 모습. 그는 왜 나왔을까? 그로부터 한 시간쯤 뒤에 그 반대 방향으로 가던 에일노스 신부처럼 그렇게 맹렬한 기세로 걸어간 곳은 과연 어디였을까? 생각에 빠져 황급히 걸음을 옮기던 그 두 사람은 마치 서로의 거울상과도 같았다. 물론 기퍼드를 지배하는 것은 두려움이요, 에일노스를 지배하는 것은 아마도 악의였겠지만……. 그래, 아직은 보이지 않지만 어딘가에 그들 사이의 연결 고리가 있을 것이다.

마침내 그들이 문지기실의 아치 밑에 들어섰다. 단단하고 꼿꼿하게 몸을 세운 휴와 그 곁에 나란히 선 기퍼드, 그리고 무장을 한 채 그들을 따르는 윌 워든과 다른 두 젊은 관원들. 말을 탄 사람은 없었다. 그들이 데려갈 사람이 돈도 없고 말도 없는 수도원의 젊은 일꾼인 데다, 감옥은 걸어서도 충분히 갈 만한 거리에 있기 때문이었다.

캐드펠은 한참 더 뜸을 들이기로 했다. 다른 이들이 먼저 그들을 맞으러 나가는 편이 나을 것이다. 제롬 수사는 추위를 싫어하지만 이런 혹한기에 보온실로 향할 때마다 늘 세심하게 주변을 살피곤 했다. 직무에 충실하며 신심 깊은 그는 언제 어디에든 나타날 준비가 되어 있었고, 필요할 때 어디 가야 로버트 부원장을 찾을 수 있는지도 늘 알고 있었다. 그리하여 캐드펠이 아무것도 모른다는 얼굴로 회랑에서 나왔을 땐 그 두 사람이 문지기실 앞에서 속세의 방문객들을 맞이하는 참이었다. 다른 몇몇 수사들도 인간적인 호기심이 동했는지 손발이 시린 것도 잊은 채 그들의 대화가 들리는 자리에서 서성대고 있었다.

"베넷이 말이오?" 놀라움과 경멸이 섞인 로버트 부원장의 목소리가 들려왔다. "그 선한 에일노스 신부가 수도원 일꾼으로 써 달라 부탁했던 마부가? 이게 무슨 말도 안 되는 소리요? 그 청년은 그저 얼뜨기 촌놈에 불과하오. 몇 번 이야기를 나누어봤는데, 그는 아무것도 모르는 무지한 젊은이였소. 장관, 이 신사분이 실수로 장관님 시간을 빼앗고 있는 것 같소. 그럴 리는 없소."

"부원장님, 감히 말씀드리건대 전부 사실입니다." 랠프 기퍼드가 단호하게 목소리를 높였다. "겉보기로 그를 판단해서는 안 됩니다. 제가 바로 그 촌놈한테서 전갈을 받았다고요. 글씨체가 아주 훌륭하고, 피챌런의 도장으로 봉인되어 있더군요. 피챌런은 지금 프랑스에 있습니다. 황후의 편에 선 배신자요 반역자이죠. 전 그의 청에 응답하지 않았습니다. 여기 장관님께서도 직접 편지를 보셨어요. 새로 온 신부를 따라 이곳에 와 있으며 도움과 정보와 말이 필요하다고, 자신은 제 도움을 받을 자격이 있다고 적었더군요. 그는 제게 크리스마스 전야, 자정 한 시간 전에 방앗간에서 만나자 했습니다. 선한 사람들이라면 교회에 갈 준비를 하는 그 시간에 말입니다. 전 가지 않았지요. 우리의 군주이신 왕께 반역하는 그런 인간과 접촉하기 싫었으니까요. 대신 여기 장관님께 증거를 가져왔습니다. 실수라뇨! 수도원 일꾼인 베넷은 피챌런의 첩자인 니니언 버카일러입니다. 그가 직접 자기 손으로 그렇게 서명을 했어요."

"이분의 말이 사실인 것 같습니다." 휴가 빠르게 말을 이었다. "이후 몇 가지 더 확인해야겠지만, 당장은 그 베넷이라는 사람을 찾아내야 하니 허락해주십시오. 그를 직접 봐야겠습니다. 수사님들께 불편을 끼칠 일은 없을 겁니다. 정원에만 들어갈 수 있게 해주시지요."

바로 그때 캐드펠이 회랑에서 나와 그쪽으로 다가갔다. 여전히 발에 모직 천을 감고 있었기에 미끄러운 자갈 위를 걸으면서도 넘어질 염려는 없었다. 그는 짐짓 놀란 얼굴로 귀를 쫑긋 세운 채 그들을 바라보았다. 눈은 여전히 느릿느릿 내려오고 있었다. 내리는 눈송이마다 떨어진 자리에 얼어붙었다.

"베넷 말인가?" 캐드펠이 물었다. "내 일꾼을 찾는다고? 15분

전쯤 작업장을 나올 때 거기 있었네. 그에게 무슨 볼일이 있나?"

*

캐드펠은 놀라움과 걱정을 드러내며 그들과 동행했다. 정원으로 들어가 문을 열어젖혔으나 작업장에는 여전히 타오르는 화로와 판석 위에 놓인 냄비, 그리고 향기가 감도는 적막뿐이었다. 그들은 정원과 메올천으로 이어진 경사로의 밭들을 전부 뒤졌다. 고마운 눈이 모든 발자국을 지워버린 뒤였다. 캐드펠은 줄곧 다른 사람들처럼 놀란 시늉을 했다. 휴는 그에게 한 번도 눈길을 주지 않았다. 이 헛된 추적의 정황을 몰라서가 아니라, 이러한 상황을 제공한 사람이 누구인지 확신했기 때문이었다. 캐드펠이 이처럼 비협조적으로 나오는 건 그럴 이유가 있어서이리라. 게다가 수색을 이어가기에 앞서 더 알아봐야 할 것도 몇 가지 남아 있었다.

"크리스마스 이삼일 전에 편지를 받으셨다고 했소?" 기퍼드를 돌아보며 휴가 말했다. "편지에는 크리스마스 전야 자정 조금 전에 방앗간에서 만나자는 내용이 쓰여 있었고? 그런데 왜 그 즉시 편지를 가져와 내 부관에게 보이지 않았소? 그랬다면 뭔가 조치가 취해졌을 텐데. 도망친 것을 보니 그는 우리가 오리라는 걸 이미 알고 있었던 것 같군."

"그때 성에 있던 사람은 장관님의 대리인에 불과했으니까요."

충성스러운 신하의 의무를 태만히 한 것에 대한 죄책감과 불안을 전혀 내색하지 않은 채 기퍼드가 휴의 얼굴을 똑바로 바라보며 대꾸했다. "만일 장관님이 계셨더라면 달랐을 겁니다. 장관님은 슈루즈베리 포위 사건을 보셨으니 황후에게 충성을 서약했던 사람들이 어떻게 되었는지, 제가 어떤 손실을 입었는지 잘 아시지요. 그 이후로 제가 스티븐 왕께 복종하기 시작하여 충실하게 그런 태도를 유지해왔다는 것도요. 하지만 이곳에 온 지 얼마 안 된 허바드 같은 젊은 사람은 자신의 위엄이나 지위만 지키려고 하기 쉽지요. 전에 어떤 일이 있었는지는 물론 제가 치러야 했던 대가에 대해서도 전혀 모르는 채 말입니다…… 알고 있는 걸 정직하게 전부 이야기했다가 오히려 의심을 받을까 봐 두려웠습니다. 그리고 그땐 버카일러를 찾는다는 소식을 듣기 전이라 그 이름이 제게 아무 의미도 없었지요. 전 그가 별로 중요하지 않은 사람일 거라고, 그러니 이 지역에서 의미 없는 명분에 대한 지지를 끌어모으려 애써봐야 성공할 가망이 없겠거니 생각했습니다. 피첼런의 봉인을 보고도 침묵을 지킨 건 바로 그 때문이었죠. 장관님께서 수색을 공표하고서야 어떻게 된 일인지 깨닫고 사실을 말씀드리러 갔던 것이니 부디 공정하게 대해주십시오."

"그건 인정하오." 휴가 말했다. "당신이 걱정했던 바도 이해하고 말이오. 하지만 지난 일을 꼬투리 삼아 물고 늘어지는 건 우리의 일이 아니오."

"어쨌든 장관님," 기퍼드는 할 얘기가 더 있었다. 자신의 달변과 휴의 묵인에 크게 고무된 듯 그는 갑자기 열정적으로 말을 이어갔다. "이 일과 관련해 장관님이나 제가 짐작했던 바보다 더 많은 것이 이제 보이는 것 같습니다. 그동안은 생각할 여유가 없어 몰랐는데…… 자, 보십시오. 그 젊은이는 에일노스 신부의 보호 아래 이곳으로 왔습니다. 교활하게도 일자리를 찾는 선량한 청년으로 가장하고 신부의 집안일을 돕는 여자의 친척인 척 신부를 속였지요. 그런데 아무것도 모르는 채 그를 이리 데려온 에일노스 신부가 죽음을 당해 매장을 기다리고 있지 않습니까? 그의 선함을 사악하게 이용하여 반역의 공범으로 만든 자가 아니면 누가 그를 살해했겠습니까?"

그는 이 말이 자신을 둘러싼 사람들에게 어떤 충격을 안길지 모르지 않았다. 심지어 거리를 둔 채 그 충격을 관찰하려는 듯 한두 걸음 뒤로 물러나기까지 했다. 과거의 충성심 때문에 잃은 재산을 못내 아까워하고 한탄해온 그로서는 아직 손에 쥐고 있는 것이나마 지키기 위해 못 할 일이 없었다. 아마 자신이 살인범으로 지목한 그 젊은이가 이미 멀리 도망가 더는 해명해야 할 필요가 결코 없으리라는 사실에 마음속으로 안도하고 있는지도 몰랐다. 어쨌거나 그의 머릿속을 채운 것은 오로지 그 자신의 안전뿐이었다.

"지금 그를 신부의 살해자로 고발하는 거요?" 휴가 눈을 가늘게 뜨고 그를 바라보았다. "좀 지나친 것 같군. 도대체 무슨 근거로 이런 말을 하시오?"

"그가 도망쳤다는 사실이 바로 그가 살해자임을 가리키지 않습니까!"

"그렇게 생각할 수도 있겠지. 하지만 신부가 그의 정체를 눈치채지 못한 이상 그건 이유가 될 수 없소. 우리가 아는바 그들 사이엔 싸움도 다툼도 없었소. 신부 자신이 어떤 식으로 이용당했는지 알지 못하는데, 대체 무슨 이유로 그를 죽이겠소? 그건 근거 없는 소리요."

"신부는 알고 있었습니다." 기퍼드가 말했다.

휴는 잠시 무거운 침묵에 잠겼다가 입을 열었다. "더 얘기해보시오. 신부가 그의 정체를 알고 있었다고? 그걸 당신이 어떻게 확신하지?"

"제가 신부에게 말했거든요! 아직 말씀드리지 않은 게 더 있다고 했잖습니까. 크리스마스 전야에 저는 신부의 집을 찾아가 그가 자신이 거두어준 사람에게 어떤 식으로 기만당하고 이용당했는지 알렸습니다. 장관님의 부관께는 가지 않더라도 에일노스 신부에게는 상황을 알리는 게 옳으리라는 생각이었지요. 장관님께서도 잘 아시겠지만, 황후 편 사람들은 지금 파문의 위기에 처해 있습니다. 그런데 신부가 부끄럽게도 그런 자에게 이용당하다니요. 그래서 제가 얘기해주기로 했지요."

그렇게 된 것이군! 그날 마지막 기도 시간 직전에 에일노스 신부가 그토록 서둘러 향하던 곳은 바로 방앗간이었다. 그는 기퍼드를 대신해 한밤중의 밀회 장소에 나타나 자신을 속이고 이용한 젊은이를 직접 대면할 생각으로 그렇게 복수심에 불타서 달려갔던 것이다. 꽤나 용감한 행동이었다. 먼저 관리들에게 가서 호위해줄 사람을 청하는 대신 곧장 방앗간으로 내달려 자신의 적과 직접 맞서고 자기 손으로 그를 제압하려는 시도까지 해보려 했으니 말이다. 만일 혼자의 힘으로 그를 심판대로 끌고 갈 수 없다면 수도원장과 행정 장관에게 그가 범법자임을 고발하려 했으리라. 하지만 일이 아주 다르게 돌아갔다. 니니언은 다치지 않고 교회로 돌아왔고 에일노스는 머리가 깨진 채 저수지에 빠져 죽었으니, 더없이 명백한 상황이었다. 누가 이에 대해 다른 생각을 하겠는가? 캐드펠처럼 니니언과 함께 시간을 보낸 적이 없는 이들, 따라서 그를 잘 알지 못하는 이들이 어떻게 다른 가능성을 떠올릴 수 있겠는가?

"그러면 에일노스 신부가 편지에 적힌 시간과 장소를 알고 당신을 대신해 그 자리에 나갔다는 얘기요?" 기퍼드에게서 눈을 떼지 않은 채 휴가 물었다. "하지만 당신에게서 답장을 받지 못했는데 버카일러가 약속 장소에 나갔을까?"

"예, 전 답장을 하지 않았죠. 그러니 거부 의사를 밝히지도 않은 셈입니다. 그는 도움과 정보와 말을 요청한 상태였으니 아마 그곳에 나갔을 겁니다! 가지 않고 버틸 만한 여유가 없었을 거예요."

그렇게 약속 장소에 나간 그는 분노로 가득한 적과 마주쳤을 것이다. 그를 고발하려는 사람, 스스로 하느님의 채찍이라 확고히 믿고 있는 사람을. 그렇다, 그런 만남이라면 죽음이라는 결과로 마무리될 수도 있으리라.

"월," 휴가 부관을 돌아보았다. "성에 가서 부하들을 더 데리고 오게. 원장님께서 허락하시는 대로 정원과 마구간, 헛간, 창고까지 전부 뒤져봐야겠네. 방앗간부터 시작하지. 다리와 큰길에도 경비병을 세우게. 캐드펠 수사님 말씀대로 그가 조금 전까지 이 오두막에 있었다면 아직 멀리 못 갔을 거야. 그가 살인을 했는지 아닌지야 아직 모르지만, 우선은 그를 잡아 안전하게 가두는 일이 급선무네."

*

"에일노스가 죽기를 바란 이들이 아주 많았다는 걸 기억하리라 믿네." 자신의 작업장에 휴와 단둘이 남게 되자 캐드펠이 입을 열었다. "니니언만큼이나 충분한 이유, 어쩌면 더 강력한 이유를 가지고 있었을 사람이 많아."

"기억하고말고요. 제가 그걸 모르겠습니까?" 휴가 불퉁하게 대꾸했다. "게다가 수사님이 그 청년에 대해 말씀하신 것들을 떠올려보자면—물론 전부 다 말씀해주셨다고 생각할 만큼 어리석지는 않지만!—그가 자신을 방어하기 위해 대담하게 폭력을 썼을지는 몰라도 결코 뒤에서 사람을 치지는 않았으리라는 생각이 들어요. 하지만 싸움이 거칠어지면 자기도 모르게 그랬을 수 있지요. 극단적인 상황에 처하면 사람이 무슨 짓을 할지 누가 압니까? 에일노스 신부만 해도, 화가 나면 손에 잡히는 건 뭐든 들고 온 힘을 다해서 때린다면서요…… 게다가 그 청년이 사라졌으니 저로서는 최악의 상황을 고려하지 않을 수 없습니다."

"도망칠 만한 다른 이유가 있었던 건 아닐까?" 캐드펠이 지적했다. "기퍼드가 자신을 고발하러 성으로 떠났다는 얘기를 들었다든가…… 그렇다면 그가 신부의 죽음에 관여했건 말건 자네는 어쩔 수 없이 그를 감옥에 가두어야 했겠지. 그로서는 도망을 택할 수밖에 없었을 거야."

"그렇죠, 누군가에게서 경고를 받았다면 말입니다." 휴가 심술궂은 미소를 지어 보였다. "예컨대 수사님이나—"

"아니, 난 아니라네." 캐드펠이 점잖게 말을 잘랐다. "기퍼드의 용무에 대해 난 아무것도 몰랐어. 물론 알았다면 그에게 귀띔해주었을지도 모르지. 하지만 아니야. 분명히 아닐세. 그리고 난 베넷이—이제는 니니언이라고 불러야겠군!—크리스마스 전날 자정이 되기 직전에 교회에 있었다는 걸 알아. 만일 방앗간에 갔었다면, 약속 시간보다 일찍 갔다가 일찍 돌아왔던 게지."

"예, 그렇게 말씀하셨죠. 저도 수사님 말씀을 믿습니다. 하지만 에일노스 역시 약속 장소에 일찍 도착해 있었을지도 모르잖습니까. 숨어 있다가 뛰쳐나와 버카일러를 공격하려고요. 둘이 싸움을 벌이고, 그중 한 사람이 죽을 시간은 있었을 겁니다."

"교회에서 그 아이는 흥분하거나 당황한 기색이 전혀 없었어.

오히려 즐거움으로 조금 들떠 있었지. 그나저나, 이 일에 대해 교구민들한테서는 얘기를 좀 들어봤나? 에일노스에게 원한을 품었던 이들이 꽤 많을 텐데, 그들은 무슨 말을 하던가?"

"수사님이 예측하셨듯이 다들 좀처럼 입을 열지 않아요. 그의 죽음에 감사하는 마음을 숨기지 않을 사람이 한둘은 있을 줄 알았는데 영 못 찾겠네요. 신부가 자기 땅 경계석을 옮겨놓았다며 불평하던 에드윈 아시죠? 나중에 돌이 제자리로 돌아간 뒤에도 그는 그 일을 잊거나 용서하지 않았더군요. 하지만 그 사람 아내와 아이들은 그날 밤 그가 집 밖으로 나선 적이 없다고 맹세했어요. 그 말을 믿어야겠지요. 또 제빵장 조던 어커드 같은 경우에도 살해 동기가 충분하긴 합니다. 불만이 대단하더군요. 빵은 그의 자존심인데 그런 모욕을 해놓고 아무런 배상도 사과도 없었으니까요. 차라리 그를 악명 높은 호색한이라 비난했다면 그처럼 상처를 입지 않았을 텐데요. 그건 적어도 사실이긴 하니까요. 그 불쌍한 여자, 물에 빠져 죽은 젊은 여인이 품은 아이의 아버지가 바로 그 사람이라고 수군대는 이들도 있던데…… 하지만 따져보면 교구 남자들 중 절반은 그 아이의 아버지라 해도 될 겁니다. 어쨌든 조던은 크리스마스 전야에 아주 말짱한 정신으로 내내 집에 있었답니다. 그의 아내가 증언했죠. 남편에게 억눌려 감히 거역하지 못하는 가엾은 여자의 말을 정말 믿어도 될지는 모르겠지만요. 사람들 얘기를 듣자니 그가 자기 집 침대에서 자는 날은 며칠 안 되는 것 같더군요. 아내가 자꾸 눈길을 피하며 마지못해 대답하는 것이, 조던은 아마 그날 밤 나가서 잤을 겁니다. 하지만 그 여자에게서 진실을 끌어낼 방법이 없어요. 자기 남편을 세상 무엇보다 두려워하고 그에게 충실하거든요."

"그 사람의 다른 여자들은 좀 다를 것 같은데." 캐드펠이 말했다. "하지만 내가 보기에 조던은 폭력적인 인간이 아니야."

"예, 제 생각도 그렇습니다. 반면 에일노스 신부는 폭력적이죠. 육체적으로나 정신적으로나 말이에요. 그러니 이렇게 생각해 보시죠. 자기 교구의 신도 중 하나가 다른 여자 침대에 숨어드는 걸 우연히 보았다면 그가 어떻게 행동했을지…… 폭력적인 인간이 아니라 해도 조던은 몸집이 크고 힘도 장사예요. 누가 때린다고 얌전히 맞고 있을 만큼 양순한 성격도 결코 아니고요. 그럴 의도야 없었을지언정, 다른 한쪽이 시작한 싸움을 그가 끝냈을지도 모르죠…… 물론 아직 어커드는 여러 용의자 가운데 하나일 뿐입니다. 가장 의심스러운 사람도 아니고요."

"부하들이 부지런히 쫓아다닌 모양이군." 한숨을 쉬며 캐드펠이 말했다.

"예, 앨런이 자기 지위에 걸맞게 해내려고 애를 썼지요. 마시 장터 근처에 사는 켄트윈이라는 선량한 사람 얘기 들으셨죠? 앨런한테서 들을 때까지 전 그 일에 대해 전혀 모르고 있었습니다. 에일노스가 기도를 중단하지 않겠다고 고집하는 바람에 그 사람 아기가 세례도 못 받고 죽었다면서요. 그 사건이 교구 주민 모두의 가슴에 응어리가 되어 있더군요. 다른 어떤 일보다 그게 제일 컸던 것 같습니다."

"켄트윈한테서는 수상한 점을 찾지 못했을 텐데." 캐드펠이 이의를 제기했다. "숨소리만큼이나 조용하고 누구에게도 해를 끼치지 않는 사람이니까."

"지금까지는 말썽을 일으킨 적이 없지요. 하지만 그 일을 가슴 깊이 품고 있더군요. 그와 얘기를 나눠봤는데, 침묵을 지키긴 해도 깊은 분노와 원한을 오랫동안 곱씹어온 것 같았어요. 그리고 성문을 지키는 경비병에게 물었더니, 크리스마스 전야에 수사님이 나가시고 얼마 안 되어 그 사람이 나갔다는 거예요. 켄트윈 말로는 자기에게 돈을 좀 빌려준 친구가 시내에 사는데 그 친구를 방문하고 돌아가는 길이었다 하더군요. 사실이었어요. 그가 그날 밤 돈을 갚았다고 무두장이가 확인을 해주었지요. 크리스마스 새벽기도에 가기 전에 모든 일을 깨끗하게 정리하고 갚을 건 갚고 싶었다나요. 그는 정말로 새벽기도에 참석했고 찬송이 시작되기 직전에 나와 집으로 갔다고 했습니다. 하지만…… 시간이 참 묘하게 맞아떨어져요. 수사님보다 몇 분 후에 나왔다면 그 사람도 에일노스를, 그가 대로에서 꺾어져 방앗간으로 이어지는 길에 접어드는 모습을 봤겠지요. 생각해보세요. 주위에 아무도 없는 어두운 시각, 평소 온순하고 순종적이지만 가슴속에 큰 상처를 품은 사람이 쓰디쓴 고통을 되갚을 그 절호의 기회를 그냥 지나쳤을까요? 게다가 그 시점과 새벽기도 사이에는 두 사람이 어둠 속에서 맞붙어 싸우고 한 사람이 죽었을 정도의 시간이 있습니다."

"아니, 그럴 리는 없어!" 캐드펠이 탄식하듯 말했다.

"하나의 잔인함 위에 또 다른 잔인함이 쌓이는 일은 늘 일어납니다, 수사님. 하지만 너무 걱정 마세요. 아직 확실한 건 나오지 않았으니까요. 다만 그랬을 수도 있다는 얘깁니다. 증인이 없는, 있더라도 그 증언을 믿을 수 없는 용의자가 많고, 그를 미워했던 사람도 너무 많아요. 거기에 니니언 버카일러도 있지요. 그에 관한 진실이 무엇이든, 제가 그를 찾아내기 위해 최선을 다해야 한다는 건 이해하시겠죠?"

휴는 어둡고 은밀한 미소를 띤 채 친구를 내려다보고 있었다. 그 미소가 말보다 더 많은 것을 드러내었다. 두 사람이 각자 자신의 의무라 여기는 것을 좇으며 그 두 의무가 칼처럼 마주친다 해도 서로에게 어떤 악의도 품지 않기로 합의를 본 것이 이번이 처음은 아니었다. 많은 말 없이, 서로에 대한 사려 깊은 예의와 함께 이루어진 합의였다.

"그야 물론이지!" 캐드펠이 대답했다. "충분히 이해하고말고."

8

아침기도가 끝난 뒤 캐드펠은 다시 교회로 향했다. 성 위니프리드[11]의 제단을 밝히는 등잔에 향기로운 기름을 다시 채워 넣기 위해서였다. 뭇 여성들의 허영심을 만족시키기 위한 향기를 만들어낼 땐 모두들 눈살을 찌푸리고 보는 기술도, 기도와 예배에 이용하면 허용과 칭찬의 대상이 되는 법이다. 캐드펠은 장미와 백합, 바이올렛과 클로버의 달콤한 향을 루타와 세이지와 쑥의 풍부한 향에 섞어보는 등, 온갖 종류의 허브와 꽃을 여러 방식으로 조합해보곤 했다. 성녀께서 이렇게 대접받는 것을 기뻐하시리라 생각하면 더없이 즐거웠다. 동정의 몸으로 성인이 되셨지만 그분도 여성이며, 젊은 시절에는 아름다움과 매력을 지니셨을 터였다.

교회지기인 컨릭이 가는 나뭇가지로 엮은 비를 든 채 북쪽 문으로 들어왔다. 밤사이 현관과 계단에 쌓인 성긴 눈송이들을 쓸어내려는 것이었다. 그는 성서대에 얹힌 커다란 기도서를 펴고 미사를 위해 준비된 교구 제단의 초 심지를 잘라낸 뒤 양쪽 벽에 고정된 촛대 두 곳에 새 양초를 꽂았다. 그가 제대에서 내려오자 캐드펠은 그에게 인사를 건넸다. 언제나와 같이 조용하고 짧은 목례가 돌아왔다.

"땅이 더욱 단단하게 얼었겠군." 캐드펠이 말했다. "오늘도 에일노스 신부의 무덤을 파는 건 불가능하겠는데."

무덤을 파야 할 사람이 컨릭이라 꺼낸 말이었다. 무덤은 교회 동쪽, 신부와 수도원장과 수사 들이 묻히는 묘지에 마련될 것이었다.

컨릭은 깊숙이 들어간 눈을 감고 숨을 들이마시며 생각에 잠겼다. "내일까진 풀리겠지요. 벌써 녹는 냄새가 나는데요."

사실일 것이다. 현관 위에 마련된 작은 방에서 지내고 있으니 그는 날씨의 변화와 더불어 사는 셈이었다. 그러나 날씨에 대해 불평도 불만도 전혀 입 밖에 내는 일이 없었다.

"묫자리는 정해졌나?" 그 과묵한 일꾼에게 캐드펠이 물었다.

"담 가까운 곳입니다."

"애덤 신부 옆자리는 아니군. 로버트 부원장이 그를 거기에 묻고 싶어 하는 줄 알았는데."

"그랬지요." 컨릭이 무뚝뚝하게 말했다. "하지만 그곳 땅이 아직 다져지지 않아 자리를 마련하려면 더 기다려야 한다고 말씀드렸어요."

"하필 지금 된서리가 내려서 유감이야. 죽은 이가 여전히 묻히지 못한 채 우리들 가운데 있으니 젊은 사람들은 꽤나 불안해하더군."

"예, 그분이 빨리 무덤에 들어갈수록 모두에게 좋겠지요. 어쨌든 죽은 사람이니까요." 컨릭은 두 번째 초를 촛대에 똑바로 세운 뒤 뒤로 물러나 그것이 제대로 꽂혔는지, 혹시라도 촛농이 흘러내리지 않을지 확인한 다음 손을 비벼서 수지를 털어냈다. 이어 처음으로, 그가 움푹 들어간 눈을 돌려 캐드펠을 마주 보았다. 기묘하고 슬픈 미소, 아이늘보 하여금 신뢰의 평온을 느끼며 그에게 다가가게 만드는 예의 미소가 떠오르며 그의 얼굴을 등불처럼 환하게 밝혔다. "오늘 오전에도 시내에 나가십니까? 감기로 고생하는 사람들이 꽤 있는 것 같던데요."

"그래야지!" 캐드펠이 말했다. "아직 크게 앓는 이는 없지만 그래도 어린애 한두 명을 보러 가야 하네. 왜, 혹시 날 필요로 하는 사람이 있나? 허락을 받았으니 한 군데 더 들러도 상관없을 걸세. 누가 아픈가?"

"마시장 뒷길을 따라가다 보면 왼쪽에 작은 오두막이 나옵니다. 혼자서 손녀를 돌보며 사는 네스트 부인의 집이죠. 그 불쌍한 아이는 엘리네드의 딸이고요. 그 애 때문에 부인이 애를 태우고 있습니다." 평소와 달리 컨릭은 말이 많아졌다. "우유도 안 먹고 배만 빵빵해져서는 계속 울어댄대요."

"태어날 때 건강은 괜찮았다던가?" 캐드펠이 물었다. 아기는 태어난 지 몇 주 만에 엄마를 잃었다. 가장 훌륭한 음식의 원천을 빼앗겨버린 것이다. 엘리네드가 죽었을 때 이곳을 휩쓸고 지나갔던 충격과 분노를 캐드펠은 잊지 않고 있었다. 사람들의 사랑을 받던 여자. 그녀는 결코 돈을 요구하는 법이 없었다. 남자들이 그녀에게 이런저런 물건들을 주었다면, 그것은 그들 자신이 원해서 한 행동이었다. 그녀는 그저 끝없이 베풀기만 했다. 현명하지 못한 처신이었지만 그녀는 그랬다.

"예쁜 아이랍니다. 네스트 부인 말로는 크고 튼튼하대요."

"그렇다면 제 나름대로 살아나갈 힘을 지닌 셈이군." 캐드펠이 안심시키듯 말했다. "아기의 장에 잘 듣는 약을 가져가보겠네. 기운을 차리게 해줘야지. 오늘 미사에선 누가 노래를 하나?"

"안젤름 수사님요."

"잘됐군!" 캐드펠은 남쪽 현관으로 나가 정원과 작업장이 있는 곳을 향해 급히 걸음을 놀리며 조용히 중얼거렸다. "제롬 형제가 될 수도 있었는데 말이야."

*

그 집은 낮고 좁지만 꽤 튼튼했다. 더 큰 집과 나란히 맞닿아 있는 어두운 골목은 하얗게 내린 서리 속에 아주 상쾌하고 깨끗해 보였다. 하지만 따뜻하고 습기가 많은 철에는 악취 나는 구덩이가 되리라. 캐드펠은 문을 두드린 뒤, 안에 있는 이들을 안심시키려고 크게 소리를 내어 덧붙였다. "수도원의 캐드펠 수사입니다. 컨릭에게서 아기가 아프다는 얘길 듣고 왔습니다."

그의 이름 때문인지, 아니면 컨릭의 이름 때문인지, 안에서 금방 기척이 느껴졌다. 아기를 급히 내려놓은 듯 짜증스러운 울음소리가 터지며 문이 활짝 열리더니 어둠침침한 방 안에서 한 여자가 그를 맞아들였다. 그녀는 캐드펠이 안으로 들어서자마자 얼른 문을 닫았다.

작은 방 하나가 그 집의 전부였다. 빛과 공기가 드나들 곳이라고는 지붕에 뚫린 통풍구뿐이었으나. 따뜻할 땐 새벽부터 어스름까지 종일 문을 열어두지만 이런 추위에는 그럴 수 없을 것이다. 작은 기름등잔과 천장 구멍 아래쪽 편편한 돌에 놓인 철제 통 안에서 흐릿한 불이 흘러나와 방을 밝히고 있었다. 다행스럽게도 누군가 이 여인에게 목탄을 가져다준 덕에 약간 쏘는 듯한 느낌뿐 연기는 거의 나지 않았다. 세간살이라고는 구석에 놓인 나지막한 의자 겸 침대와 화덕 위의 그릇 몇 개, 그리고 거칠게 만든 작은 탁자가 다였다. 시간이 지나 방 안의 흐릿한 어둠이 눈에 익자 물건들의 형태가 조금씩 드러났다. 그의 곁에 가만히 서 있던 여자도 이곳에 있는 다른 모든 것들처럼 차츰차츰 원래의 형상을 되찾았다. 이 집에서 가장 중요한 것, 즉 요람은 안락한 구석에 놓여 있었다. 불의 온기는 닿지만 문이나 통풍구로 들이치는 찬

바람은 전혀 미치지 않는 곳이었다. 아기는 포대기에 싸여 화난 듯 울부짖고 있었다. 졸음이 쏟아지는데도 속이 편치 않은 탓에 깊이 잠들지 못하는 것 같았다.

"양초 토막을 하나 가져왔소." 천천히 이 모든 것을 받아들이며 캐드펠이 입을 열었다. "빛이 더 필요할 것 같아서. 이걸 켜도 괜찮겠지요?" 그는 작은 주머니에서 초를 꺼내 진흙 접시 위 등잔의 작은 불꽃으로 기울여 불을 붙인 다음, 불빛이 요람을 비추게끔 탁자 모퉁이에 잘 세웠다. 초는 예배당 벽에 고정된 촛대에 꽂혀 있던 것으로, 아랫면이 꽤 넓어 이처럼 일을 보러 다닐 때 품고 다니기에 아주 유용했다. 어디든 평평한 곳만 있으면 똑바로 세울 수 있을 뿐 아니라 쓰러질 위험이 거의 없기 때문이었다. 얄팍한 나무 오두막집들에서는 초 하나도 조심해야 했다. 그나마 이 집은 다른 집들보다 튼튼하게 지어진 편이라 다행이었다.

"목탄을 대주는 사람이 있소?" 캐드펠이 몸을 돌려 물었다. 여자는 가만히 서서 흔들림 없는 눈길로 그를 지켜보고 있었다.

"죽은 남편이 에이턴 숲의 산림 감독관이었어요. 거기서 일하는 수도원 일꾼이 절 기억하고 있더라고요. 그가 가끔 불쏘시개로 쓰라고 죽은 가지나 조그만 나무토막 같은 걸 가져다줍니다."

"다행이군." 캐드펠이 말했다. "이렇게 어린 아기는 최대한 따뜻하게 해줘야 하거든. 자, 말해보시오. 아기는 어디가 안 좋은 거요?"

그러는 동안에도 요람에서는 작고 짜증스러운 울음소리가 계속 울려 나오고 있었다. 하지만 아기는 잘 싸여 있었고 깨끗했다. 목소리도 건강하고 영양 상태가 괜찮은 것 같았다.

"사흘째 우유를 토하고 배만 빵빵해져서는 계속 울고 있어요. 계속 따뜻하게 해주었는데도 저러네요. 가엾은 제 딸이 살아 있었다면 스푼이나 손가락에 묻은 우유를 빠는 대신 엄마 젖을 먹었을 텐데, 딸애는 죽고 얘만 남았지요. 이제 제겐 손녀뿐이니, 아이를 지키는 일이라면 뭐든 할 겁니다."

"아기를 잘 먹이셨구먼." 훌쩍거리고 있는 아이를 굽어보며 캐드펠이 말을 이었다. "몇 주나 됐소? 여섯 주, 아니면 일곱 주쯤? 그만한 아이치고는 크고 예뻐요."

어디가 불편한지 두 눈을 질끈 감고 조그만 입을 벌린 채 기를 쓰고 울어대느라 낯빛이 붉었지만 아이의 얼굴은 둥글둥글했고 피부도 탱탱했다. 가늘고 숱진 밝은 적갈색 머리는 곱슬기를 띠고 있었다.

"이렇게 아프기 전까지는 잘 먹었어요. 정말로요. 참 욕심 사납게 먹는다고 하면서도 기특해했는걸요."

너무 오랫동안 한없이 먹였군, 캐드펠은 생각했다. 배가 다 찬 것도 모르고 마구 먹였어. 아기를 힘들게 한 게 무엇인지는 뻔했다.

"그게 바로 아기가 아픈 이유요. 한 번에 조금씩, 자주 먹여야지. 이 약을 놓고 갈 테니 우유에 몇 방울씩 섞어 먹이시오. 서너 방울이면 될 거요. 자, 작은 스푼 하나만 주시오. 지금 조금 먹여서 달래봅시다."

여자가 뿔로 만든 조그만 스푼을 가지고 왔다. 캐드펠은 가져온 유리병의 뚜껑을 열어 병 입구에 묻은 약을 손가락 끝으로 찍어낸 뒤 성을 내고 있는 아기의 아랫입술에 살짝 묻혔다. 순식간에 울음소리가 잦아들더니 찌그러졌던 얼굴이 원래의 모습을 회복했다. 아이 자신도 놀라고 어리둥절해하는 듯했다. 아이는 조그맣고 촉촉한 입술을 꼭 다물고서 뜻밖의 달콤함을 맛보았다. 일곱 주밖에 안 된 아기치고는 너무나 예쁘고 섬세하게 생긴 입술이 성장한 후의 아름다움을 예고하고 있었다. 곧 얼굴의 붉은 기가 천천히 사라지더니 장밋빛 둥근 뺨이 드러났다. 엘리네드의 아기는 밤하늘처럼 짙푸른 눈을 커다랗게 뜬 채 무언가 알고 반응하듯 미소를 지었다. 이 역시 몇 주 되지 않은 아기에게는 어울리지 않는, 성숙하고 어른스러운 미소였다. 금세 다시 얼굴에 주름을 잡으며 칭얼대는 소리를 냈지만, 먼 훗날 사랑스러운 여성으로 변모할 기미는 여전히 남아 있었다.

"세상에!" 아이의 할머니가 서글프면서도 다정한 탄성을 발했다. "그 약을 좋아하네요!"

캐드펠은 작은 스푼에 반쯤 차도록 약을 따라서 아기의 아랫입술에 살짝 갖다 댔다. 아기의 입이 금방 열렸다. 약은 편안해진 입술에 반짝임만 남긴 채 아주 깨끗하게 넘어갔다. 아기는 둥근 이마와 곱슬거리는 다갈색 머리칼 아래, 얼굴을 절반쯤 차지한 커다란 눈으로 조용히 위를 응시하더니 이내 납작한 베개 쪽으로 뺨을 약간 돌리며 큰 소리로 트림을 했다. 그러곤 눈을 반쯤 감고서 너무나 조그만 손가락들을 턱 아래 편안히 모아 쥐었다.
"달리 걱정할 건 없소." 병뚜껑을 닫으며 캐드펠이 말했다. "밤에 깨어나 아파하고 울면 내가 했던 것처럼 스푼에 이걸 조금 따라 먹여요. 아마 잘 잘 거요. 아, 그리고 이제 우유는 좀 적게 주시오. 우유에 이걸 서너 방울 타서 먹이고…… 며칠 후에 아기 상태가 어떤지 보러 다시 들르겠소."
"여기에 뭐가 들었어요?" 병을 손에 들고 신기하다는 듯 바라보며 여자가 물었다.
"아니스, 회향풀, 박하 그리고 양귀비즙 조금이랑…… 단맛을 위해 꿀도 넣었지. 안전한 곳에 두고 내가 말한 대로 조금씩 쓰면 될 거요. 아기 상태가 괜찮으면 양을 줄여 한두 방울씩만 주고. 약이란 필요할 때만 사용해야 가장 효과가 좋은 법이거든."
그는 가져왔던 양초 토막의 불을 껐다. 아직 한 시간 정도는 더 쓸 수 있을 터였다. 그러나 동시에 그렇게 빨리 방 안의 빛을 줄여버린 것이 아쉬웠다. 이제야 그 부인을 살필 만한 여유가 생긴 참이었기 때문이다. 구원받을 수 없는 죄인이라는 이유로, 그 참회와 고해를 믿을 수 없으니 당연히 거부할 수밖에 없다는 이유로 교회에서 쫓겨난 딸의 어머니. 이 작고 어두운 집에서 꽃을 피웠다가 열매를 맺고 죽어버린 여인의 어머니였다.
그 어머니 또한 오래전에는 매우 아름다웠을 것이다. 절망의 세월 때문에 늙고 근심 가득한 얼굴이 되었지만 여전히 고운 모습이 남아 있었고, 엄격하게 빗어 넘긴 흰머리, 한때는 적갈색이었을 머리칼 역시 아직 풍성했다. 애틋한 사랑의 짐을 진 채 손녀를 들여다보는 저 움푹한 눈은 짙푸른색일까? 아마 그럴 것이다. 나이는 마흔을 갓 넘겼을 것이고······. 가끔 시내 근처에서 마주친 일이 있긴 하지만, 그때껏 캐드펠이 이 부인을 주의 깊게 살핀 적은 한 번도 없었다.

"참 예쁜 아기요." 캐드펠이 말했다. "아주 아름답게 자랄 것 같군."

"제 엄마의 아름다움을 닮아 인생도 엄마처럼 살 거라면, 차라리 평범하게 생긴 게 낫지요." 그녀의 목소리가 갑자기 높아졌다. "이 아이가 어떻게 태어났는지는 아시죠? 하긴, 그걸 모르는 사람이 있을까요!"

"따님이 남긴 어린것에게는 아무런 잘못도 없소. 사람들도 그 엄마에게 했던 것보다는 친절하게 아이를 대하겠지."

"제 딸을 버린 건 사람들이 아니라 교회예요." 네스트가 말했다. "다른 사람들이 어떻게 대하든, 그 애는 상관하지 않았을 겁니다. 하지만 신부가 교회 밖으로 쫓아내자 살 수가 없었던 거예요."

"신앙이 그녀에게 그렇게 큰 의미가 있었습니까?" 캐드펠이 진지하게 물었다. "파문당하고는 살 수 없을 정도로?"

"그럼요. 수사님은 그 애를 모르세요! 아름다운 만큼이나 무모하고 제멋대로 살았지만 집에서는 너무나 따뜻하고 상냥하고 명랑한 아이였죠. 길들지 않은 만큼 쉽게 상처를 받았고요. 하지만 그 애 자신은 누구에게도 상처를 입히지 않았어요. 그 애 스스로도 어찌할 수 없는 습성만 빼면 누구보다 착하고 다정한 딸이었다고요. 수사님은 모르실 거예요! 누군가 무엇을 요구했을 때, 그게 자신이 줄 수 있는 거라면 그 앤 도무지 거절하지 못했어요. 남자들은 그런 사실을 금방 알아냈죠. 그 앤 거절하지 못하면서도 아무런 부끄러움이 없었어요. 그게 죄인 줄도 몰랐던 거예요. 그저 남자들이 우울해한다며, 자기한테 애원한다며, 혹은 부당하게 욕을 먹고 맞아서 세상에 불만을 품는 게 불쌍하다며 그들을 따라갔지요. 일이 끝나면 그제야, 왜인지도 모르는 체, 애덤 신부님 말씀처럼 어쩌면 그게 죄일지도 모른다는 생각이 들었던 거예요. 그러면 그 애는 울면서 고해를 하러 달려갔고, 다시는 안 그러겠다 약속했지요. 그건 진심이었어요. 애덤 신부님은 그 애가 보통 여자들과 다르다는 사실을 이해하시고 아주 다정하게 그 애를 대해주셨죠. 늘 친절하고 공정한 말씀과 함께 가벼운 벌을 주셨고, 면죄를 거절하지 않으셨어요. 그러면 그 애는 다시는 안 그러겠다 약속했지만, 어떤 청년의 말솜씨나 우울한 눈빛에 그만 전부 잊어버린 채 다시 죄를 짓고 고해와 면죄의 과정을 되풀이했어요. 그 애는 남자들을 멀리하지 못했지만, 교회의 축복과 위안 없이는 살 수 없었어요. 결국 교회 문이 눈앞에서 닫히자 그대로 떠나 외롭게 죽어버렸죠. 그 애는 제게 고통이었지만 기쁨이기도 했어요. 이젠 고통만 남았을 뿐 기쁨은 없네요. 여기 요람 속에 있는 이 두려운 기쁨을 제외하면요. 아, 보세요, 아이가 잠들었어요!"

"아이 아버지가 누군지 아시오?" 캐드펠이 생각에 잠긴 채 물었다.

네스트는 고개를 저었다. 희미하고 메마른 미소가 그녀의 입술에 떠올랐다. "아뇨. 비난의 화살이 그에게 돌아갈 것이 두려웠는지 그 애는 제게도 아이 아버지의 정체를 숨겼어요. 그게 누구인지 그 애 자신이 과연 알기나 했을지…… 아니, 아마 알고 있긴 했을 거예요. 그렇게 둔하거나 정신이 빠진 아이는 아니었거든요. 조심성은 없어도 똑똑하고 눈치 하난 빠른 편이었죠. 딸아이는 그 악마 같은 신부에게도 아이 아버지를 밝히려 하지 않았어요. 신부가 무섭게 추궁했는데도요! 마구 위협하고 꾸짖었대요. 하지만 그 애는 자신이 자신의 죄에 답하고 참회하겠다고, 다른 남자의 죄는 그의 것이니 그가 고해를 해야 할 거라고 대답했대요."

참으로 훌륭한 대답이군! 캐드펠은 한숨을 쉬며 고개를 끄덕였다.

어느새 초가 차갑게 식었다. 그는 양초 토막을 주머니에 도로 넣은 뒤 그녀를 돌아보았다. "아기가 또 아파서 내가 필요해지면 컨릭을 통해 말씀을 주시거나 문지기실에 전갈을 남기도록 해요. 소식을 듣는 즉시 오겠소. 하지만 저 약이 있으니 아마 그렇게 위중한 상황은 벌어지지 않을 거요." 이어 그는 문의 빗장에 손을 얹고서 물었다. "아기 이름은 뭐라고 지었소? 엄마 이름을 땄소?"

"아뇨." 여자가 대답했다. "엘리네드가 애 이름을 지었답니다. 하느님의 은총으로, 애덤 신부님이 병들어 돌아가시기 전에 아기에게 세례를 주셨지요. 아기 이름은 위니프리드예요."

*

캐드펠은 수도원 앞 대로를 따라 돌아왔다. 과부의 마지막 말이 메아리가 되어 아직도 그의 가슴에서 울리고 있었다. 교회에서 파문되어 내쫓긴 여자의 딸이 이 도시를 지키는 성인의 이름을 얻게 되다니. 엘리네드가 지닌 신앙의 깊이를 이해하는 분의 이름을……. 성 위니프리드께선 살아 있는 아이를 어떻게 돌보아야 할지, 또 어디서 죽은 엄마를 찾아야 할지 틀림없이 알고 계셨으리라. 그래서 에일노스 신부보다 훨씬 너그럽고 자비로운 세인트채드 교구 사람들로 하여금 목격자 없는 그녀의 죽음을 보고 인정 많은 기독교인으로서 번듯하게 장례를 치러주도록 이끈 것이다. 결혼을 통해 슈롭셔의 여러 집안에 들어온 웨일스 여인들은 하나같이 강인하고 꿋꿋했다. 네스트의 남편이었다는 잉글랜드인 산림 감독관에 대해 아무것도 몰랐지만, 캐드펠은 엘리네드의 몰락을 가져온 아름다운 외모가 그 어머니로부터 왔으리라고,

그것은 또한 아마 요람에 있는 어린 위니프리드를 기다리고 있을 거라고 짐작했다. 존경받는 성인의 이름을 택한 것은, 아름다움과 너그러움의 결합이 오직 슬픔만을 탄생시키는 이 낯선 세상에서 아무런 보호도 받지 못한 채 떠돌이가 될지도 모를 그 어린것을 보호하고자 한 필사적인 몸짓이었을 것이다.

그가 막 떠나온 집에는 에일노스를 증오할 만한 가장 큰 이유를 가진, 따라서 상황만 허락했다면 그를 죽였을지도 모를 한 사람이 있었다. 하지만 그 여자가 과연 겨울 밤길에 그를 미행해 뒤에서 내리친 뒤 저수지에 밀어 넣을 수 있었을까? 게다가 그녀에게는 집에 머물며 지켜야 할 너무나 중요한 존재가 있었다. 그럼에도, 만일 가슴속에서 불타는 원한이 이루 말할 수 없이 컸다면? 더하여 믿을 만한 친구가 있었다면? 바로 그 친구에게 복수를 맡겼다면? 세상의 악의로부터의 위안을 찾고자 엘리네드의 품에 안겼던 수많은 남자들 중 기꺼이 그 일을 하겠다고 나선 사람이 하나 이상은 되지 않을까? 특히 자신이 뿌린 씨앗에 대해 알고 있는 남자, 즉 어린 위니프리드의 아버지라면……?

이런 식이라면 얼굴 멀끔한 미남을 볼 때마다 곁눈질을 하면서 혹시 그 얼굴에 살인자의 면모가 담겨 있지는 않은지 살펴야겠구먼. 자신의 집착에 짜증을 느끼며 캐드펠은 생각했다. 이 사건은 휴에게 맡기고 나는 내 일에나 신경 쓰는 편이 낫겠지. 물론 그렇다고 그 친구가 고마워하지는 않겠지만.

문지기실에 가까워질 무렵, 신부의 집으로 이어진 구부러진 골목이 보였다. 무겁게 깔려 있던 구름이 조금씩 걷히며 가느다란 햇살이 뚫고 나오는 것을 깨닫고 캐드펠은 문득 제자리에 멈춰 섰다. 연푸른빛을 띤 차가운 하늘에 어지럽게 흩어지는 구름들 사이로 투명한 햇살이 내리비쳤다. 처마를 따라 장식 줄처럼 이어진 고드름에 물기가 촉촉이 어려 아침보다 부드러운 빛을 발하고 있었다. 수줍은 햇살이 떨어지는 지붕 끝에서는 벌써 물방울이 떨어졌다. 컨릭이 옳았군, 그는 생각했다. 늦어도 땅거미가 질 무렵에는 얼음이 녹겠어. 그러면 그들은 에일노스를 안치소에서 끌어내 땅속에 묻을 수 있을 것이다. 그래도 악의 어린 그의 그림자는 여전히 지상에 남아 있겠지만.

작업장으로 서둘러 돌아갈 필요는 없었나. 30분쯤 밖에서 시간을 더 보낸다고 큰일이 나지는 않으리라. 캐드펠은 골목으로 꺾어 들어 신부의 집을 향해 걸었다. 무엇 때문에 그곳을 찾아가는지는 그 자신도 확실히 알 수 없었다. 해밋 부인의 상처가 잘 아물었는지, 머리에 후유증은 없는지 확인하려고? 물론 그것도 이유가 되었다. 하지만 그의 걸음을 재촉하는 것은 순전한 호기심이었다. 에일노스에 대해 매우 양면적인 감정을 지닌 여자가 그곳에 있었다. 자신에게 신분과 안정을 준 보호자에 대한 감사의 마음, 더불어 속임수를 알아차리고 불같이 화를 내는 그를 보며 느꼈을 불안감. 그가 진실을 알아냈으며, 자신이 애지중지 기른 젊은이의 정체를 밝히고 그 아이를 감옥에 넣으려 한다는 사실을 알았다면 분명 그녀는 갈등을 느꼈을 것이다. 캐드펠이 판단하기에 디오타는 주인에게 상당한 경외심과 두려움을 가지고 있는 한편 자신이 기른 청년을 위해서라면 크나큰 위험을 감수할 만한 사람이었다. 하지만 크리스마스 아침의 상황을 떠올리자 그녀에 대한 의구심은 금방 가라앉았다. 마음속에 어떤 감정을 품고 있었든, 헛된 기다림으로 밤을 새운 뒤 사람들이 그의 시체를 찾아내 옮겨 올 때까지 그녀는 분명 에일노스가 죽었다는 사실을 모르고 있었다. 설마 그게 전부 연기였을까? 아니, 그날 아침의 모습을 생각하면 그 진위를 의심할 수 없었다.

좁은 골목길은 신부의 집 바로 옆에서 끝나 자그마한 풀밭으로 이어졌다. 여기저기 발자국이 찍힌 눈 속에서도 강인한 뗏장 밑에서 고개를 내민 초록빛 풀들이 보였다. 이 좁은 공터 한쪽에 깨끗하고 멀끔한 벽이 솟아 있었다. 공놀이를 하는 아이들을 유혹해 위험에 빠뜨리곤 하는 바로 그 벽이었다. 지금도 대여섯 명의 장난꾸러기들이 거기 모여 눈 뭉치를 던지며 놀고 있었다. 풀밭 구석, 버려진 담장 기둥 위에 목표물을 세워놓고 멀찌감치 서서 이것을 맞히는 놀이였다. 그 목표물이란 동그란 검은색 모자였다. 뜯어진 끈의 끄트머리가 가벼운 바람에 흔들리고 있었다. 신부나 수도사가 정수리의 둥글게 깎아낸 부분을 보호할 때 두건 대신 그런 모자를 쓰곤 했다.

아무도 신경 쓰지 않아 미처 수습되지 않은, 에일노스 신부의 작은 소지품이었다. 캐드펠은 가만히 선 채 그것을 바라보며 그날 문지기실의 횃불 아래를 지나가던 신부의 얼굴, 무섭게 굳어 있던 그 얼굴의 또렷한 영상을 기억해내려 애썼다. 그의 얼굴은 두건의 그림자에 묻혀 있지 않았는데……. 그래, 분명 모자를 쓰고 있었어. 저 조그맣고 둥근 물건은 그림자를 만들지 않지. 그래서 그 묵시록적인 분노가 그토록 분명하게 보였던 거야.

운인지 실력인지, 꼬마 사수 가운데 하나가 목표물을 맞혀 풀밭에 떨어뜨렸다. 승리한 아이는 이제 흥미를 잃은 얼굴로 다가가 그것을 집어 올리더니 한 손에 들고 가만히 섰다. 나머지 아이들도 싫증이 난 듯 다음엔 무슨 놀이를 할지 열띤 논쟁을 벌이다가 갑자기 날아오르는 도요새 무리처럼 한꺼번에 풀밭을 가로질러 그 너머의 들판으로 달려갔다.

모자를 맞힌 아이도 그들을 따라가기 시작했지만 그리 서두르지는 않았다. 친구들은 출발할 때처럼 갑작스럽게 멈춰 설 것이며 자기가 원하면 언제든 그들을 따라잡을 수 있으리라는 것을 잘 알아서였다. 캐드펠이 몇 발짝 가까이 다가가자 소년은 그를 알아보고 곧 걸음을 멈추었다. 시장 누이의 아들로, 영리한 열 살짜리 소년이었다. 아이는 매력적이면서도 수수께끼 같은 미소를 머금고 있었다.

"에디, 지금 가지고 가는 게 뭐냐?" 손에 들린 채 흔들거리는 모자를 눈으로 가리키며 캐드펠이 물었다. "내가 좀 봐도 되겠느냐?"

소년은 무심한 태도로 순순히 내주었다. 벌써 며칠째 그 모자를 가지고 온갖 놀이를 했으니 이젠 싫증이 날 만도 했으리라. 무언가 다른 장난감을 발견하면 아무 아쉬움 없이 그것을 내던지고 새것에 정신을 뺏길 것이다. 캐드펠은 모자를 손에 들고 이리저리 돌려보다가 테에 두른 끈 한쪽이 떨어져 있는 것을 발견했다. 그것을 제자리에 둘러보았지만 새끼손가락 길이 정도가 모자랐다. 자세히 보니 그 부분이 떨어져 나가면서 모자를 이루는 천 조각 중 두 곳을 이어붙인 부분의 실도 풀려 느슨해져 있었다. 좋은 천으로 잘 만들어진 모자였고, 끈 역시 손으로 땋은 양모로 되어 있었다.

"이걸 어디서 찾았지?"

"저수지에서요." 소년이 얼른 대답했다. "찢어져서 누가 버렸나 봐요. 저번에 저수지가 얼었는지 보려고 아침 일찍 내려갔을 때 발견했죠."

"언제 아침이었니?"

"크리스마스 날요. 막 동이 틀 무렵이었어요." 소년은 진지하고 침착한 얼굴을 하고 있었다. 영리한 아이들이 그렇듯 무슨 생각을 하고 있는지 알 수 없는 표정이었다.

"저수지 어디? 방앗간 쪽이냐?"

"아뇨, 저희는 다른 길로 갔어요. 물이 얕은 곳으로요. 늘 그곳을 먼저 살펴보거든요. 반대쪽은 방수로 때문에 물이 안 얼어서요."

사실이었다. 다른 곳이 모두 얼어도 그곳은 수로가 유지될 만큼 물살이 강했다. 그런 물살이라면 이런 모자 같은 가벼운 것을 실어 가 여울에 걸쳐놓을 수 있었으리라.

"이게 거기 갈대 사이에 끼어 있더냐?"

소년은 겁먹은 기색 없이 그렇다고 대답했다.

"이게 누구 건지 알고 있지?"

"아뇨, 몰라요, 수사님." 에디는 짧고 순진한 미소를 지어 보였다. 이 애도 애덤 신부에게 글을 배우다가 그가 죽은 뒤 너그럽지 못한 선생의 수중에 떨어졌던 운 나쁜 아이들 중 하나라는 사실을 캐드펠은 기억해냈다. 부당한 대우를 받고 감정이 상한 아이는 자신을 핍박한 사람에게 너그러움을 품기 어려운 법이다.

"그래, 알았다. 이걸 실컷 갖고 놀았으면 이젠 내게 주지 않겠느냐? 그 대가로 너희 집에 사과 몇 개 가져다주마. 그러면 크게 아쉬울 것 없겠지."

"그럴게요, 수사님." 대답하기 무섭게 소년은 제 전리품이자 골칫거리였던 물건을 떼어놓은 채 뒤도 돌아보지 않고 사라졌다.

캐드펠은 손에 들린 그 작고 지저분한 물건을 내려다보았다. 여러 아이들의 손을 거치느라 때가 타고 다소 축축해졌지만 여전히 빳빳한 기운이 남아 있었다. 에일노스 신부가 끈이 뜯기고 이음매의 실이 풀린 모자를 쓰고 있는 모습을 상상할 수 있을까? 그의 머리 위에 있었을 때 모자가 이런 상태였을 리는 없었다. 모자는 크리스마스 오전 이후부터 마구 내둘리며 이런 꼴이 되었을 것이다. 그러니까 주인의 무거운 몸이 기운 둑 아래로 쓸려 가고 저 혼자 덩그러니 남았다가 방수로의 물에 떠밀려 갈대밭으로 실려 간 뒤 아이들의 손에 건져진 이후에 말이다.

이 모자처럼 모두가 잊고 있던 것이 또 없을까? 찾아보아야 마땅하지만 아무도 떠올리지 못한 것, 마음 한구석에 찝찝하게 남아 있으면서도 도무지 정체를 드러내려 하지 않는 물건이 또 없을까?

캐드펠은 모자를 주머니에 쑤셔 넣고 몸을 돌려 신부의 집 문을 두드렸다. 디오타가 문을 열어주었다. 언제나처럼 검은색 옷을 입은 그녀는 신중하고 침착한 태도로 뒤로 물러섰다. 미소를 짓지는 않았으나 환대의 뜻이었다. 그는 곧 작고 따뜻한 방으로 안내되었다. 방은 두 개의 작은 창에서 들어오는 갈색 빛으로 희미하게 밝혀져 있었다. 덧창에 박힌 얇은 뿔 조각이 눈에 띄었다. 방 한가운데 자리한 진흙 난로 위에서 나무를 땐 불이 환하게 타올랐고, 그 옆 방석이 놓인 의자에는 한 젊은 여자가 긴장한 채 말없이 앉아 있었다. 한낮의 햇빛 속에 있다가 방금 들어온 사람의 눈으로는 그 여자가 누구인지 얼른 알아볼 수 없었다.

"어뗘신가 보려고 잠깐 들렀소." 등 뒤에서 문이 닫히는 소리를 들으며 캐드펠이 말했다. "상처에 더 필요한 게 있는지도 볼 겸 해서."

디오타가 그에게로 몸을 돌렸다. 늘 진지하고 근심스러운 얼굴에 아주 희미한 미소가 스쳤다. "정말 감사합니다, 캐드펠 수사님. 덕분에 아주 좋아졌어요. 상처도 다 나았고요."

그의 손짓에 따라 디오타는 순순히 몸을 돌려 관자놀이를 보여주었다. 이제는 노랗게 된 멍과 작고 마른 흉터 자국이 보였다.

"그래, 괜찮아 보이는군. 흉터는 남지 않을 것 같소. 하지만 앞으로도 며칠은 더 그 연고를 쓰셔야 할 거요. 이런 추운 날씨에는 피부가 쉽게 건조해져서 손상을 입을 수 있거든. 두통은 없었소?"

"전혀요."

"좋소! 그러면 나도 이제 내 일로 돌아가야겠구먼. 손님이 있으니 시간을 더 끌지 않는 게 좋겠지."

"아, 아니에요." 의자에서 재빨리 일어나며 손님이 입을 열었다. "전 막 가려던 참이었어요." 그녀는 넓은 이마에서 단호한 턱으로 부드럽게 좁아지는 젊고 둥근 얼굴을 들이 불빛을 받으며 앞으로 나아왔다. 서로 멀리 떨어져 있는 도전적인 푸른색 눈동자가 캐드펠을 똑바로 응시하고 있었다. "수사님께서 얼른 가보셔야 한다면 저도 같이 나가지요." 새넌 베르니에르는 능수능란하게 사람의 마음을 휘어잡는 아이에게서 볼 법한 자신감을 내비치며 말을 이었다. "그러잖아도 수사님과 얘기를 나눌 만한 적당한 때를 기다리고 있었거든요."

그런 제안을 거부하기란 불가능했다. 디오타도 그녀를 잡아두려 하지 않았다. 캐드펠은, 만일 혼자 가고 싶었더라도 망설일 수밖에 없었을 것이다. 이 여인의 의지와 충돌하면 법도 감히 제 위력을 발휘하지 못하겠군, 그는 즐거운 찬탄을 느끼며 생각했다. 지금껏 일어난 일들을 고려하건대 이는 아직 먼 미래의 일이었고, 어찌 되었건 그녀는 그러한 가능성이 자신을 저지하게 두지 않을 것이었다.

"나로서는 아주 즐거운 시간이 될 걸세." 캐드펠이 대답했다. "하지만 거리가 얼마 안 되는데…… 혹시 부엌에서 쓸 허브가 더 필요하지는 않나? 내게 많으니 작업장에 와서 원하는 걸 가져가도 좋겠군."

날카로운 눈길로 그를 응시하던 그녀의 뺨에 갑자기 보조개가 패었다. 새년은 웃음을 감추려고 얼른 몸을 돌려 디오타를 껴안더니 마치 딸이 하듯이 부인의 마른 볼에 키스했다. 곧 그녀가 외투를 두르고 앞장서서 골목으로 나섰다. 두 사람은 수도원 앞 대로로 나올 때까지 아무 말 없이 걷기만 했다.

"제가 왜 해밋 부인을 만나러 갔었는지 아세요?" 대로에 들어서자 새년이 물었다.

"글쎄, 그녀가 잃은 것에 대해 같은 여성으로서 연민을 느껴서겠지." 캐드펠이 말했다. "상실감과 외로움 말이야. 부인은 이곳에서 나그네나 마찬가지니……."

"나그네라니, 무슨 말씀이세요!" 새년이 꾸짖듯 말했다. "그분은 신부를 위해 일했어요. 꽤 안정적인 생활이었죠. 글쎄요, 상실감은 그리 크지 않을 거예요. 외로움이라면 또 모르지만."

"에일노스 신부에 관한 얘기가 아니야." 캐드펠이 말했다.

그녀는 놀란 듯 푸른 눈으로 그를 응시하며 무언가를 생각하다가 한숨을 쉬었다. "그래요, 그를 잠시 데리고 계셨으니 수사님도 이미 알고 계시겠네요. 부인이 그의 유모였다는 얘기 들으셨죠? 그분에겐 자식이 없었대요. 그러니 그가 아들만큼이나 소중한 거죠. 저도…… 그와 얘기를 나눴어요. 우연히요. 그가 제 의부께 전갈을 보냈던 건 아시죠? 이젠 누구나 다 아는 일이니까…… 아무튼 그래서 전 그 청년이 궁금했어요. 그게 다예요."

그들은 수도원의 문지기실에 도착했다. 새년은 찌푸린 얼굴로 땅바닥만 내려다보며 머뭇거리고 서 있었다.

"사람들이 그 사람, 니니언 버카일러가 에일노스 신부를 죽였다고 수군대더라고요. 신부가 그를 장관님께 고발하려 했기 때문이라나요. 아마 부인도 그 소문을 들었을 것 같더라고요. 그가 도망쳐서 생명의 위협을 받으며 쫓기는 마당이니 아미 걱정과 외로움에 고통받고 있으리라 생각했죠."

"그래서 부인을 안심시켜주려고 갔었군. 자, 정원으로 가세나. 만일 집에 향료용 허브가 다 있다면 다른 좋은 구실도 있어. 한두 주 뒤면 기침감기에 걸릴지 모르니 미리 치료약을 준비해서 나쁠 건 없지."

새년이 활짝 웃으며 그를 올려다보았다. "제가 열 살 때 주셨던 그 약 말이죠? 제가 얼마나 많이 달라졌는데요. 이젠 무척 건강해서 10년에 한 번 수사님 도움을 요청할까 말까 할 정도라고요."

"어쨌든 지금은 내 도움이 필요하잖나. 그걸로 충분하지." 앞장서서 큰 마당을 가로질러 정원으로 향하며 캐드펠이 대꾸했다.

담장 안, 남자들만의 공간에서 새넌은 얌전히 눈을 내리깔고 그를 따라오다가 사람들로부터 떨어져 안전한 작업장에 들어서자 그제야 다시 편히 숨을 쉬기 시작했다. 다른 사람의 귀를 의식하지 않아도 되는 곳에 들어와 안심이 되었는지, 그녀는 작은 두 발을 화로 쪽으로 향한 채 편히 앉아 조금 전보다 더 자유롭게 이야기를 이어갔다.

"그가 그렇게 위험한 상황에 몰린 터라 혹시라도 부인이 어리석은 짓을 하지 않을까 걱정이 되었어요. 그분은 니니언에게 헌신적이거든요. 그를 자유롭게 보내주기 위해서라면 무슨 짓을 할지 몰라요. 자기가 죄를 뒤집어쓰려고 말도 안 되는 얘기를 지어낸다든가…… 예, 그를 위해서라면 그러고도 남아요! 그렇게 해서 그가 모든 죄를 벗게 되리라 생각한다면, 그분은 자신이 살인을 했다고 고백할 거예요."

"그러면 자넨 그가 아직 잡히지 않았고 긴급한 위험에 처한 것도 아니니 조용히 기다리라고 권하러 갔던 거군." 그녀가 세심하게 관찰되고 있다는 사실을 눈치채지 못하게끔 그는 자신의 공간을 조용히 거닐며 말했다.

"네, 만일 다시 그 집에 가 그분을 만나시거나 그분이 이리 오신다면 수사님도 똑같이 말씀해주세요. 자신을 해치는 짓은 절대 못 하도록 해야 돼요."

"그가 자네를 보냈나? 부인을 만나서 그렇게 얘기하라고?" 캐드펠이 직접적으로 물었다.

잠시 얼굴에 미소가 스쳐 갔지만, 그녀는 아직 속을 털어놓을 준비가 되어 있지 않은 듯했다. "그냥…… 그분 때문에 그 사람이 얼마나 걱정할까 생각했을 뿐이에요. 제가 그분께 가서 그런 얘기를 했다는 걸 알면 그도 안심하겠죠."

몇 시간 지나지 않아 알게 된다면 말이지, 캐드펠은 생각했다. 대체 그를 어디 숨긴 걸까? 이곳 슈루즈베리나 인근 지역에는 그녀의 친아버지 밑에서 일하던 늙은 하인들이 있을 테고, 그들은 베르니에르의 딸을 위해 기꺼이 수고를 감내하리라.

"제 의부가 그를 배신하기 전에 이미 수사님은 그가 니니언이라는 걸 알아내셨다고 들었어요." 캐드펠의 움직임을 주의 깊게 지켜보며 새년이 천천히, 진중하게 입을 열었다. "자기가 누구인지, 무슨 일을 하는지 그가 다 털어놓았다면서요? 그러자 수사님께선 어느 당파를 위해 일하든 정직한 사람에게는 아무런 반감도 없다고, 그에게 해가 될 일은 않겠다고 말씀하셨고요. 지금까지 수사님은 그의 비밀을 지켜주셨죠. 이젠 더 이상 비밀도 아니지만요. 어쨌든 그는 수사님을 신뢰하고 있어요. 그래서 저도 수사님을 믿고—"

"아니," 캐드펠은 황급히 말을 잘랐다. "아무 말 말게! 그 친구가 지금 어디 있는지 몰라야 다른 이들이 물을 때 나도 양심에 아무런 거리낌 없이 모른다 대답할 수 있어. 그래, 나는 용감한 젊은이를 좋아하네. 설사 자신을 지키지 못할 만큼 무모하고 성급한 이라 해도 말이지. 그는 어떤 대가를 치러서라도 황후에게 가 그분께 봉사하는 것이 자신의 유일한 목적이라고 하더군. 그 친구는 자신의 능력을 자신이 원하는 대로 사용할 권리가 있네. 나는 그가 안전하게 도착하기를, 오래오래 살기를 바란다네. 용감한 사람은 그런 행운을 얻을 자격이 있지."

"그가 그리 신중한 편이 아니라는 건 저도 알고 있어요." 그녀가 얼굴을 붉히며 미소를 지었다.

"신중? 니니언이 그 단어의 의미를 알기나 할지 모르겠군! 공공연하게 그런 편지를 써서 보내다니…… 심지어 본명으로 서명을 하고 어디서 어떤 신분을 가장하여 지내는지까지 알려주지 않았나! 안 돼, 그가 지금 어디 있는지 절대로 내게 말하지 말게. 그러나 그를 어디에 숨겼든, 잠시도 눈을 떼지 말고 지켜보아야 하네. 그가 다음엔 어떤 어리석은 짓을 저지를지 알 수 없는 노릇이니까."

캐드펠은 바삐 작은 유리병을 채웠다. 그녀가 허브밭에 있는 것이 자연스러워 보이도록 하기 위해서였다. 병 입구를 나무 마개로 막고 얇은 양피지 조각으로 덮어 목 부분에서 묶은 뒤, 아마포로 둘둘 말아 그녀의 손에 쥐여주며 그가 말을 이었다. "자, 이건 일종의 출입 허가증일세. 그리고 충고하겠는데, 최대한 빨리 그를 보내야 해."

"가려 하지 않을걸요." 그녀가 한숨을 내쉬었다. 그러나 화가 났다기보다는 어딘지 자랑스러워하는 태도였다. "이 문제가 해결되지 않는 한 절대 떠나려 하지 않을 거예요. 그러니까 해밋 부인이 안전하다는 걸 알기 전에는요. 그리고 준비해야 할 것도 있고요. 돈이랑……." 그녀가 기운을 내려는 듯 몸을 한 번 흔들더니 갈색 머리를 까딱여 보이고는 활기차게 문으로 향했다.

"그에게 가장 필요한 건 좋은 말 한 필이야." 캐드펠이 그녀의 뒤에 대고 신중하게 말했다.

그러자 새넌이 갑자기 몸을 돌리고는, 조심스러운 태도를 모두 던져버린 채 활짝 웃어 보였다.

"두 필이에요!" 나직하지만 의기양양한 목소리로 그녀가 말했다. "저도 황후 쪽 사람이잖아요. 니니언이랑 같이 떠날 생각이에요!"

9

캐드펠은 종일 마음이 편치 않았다. 한편으로는 새넌이 밝힌 결심 때문이었고, 다른 한편으로는 마음 한구석에서 노래를 불러 대는, 그러나 도무지 잡히지 않는 날벌레 때문이었다. 날벌레는 그가 에일노스의 시신과 함께 찾았어야 할 한 가지 물건이 없어졌다는 사실을 깨닫지 못했다고, 그러니 또 다른 무언가를 놓치고 있을지도 모른다고 말하고 있었다. 그가 떠올렸어야 할 어떤 것이 분명히 있었다. 뭔지 알아내기만 하면, 뒤늦게라도 찾아내면 그것이 진실을 밝혀줄 터였다.

그 와중에도 그는 저녁기도와 식사 자리에 빠지지 않았고, 크리스마스부터 시작된 여드레간의 일정 중 엿새째에 해당하는 이 날, 즉 12월 30일의 예배와 찬송에 집중하려고 노력했다. 물론 그다지 성과는 없었지만 말이다.

날이 좋아지리라는 컨릭의 말은 옳았다. 더디긴 했으나 정오가 되자 그 기운이 벌써 확연히 느껴졌다. 낮게 드리운 하늘을 배경으로 우뚝 선 검은 나무들이 얼음으로 된 장식물들을 떨구었고, 처마에서도 물방울들이 떨어져 담 곁에 쌓여 있던 흰 눈에 작은 구멍들을 내었다. 큰길의 거무스레한 모래와 초록빛 풀도 드러나기 시작했으니, 이대로라면 내일 아침에는 수도원 담장 밑 아늑한 장소에 점찍어둔 에일노스 신부의 무덤 자리를 파낼 수 있을 것이었다.

캐드펠은 벌써 몇 번째나 모자를 자세히 살피고 있었다. 그것에 담긴 의미가 무엇인지는 몰라도, 시신이 발견됐을 때 모자 생각을 하지 못했다는 사실 때문에 무척 괴로웠다. 모자에 생긴 흠집들은 머리에 가해진 타격과의 연관성을 암시하지만, 동시에 그러한 사실을 부인하기도 했다. 타격이 가해지는 순간 모자는 땅에 떨어졌을 테니까. 그렇다면 신부를 공격한 사람이 그를 물에 던진 다음 모자도 물에 빠뜨린 걸까? 하지만 그런 어둠 속에서라면 모자가 눈에 띄지 않았을 텐데. 설사 모자에 생각이 미쳤다 해도, 그땐 아직 눈이 하얗게 덮이기 전이니 풀이 무성한 땅에 떨어진 작고 검은 물체를 찾기가 쉽지 않았을 것이다. 사람을 죽인 직후에 그 어둠 속에서 무성한 풀을 헤치고 여기저기 더듬거리며 모자를 찾는 것도 얼른 납득이 되지 않는 행동이었다. 아마 살인자의 머릿속에는 가능한 한 빨리 그 장소에서 멀리 달아나야겠다는 생각밖에 없지 않았을까?

어쨌거나 이 모자를 놓쳤으니 그만큼 중요한 또 다른 것도 놓쳤을지 몰라. 마음 한구석에 자리한 날벌레의 귀찮은 잔소리가 쉴 새 없이 이어졌다. 무언가 아직 방앗간 옆에, 둑 근처나 물속에, 혹은 방앗간 안에라도 있을 거야. 다른 곳은 찾아볼 필요 없어. 거기만 한번 둘러보자고.

마지막 기도까지 아직 30분쯤 남은 시각, 대부분의 수사들은 뼛속까지 스며든 추위를 떨쳐보고자 보온실에 모여 있었다. 이 시간에, 이런 어둠을 헤치고 방앗간까지 가본다는 게 그리 현명한 짓은 아닐 테지만 이미 온 마음이 그곳에 쏠려버린 캐드펠로서는 다른 수가 없었다. 저수지와 방앗간, 그리고 인적 없는 밤, 이러한 조건이 그의 기억을 자극해 크리스마스 전야의 사건들을 되살리고 놓쳐버린 요소를 다시 찾게 해줄지도 몰랐다. 마침내 캐드펠은 큰 마당을 가로질러 진료소 옆의 외진 구석으로 향했다. 그곳 담에는 쪽문이 있어서 곧장 방앗간으로 나갈 수 있었다.

달도 없이 별만 깜빡이는 가운데 그는 어둠이 눈이 익을 때까지 가만 서 있었다. 곧 사물의 형상이 하나둘 드러나기 시작했다. 들판에 무성하게 자란 풀과 오른편에 있는 방앗간의 커다란 검은색 형체, 그리고 그 옆의 작은 나무다리가 눈에 들어왔다. 저수지 위편에 튀어나온 둑으로 이어지는 다리였다. 발이 널빤지를 디디는 소리가 작고 나지막하지만 꽤 또렷이 울렸다. 다리를 건넌 그는 좁은 풀밭을 지나 둑에 이르렀다. 넓은 저수지가 그의 발 아래

납처럼 무겁고 창백하게 가라앉아 있었다. 녹다 만 얼음이 죽 둘린 가장자리 여기저기에 얼룩처럼 물이 드러나 보였다.

움직이는 거라곤 아무것도 없었다. 들리는 소리도 없었다. 그의 왼쪽으로는 둑을 따라 가지를 짧게 쳐낸 버드나무들이 늘어서 있었으나 그 날렵한 가지들을 흔드는 바람 한 줄기 느껴지지 않았다. 가장 가까운 나무, 엉덩이 높이에서 잘린 버드나무 둥치에는 새로 난 가지들이 겁먹은 인간의 머리에 난 머리카락처럼 빽빽이 일어서 있었다. 거기서 몇 미터 떨어진 곳에서 침식된 둑을 따라 에일노스의 시체를 끌어 와 방수로의 물길 옆 완만하게 경사진 풀밭으로 힘겹게 옮겼었다.

그날 아침의 모든 기억이 아직 선명하건만 그숭 선날 밤에 무슨 일이 일어났는지를 밝혀주는 것은 없었다. 그는 높은 둑에서 몸을 돌려 다시 다리를 건넜다. 이어 그럴 만한 이유도 없이 방앗간을 돌아 경사진 둑을 내려가서는 곡식을 들이는 큰 문으로 향했다. 문은 바깥에만 빗장이 걸려 있었는데, 하얗게 바랜 목재에서 희미하게 반사된 빛으로 보니 그 빗장이 약간 뒤로 밀려난 채였다. 2층에도 작은 문이 있었다. 수도원 담장의 쪽문과 아주 가까운 거리였다. 보아하니 2층의 문은 안에서 잠겨 있는 것 같았다. 그런데, 누군가 밖에서 들어가지 않았다면 어째서 정문의 무거운 빗장이 뒤로 밀려나 있을까?

캐드펠은 문에 가만히 손을 얹어 주먹 하나 들어갈 정도로 조금 연 뒤 그 틈에 한쪽 귀를 댄 채 긴장하여 귀를 기울였다. 아무런 소리도 들리지 않았다. 그는 문을 조금 더 열어 조용히 안으로 미끄러져 들어가 다시 가만히 문을 닫았다. 밀가루와 곡물의 온기 어린 냄새가 콧구멍을 간질였다. 그의 코는 여우나 사냥개의 것 못지않게 예민했다. 어둠 속에서도 후각을 믿을 수 있을 정도였는데, 이곳에는 분명 다른 냄새도 있었다. 아주 희미하지만 무척 친숙한 냄새, 워낙 일상적으로 맡는 터라 작업장에서는 제대로 인식할 수도 없는 냄새였다. 하지만 이런 의외의 장소에서 그 냄새를 감지하니 마치 도둑맞은 소유물처럼, 이렇게 나돌아다녀서는 안 될 귀중한 물건처럼 특별하게 와닿았다. 말린 허브 냄새. 일정 시간 허브를 다룬 사람은 작업장 안에서든 밖에서든 그 냄새를 옷에 묻힌 채 다니기 마련이다. 캐드펠은 닫힌 문에 등을 기대고 서서 꼼짝 않고 기다렸다.

아주 희미한 움직임이 느껴졌다. 누군가 먼지와 곡식 껍질이 수북한 곳에 조심스럽게 한 발을 내디디는 것 같았다. 아무리 조심스럽게 걸음을 옮긴다 해도 저 바삭거리는 소리를 숨길 수는 없지, 캐드펠은 생각했다. 소리는 2층 어딘가에서 나고 있었다. 그러다 어느 순간 들창문이 열렸다. 고개를 드니 위에서 뛰어내리려는 자세로 기대어 있는 사람의 형체가 보였다. 캐드펠은 그 바로 아래로 다가갔다. 상대의 용기를 북돋워주기 위해서였다. 다음 순간, 그가 사뿐히 뛰어내리더니 한 팔로 캐드펠의 목을 죄고 다른 팔로는 가슴과 두 팔을 감은 채 자기 쪽으로 끌어당겼다. 이중으로 조여진 와중에도 캐드펠은 여전히 여유롭게 선 채 편안히 호흡을 이어다가가 입을 열었다.

"솜씨가 나쁘지 않군." 가벼운 칭찬이었다. "그런데 후각이 별로야. 다섯 번째 감각이 없으면 다른 네 가지 감각도 큰 소용이 없지."

"제 후각이 별로라고요?" 웃음을 억제하느라 떨리는 니니언의 목소리가 귓가에 울렸다. "수사님이 처마를 스치는 한 줄기 바람처럼 저 문으로 들어오시자마자, 전 작업장으로 돌아가 버려두고 온 그 기름을 젓고 있는 기분이었는데요. 그 기름, 별 탈 없었죠?" 단단하고 힘센 젊은 팔이 캐드펠을 끌어안았다가 살며시 풀어주고는 얼굴을 보고 싶은 듯 몸을 돌려세웠다. 그러나 빛이 전혀 없는 그곳의 어둠 속에서는 윤곽이나 그림자밖에 볼 수 없었다. "수사님 때문에 얼마나 놀랐는지 몰라요. 문이 열리는 순간 아, 이제 끝났구나 싶었다니까요." 가벼운 책망이 어린 말투였다.

"빗장이 밀린 걸 봤을 때 내 마음도 편치 않았지." 캐드펠이 말했다. "이보게, 자넨 너무나 많은 위험을 무릅쓰고 있어. 대체 여기서 뭘 하는 건가?"

"그 질문을 그대로 돌려드리죠." 니니언이 대꾸했다. "그러면 저와 똑같은 대답을 들을 수 있을 것 같은데요. 예, 여기 더 찾아볼 것이 있나 싶어 와봤어요. 벌써 며칠이나 지났으니 그런 게 아직 남아 있을지 모르겠지만…… 그렇다고 도무지 편한 마음으로 있을 수가 없더라고요. 수사님, 전 절대 그 신부에게 손대지 않았어요. 하지만 다들 절 범인으로 지목하니 진실이 제게 무슨 위안이 되겠어요? 제가 살인자가 아니라는 게 밝혀질 때까지는 이곳을 떠나고 싶지 않아요. 게다가 디오타가 있잖아요! 절 붙잡지 못하면 사람들은 곧 그녀에게 책임을 물을 거예요. 살인에 대한 책임이 아니더라도, 절 남쪽에서 탈출하게 도와주고 여기서 제가 저지른 죄를 덮어줬다며 반역죄를 묻겠지요."

"혹시 휴 베링어가 해밋 부인에게 악의를 가지고 있다거나 그녀를 희생자로 만들기 위해 다른 이를 용서하리라 생각한다면, 당장 그 마음을 고쳐먹게." 캐드펠이 단호하게 말했다. "어쨌든 지금 우리 둘 다 여기 있고 시간과 장소도 적절하니, 어디 따뜻한 구석에 앉아 서로 알고 있는 것들을 전부 모아보세나. 머리가 둘이면 혼자일 때보다 사건을 더 잘 이해할 수 있을 거야. 여기 어디 자루가 많을 텐데. 그거라도 깔고 앉으면 좋겠군······."

이곳에 꽤 오래 있었는지 니니언은 곧장 캐드펠의 팔을 붙잡아 깨끗하고 거친 자루들이 쌓여 있는 구석으로 성큼성큼 그를 데려갔다. 자루들은 접힌 채 나무 벽에 기대어 있었다. 그들은 몸을 덥히느라 서로 바짝 붙어 앉았다. 니니언이 두꺼운 외투를 두 사람 머리 위로 둘렀다. 분명 베넷의 소지품 중에서는 보지 못한 것이었다.

"이 말부터 해야겠군." 캐드펠이 서둘러 입을 열었다. "오늘 아침에 새넌과 얘기를 나눴어. 두 사람이 어떤 계획을 세우고 있는지 털어놓더군. 자네도 이미 그녀에게 들어 알고 있겠지. 두 사람은 나를 완전히 믿지 못할지도 모르지만, 자네를 이곳에 붙들어둔 그 성가신 사건을 해결하는 데 조금이라도 도움이 되려면 내게 모든 것을 이야기해야 하네. 그래, 나도 자네가 신부의 죽음에 책임이 있다고 생각하지 않아. 그리고 자네의 사명을 방해하고 싶은 생각도 없지. 그렇지만 어쨌든 자네가 그날 밤 있었던 일에 대해 증언한 내용이 전부가 아니라는 사실을 짐작하고 있어. 그러니 나머지 얘기를 해보게. 그래야 우리가 어떤 상황에 있는지 확실히 알지 않겠나. 그날 자네는 방앗간에 왔었지?"

니니언은 큰 바람이 이는 것처럼 무겁고 울적한 한숨을 내쉬었다. 그에게 기대다시피 앉은 캐드펠의 뺨이 잠시 따뜻해졌다. "예, 외아 했어요. 기퍼드에게서 제가 보낸 전갈을 받았고 그 내용을 이해했다는 것 이상의 답을 얻지 못한 상태였거든요. 그가 올지 안 올지 짐작할 방법이 전혀 없었죠. 하지만 전 그날 아주 일찍 왔어요. 먼저 이곳을 살피며 일이 어떻게 될지 확실해질 때까지 숨어 있을 만한 자리를 찾으려고요. 수도원 담장에 난 쪽문을 조금 열어놓고 그 옆에서 기다리며 지켜봤죠. 방앗간 주인이 교회로 가려고 분주하게 들어설 땐 진료소 저쪽에 숨느라 좀 허둥대긴 했지만, 어쨌든 계속 거기 조용히 있었어요. 길을 쭉 지켜보면서요."

"그런데 거기 나타난 사람은 에일노스였지."

"하느님이 던진 번갯불처럼 돌진해 오더군요. 어둡긴 했지만 잘못 알아보지는 않았어요. 걸음걸이가 워낙 독특하잖아요. 제 정체를 알아내고 앙심을 품은 게 아니라면 그가 그런 시간에 거기 나타날 이유가 전혀 없었죠. 그는 큰 걸음으로 방앗간을 돌더니 둑을 따라 오가면서 마치 꼬리를 휘두르는 고양이처럼 땅바닥을 쿵쿵 내디뎠어요. 그때 어쩌면 또 다른 사람, 그러니까 기퍼드까지 진흙탕으로 빠져들지 모르겠다 싶었어요. 내가 거기 빠진다 해도 어떻게든 그만은 살려야 한다는 생각이 들었죠."

"그래서 어떻게 했나?"

"아직 시간이 일렀어요. 기퍼드가 아무것도 모르는 채 날 만나러 오게 내버려두면 안 될 것 같더라고요. 그가 나올 생각인지는 알 수 없었지만, 어쨌든 만일의 경우에 대비해야 했죠. 전 마구 달려서 큰 마당을 지나 문지기실로 나간 다음 다리 옆의 수풀에 숨었어요. 그가 온다면 그 길로 올 테니까요. 사실 전 이름하고 당파만 알았지 그가 어떻게 생겼는지도 몰랐어요. 하지만 그 시간에 시내에서 나올 사람은 거의 없을 테니까 나이와 신분이 얼추 들어맞는다 싶으면 다가가서 말을 걸 계획이었죠."

"랠프 기퍼드가 다리를 건너오긴 했지." 캐드펠이 말했다. "이미 훨씬 전에 말이야. 신부를 방문하고 그를 방앗간으로 보내 자네와 마주치게 한 사람이 바로 그였으니까. 하지만 자네는 그런 상황을 전혀 몰랐고. 자네가 수풀에 숨어 지켜보고 있을 때 그는 벌써 자기 집으로 돌아간 뒤였을 걸세. 거기서 다른 사람이 지나가는 건 못 봤나?"

"딱 한 사람뿐이었어요. 하지만 기퍼드라고 여기기엔 너무 젊고 가난하고 소박해 보이더라고요. 그 사람은 수도원 앞 대로를 따라 곧장 가다가 교회로 들어갔어요."

켄트윈이었겠군, 캐드펠은 생각했다. 빚을 갚은 뒤 편안하고 자유로운 마음으로 돌아오는 길이었겠지. 니니언이 직접 증언하여 그의 결백을 확실히 드러낼 수 있으면 좋으련만.

"그다음엔 어떻게 됐지?"

"기퍼드가 오지 않으리라는 확신이 설 때까지 기다렸죠. 약속 시간이 지난 뒤, 서둘러 교회로 돌아가 새벽기도에 참석했습니다."

"거기서 새넌을 만났고." 어둠 속이라 보이지 않았으나 캐드펠의 목소리에서 미소가 묻어났다. "그녀는 방앗간에 갈 정도로 어리석지 않았지. 자네처럼 제 의부가 약속을 지킬지 어떨지 확신할 수 없기도 했고. 하지만 어디 가면 자네를 찾을 수 있을지는 잘 알았고, 기퍼드가 거부하기로 한 호소에 자신이 응답하기로 결심한 거야. 자네도 말했다시피, 그녀는 이미 자네를 잘 살펴볼 시간도 가진 터였지. 그래, 자네는 귀부인의 몸종으로 쓸 만한 사람이야. 조금만 다듬으면 말이네!"

뒤집어쓴 외투 속에서 니니언이 낮게 웃는 소리가 울렸다. "처음 그녀를 만난 날에는 우리 사이에 무슨 일이 생기리라 상상도 못 했어요. 그런데 지금 보니 전 그녀에게 많은 것을 빚지고 있네요. 새넌은 이 일에서 빠질 생각이 없어요…… 그녀를 만나고 얘기도 나눠보셨으니 수사님도 그녀가 얼마나 훌륭한 사람인지 아시겠죠. 수사님, 전 새넌이랑 같이 글로스터로 갈 겁니다. 그녀와 결혼을 약속했어요." 이미 제단 앞에 서기라도 한 양 아주 낮고 엄숙한 목소리였다. 그에게서 무언가, 혹은 누군가에 대한 경외의 태도를 보는 것은 이번이 처음이었다.

"그래, 참 용감한 친구지." 캐드펠이 느릿느릿 말했다. "자기 마음도 아주 잘 알고. 나로선 새넌의 선택에 대해 나쁘게 말할 생각이 없네. 하지만 생각해보게, 그녀가 자네를 위해 이 일을 하도록 놔두는 게 과연 옳은 일일까? 이로써 그녀는 재산이며 가족이며 모든 것을 버려야 할 거야. 그에 대해서는 생각해봤나?"

"그럼요. 새넌에게도 잘 생각해보라고 권했죠. 하지만 수사님, 수사님은 그녀의 상황에 대해 잘 모르시잖아요. 그녀에겐 땅이 하나도 없어요. 집안의 장원은 친아버지가 피챌런과 황후를 지지했다는 사실 때문에 슈루즈베리 포위 사건 이후에 빼앗겨버렸죠. 어머니는 돌아가셨고요. 그리고 의부는…… 새넌은 그에 대해 불평하지 않았어요. 자기가 해야 할 만큼은 그녀를 돌봐주었으니까요. 하지만 그 자신이 기꺼이 나선 것은 아니죠. 기퍼드에겐 첫 결혼에서 얻은 아들이 있으니, 만일 의붓딸에게 지참금이나 영지를 내주어야 할 의무를 피할 수 있다면 아주 기뻐할 거예요. 그녀에게 남은 건 어머니에게서 물려받은 보석들뿐이에요. 그건 분명한 그녀의 소유물이죠. 새넌은 저와 함께 간다 해서 자기가 잃을 건 전혀 없다고, 오히려 그로써 자기가 가장 원하던 것을 얻는 셈이라고 말했어요. 전 진심으로 그녀를 사랑해요!" 갑작스레 감격과 진지함을 내비치며 니니언이 말을 이었다. "제가 그녀에게 어울리는 집을 마련해줄 거예요. 전 할 수 있어요! 해낼 거예요!"

틀린 말은 아니군, 캐드펠은 곰곰이 생각에 잠겼다. 모든 것을 고려해보면 새년이 그리 비싼 대가를 치르는 건 아니었다. 기퍼드는 이미 황후에 대한 충성 때문에 땅을 상당히 잃었다. 남은 땅은 전부 아들에게 물려주고 싶어 하는 것이 당연하리라. 그가 그렇게 가차 없이 과거의 대영주에 대한 헌신을 버리고 이 젊은이의 안위를 희생시켜 자신의 안전을 구하려 한 것도, 어쩌면 자신보다는 아들을 위해서일 것이다. 상황에 몰리다 보면 본성에서 벗어난 일을 저지르는 법이니……. 그리고 그 여인, 새년은 훌륭한 젊은이를 곧바로 알아보았으며 그에게 모자랄 것 없는 배우자가 될 터였다.

"자네들이 웨일스까지 무사히 가기를 진심으로 바라네." 그가 입을 열었다. "여행을 떠나려면 말이 필요할 텐데, 그건 준비가 되었나?"

"예, 새년이 구했어요. 말은 제가 숨어 있는 곳 마구간에 넣어두었습니다." 솔직하게, 깊은 생각 없이 니니언이 말을 이었다. "저쪽으로 나가면—"

캐드펠이 황급히 청년의 입을 손으로 막았다. 놀라 허둥대기는 했으나 니니언은 곧장 입을 다물었다. "아니, 입 다물게, 아무 말도 하지 마! 자네가 어디 있는지, 말을 어디다 두었는지 나는 모르는 편이 나아. 내가 몰라야 아무도 내게서 알아내려고 하지 않을 것 아닌가."

"하지만 제 위에 살인의 그림자가 드리워 있는 한 이대로 떠날 수는 없어요." 니니언이 단호하게 말했다. "여기서건 어디서건 도망다니는 살인자로 기억되고 싶지 않습니다. 게다가 디오타에게 의혹이 쏠릴지도 모르는 상황에서 어떻게 나 몰라라 떠날 수 있겠어요? 지금까지만 해도 그분께 도저히 갚을 수 없는 빚을 졌는데…… 떠나기 전에 그분의 안전을 반드시 확인해야 해요."

"자네에 대한 믿음이 더 커지는군. 그러니 무슨 수를 써서라도 함께 이 일을 해결해보세. 그나저나, 이제 은신처로 돌아가야 하지 않겠나? 새넌이 사람을 보냈는데 자네가 거기 없으면 어떻게 하나?"

"수사님은요?" 니니언이 되받았다. "로버트 부원장님이 숙소를 돌아보다가 수사님이 없는 걸 아시게 되면 어쩌시려고요?"

두 사람은 함께 일어나 둘러쓰고 있던 외투를 벗었다. 몰려드는 한기에 몸이 오싹했다.

"참, 오늘 여기에는 무슨 생각을 가지고 오셨는지 아직 말씀을 안 해주셨는데요." 무거운 문을 밀어 열면서 니니언이 말했다. 바깥도 어두침침했지만 안보다는 훨씬 나았다. "저야 물론 수사님이 오셔서 반갑고 기뻤지만요. 수사님께 말 한마디 없이 떠나온 게 줄곧 마음에 걸렸거든요. 그런데 절 찾아오시진 않았을 테고…… 여기서 뭘 찾고 싶으셨던 거죠?"

"나도 그걸 알고 싶네. 오늘 오전에 아이들 한 무리가 검은색 모자를 가지고 노는 걸 봤다네. 분명 에일노스의 모자였어. 아이들이 저수지 여울의 갈대밭에서 찾아냈다니 틀림없지. 나도 그날 밤 그가 그 모자를 쓰고 있는 걸 봤었는데, 사소한 물건이라 그랬는지 깨끗이 잊고 있었지 뭔가. 그때부터 내가 본 다른 것이 있을 거라는 생각, 그 모자처럼 없어졌다는 것도 못 느끼고 찾아보지도 않은 게 있으리라 생각이 계속 드는 거야. 대단한 기대를 가지고 여기 온 건 아니네. 그저 여기 와보면 그 물건이 기억날지도 모른다는 생각이었지. 자넨 그런 적이 없나? 뭔가를 하려고 자리에서 일어섰는데 그 일이 뭔지 까맣게 잊어버려 어떻게든 다시 기억해내려고 처음 그 생각을 했던 곳으로 돌아가야 했던 적 말일세. 있겠지, 없을 거야. 자네는 아주 젊으니 무슨 일을 해야겠다는 생각이 떠오르면 곧장 하겠지. 그렇지만 나 같은 늙은이들은 아마 다들 내 말에 동의할 걸세."

"아직도 그게 뭔지 생각이 안 나세요?" 노인의 흐릿한 기억력을 동정하듯 니니언이 안타까운 얼굴로 물었다.

"안 나. 여기 왔는데도. 자넨 좀 성과가 있었나?"

"어차피 제가 염두에 둔 걸 찾을 가망은 거의 없었어요." 니니언이 우울하게 말했다. "그래도 더 어두워지기 전에 위험을 무릅쓰고 와봤죠. 어쨌든 제가 뭘 찾아야 하는지도 알고요. 크리스마스 날 수사님들이 시신을 찾아 옮겨 왔을 때, 저도 디오타와 함께 그 자리에 있었어요. 사실 그러고도 한참 지날 때까지는 뭐가 없어졌는지 생각나지 않았죠. 몸에 걸친 옷과는 달리 분실되기 쉬운 물건이라 그랬던 것 같아요. 하지만 곧 기억이 나더라고요. 그 신부가 쿵쾅쿵쾅 걸어오면서 땅을 찔러대던 그것…… 그와 함께 이곳 슈루즈베리로 오면서 제게도 아주 친숙해진 물건이지요. 그 기다란 지팡이 말이에요. 신부는 늘 지팡이를 지니고 다녔잖아요. 흑단으로 만들어지고 팔꿈치까지 오는 길이에 손잡이는 수사슴 뿔로 되어 있는…… 전 그걸 찾으러 왔어요. 틀림없이 이 근처 어딘가에 있을 거예요."

두 사람은 낮은 물가로 나온 참이었다. 누더기가 된 눈을 뚫고 검은 풀밭이 군데군데 드러난 가운데 둔탁하고 창백한 수면이 둑 저편 어둑한 경사면까지 펼쳐져 있었다. 순간 캐드펠이 무언가를 깨달은 듯 창백하게 펼쳐진 얼음판을 뚫어지게 바라보며 걸음을 멈췄다.

"그래, 있을 거야!" 그가 열렬하게 말을 이었다. "그렇고말고! 내가 오늘 하루 종일 쫓아다녔던 도깨비불이 바로 그거였구먼. 자, 이제 지팡이 찾는 일은 내게 맡기고 자넨 피난처로 돌아가 편안히 쉬게. 자네 덕분에 내 수수께끼가 풀렸어."

*

아침이 되어 눈이 반쯤 녹자 수도원 앞 대로는 해진 레이스처럼 누더기 꼴이 되었다. 큰 마당의 자갈들은 검고 촉촉한 빛을 냈고, 교회 동쪽의 묘지에서는 컬릭이 풀밭을 파 에일노스 신부의 무덤 자리를 마련하고 있었다.

캐드펠은 한 해의 마지막 총회를 마치고 나왔다. 1년이라는 시간뿐 아니라 더 크고 복잡한 일들이 이제 곧 끝나리라는 강한 예감이 들었다. 홀리 크로스 교구신부 자리를 누가 이어갈 것인지에 대해서는 아직 아무런 말이 없었다. 적절한 의식을 갖추고 수사들과 교구민들이 각자의 가슴속에서 불러일으킬 수 있는 최대한의 애도를 표현하는 가운데 마침내 에일노스가 묻힐 때까지는 별 이야기가 나오지 않을 것이다. 다음 날, 그러니까 새해가 시작되는 첫날 그들 모두는 짧은 기간 폭정을 휘두르던 사람이 땅에 묻히는 모습을 보게 될 테고, 곧 감사한 마음으로 이 사건을 잊으리라. 하느님께서 부디 겸손한 사람을 보내주시기를, 캐드펠은 혼잣속으로 중얼거렸다. 신자들이 그렇듯 자기 자신도 잘못을 저지를 수 있다고 생각하는 사람, 교구민과 교회 양쪽 모두 타락시키지 않도록 근신하며 노력하는 사람을 보내주시기를. 신부가 신자들과 굳게 뭉치면 모두 함께 흔들림 없이 설 것이요, 신부가 무리에서 떨어지면 그는 이내 자기 발이 미끄러운 곳에서 헛딛는 것을 깨닫게 되리라. 갈구의 손짓이 절대로 닿지 않을 곳에 있는 반석보다는 기우뚱한 지지대가 더 나은 법이다.

캐드펠은 쪽문을 통해 저수지 기슭으로 나가서는 물 위로 돌출한 둑 가장자리에 자리한, 줄기가 잘린 버드나무들 사이에 섰다. 에일노스의 시체가 발견된 지점이었다. 저수지는 오른편 큰길 아래쪽 갈대밭으로 이어지며 점점 넓고 얕아졌고, 왼편으로는 더 좁고 깊은 시내를 이루어 물을 메올천으로 몰고 가다가 조금 지나 세번강과 합류했다. 시신은 아마도 오른쪽 조금 떨어진 곳에서 물에 빠져 방수로를 따라 이곳 둑 밑으로 밀려왔을 것이다. 그리고 모자는 반대편 길에서 접근 가능한 갈대밭에서 발견되었다. 캐드펠은 생각에 잠겼다. 워낙 작고 가벼운 물건이니 나뭇가지나 이런저런 잡동사니, 혹은 갈대 따위에 걸릴 때까지 물살에 따라 흘러갔을 거야. 그렇다면 무거운 흑단 지팡이는 어디로 갔을까? 그가 머리를 맞고 넘어질 때 손에서 빠져나갔든지, 아니면 그를 공격한 사람이 물속에 던져버렸을 텐데……. 만일 시체와 같은 방향으로 떠갔다면 좁아지는 수로 어딘가에 깊이 가라앉아 있을지도 모르겠군. 혹은 방수로의 물길 저 너머로 날아가 모자처럼 건너편 기슭으로 밀려갔을 수도……. 그래, 얕은 기슭을 따라 한 바퀴 돌면서 찾아본다고 손해 볼 건 없겠지.

그는 수로 위에 걸쳐진 작은 다리를 다시 건너와 방앗간을 돌아서 물가로 내려갔다. 세 채의 작은 집에 딸린 정원들이 거의 둑 가장자리까지 닿아 있는 터라, 이곳은 사실 길이라 부를 것도 없는 좁은 통로에 불과했다. 통로는 수면보다 높은 곳에서 잠시 이어지다가 점점 낮아지며 갈대밭이 시작되는 곳에 이르렀다. 그는 풀이 잔뜩 돋은 곳을 걸었다. 걸음을 내디딜 때마다 땅에서 물기가 솟았다. 방앗간 주인의 집, 이어 귀먹은 노파가 예쁘고 행실 나쁜 하녀와 함께 사는 집, 그리고 마지막 집을 지난 뒤 그는 약간 더 나아가 넓은 여울의 가장자리를 돌았다. 은빛 물결이 겨울 갈대들의 창백한 초록빛 사이에서 반짝였다. 나뭇잎이며 죽은 가지며 줄기들이 갈대들과 뒤엉킨 채 둥둥 떠 있어서 흑단 지팡이가 있는지 확인할 수가 없었다. 깨진 질그릇, 버려진 사금파리, 구멍 난 단지 등 수리도 할 수 없게 된 쓰레기들만 잘도 눈에 띄었다.

캐드펠은 큰길 아래 도랑에서 흐르는 물줄기를 밟으며 저수지의 넓은 쪽 끝으로 계속 돌아갔다. 곧 저수지 건너편에 자리한 세 채의 집 정원이 나왔다. 여기 어디쯤에서 소년들이 모자를 찾았다고 했지, 그는 생각했다. 하지만 지팡이는 없을 것 같은데. 만일 그게 방수로의 물길 너머로 던져졌다면 시신이 발견됐던 곳의 건너편, 즉 메올천으로 빠지는 수로의 이쪽 어딘가에서 발견되어야 해. 여전히 물이 넓게 퍼져 있긴 하지만, 어쨌든 중심부 너머에서 떨어진 물건은 이편으로 흘러오는 게 순리일 터였다.

그는 잠시 걸음을 멈추었다. 얼음이 녹은 진창 속을 돌아다니고 있자니 새삼 장화를 신고 와서 다행이라는 생각이 들었다. 그의 웨일스인 친구, '죽음의 뱃사공' 마독은 물과 물의 성질에 대해 모든 것을 알고 있는 사람이었다. 만일 그에게 사정을 얘기하면 어디서 그 물건을 찾을 수 있을지 정확하게 알려줄 것이다. 하지만 마독은 지금 여기 없고 시간을 아껴야 하니 일단은 혼자 힘으로 찾아야 했다. 흑단은 무겁고 단단하지만 그래도 나무이니 물에 뜨겠지. 수사슴 뿔로 된 손잡이의 무게 때문에 옆으로 누운 채 둥둥 떠가지는 않았을 테고, 어디에 꽂혔든 그 한쪽 끄트머리가 수면 위에 솟아 있을 거야. 생각건대 지팡이가 메올천이나 강까지 흘러가지는 않았을 것 같았다. 캐드펠은 계속해서 끈질기게 찾아다녔다. 저수지 이쪽에는 다져진 길이 나 있었다. 길이 질척이는 땅에서 점차 높아지다가 수면보다 조금 위쪽, 마른 땅으로 이어져 다행히 신발을 적시지 않고 걸을 수 있었다.

마침내 그는 건너편 방앗간과 나란한 지점에 이르렀다. 경사진 좁은 길을 계속 따라가자 곤두선 머리카락처럼 가지들을 도전적으로 내밀고 있는 버드나무 둥치가 마주 보였다. 바로 그 너머에 에일노스의 시신이 있었다. 밑이 깎인 둑에 코를 처박은 모습으로.

세 걸음을 더 가자 드디어 찾던 것이 눈에 띄었다. 저수지 가장자리에서 녹아내리는 얼음과 고개를 내민 풀잎들 사이로, 에일노스의 지팡이가 끄트머리만 겨우 나와 있었다. 그는 지팡이 끝을 조심스럽게 잡아 물에서 끌어냈다. 그것을 잘못 볼 수는 없었다. 그런 것이 세상에 둘일 리도 없었다. 끝에 쇠가 달리고 홈이 파인 뿔 손잡이, 은띠로 감긴 자루. 세월이 지나 그 은띠에 새겨졌던 돋을새김 무늬는 아주 매끈하게 닳아 있었다. 희생자의 손에서 떨어졌든 이후에 내던져졌든, 지팡이는 물줄기 이쪽 편에서 떠내려오다가 풀이 무성한 이곳에 걸린 것이다.

손잡이에서 물이 흘러 자루를 타고 내려갔다. 캐드펠은 지팡이 한가운데를 쥔 채 왔던 길을 되짚어 갈대가 무성한 여울을 돌아 방앗간으로 돌아갔다. 아직은 누구와도 이 전리품을 공유하고 싶지 않았다. 세심하게 살펴보고 지팡이가 말해주는 것을 모조리 알아내기 전까지는 휴라 해도 안 되었다. 대단한 무언가를 기대하는 건 아니었다. 다만 어떤 단서라도 자신의 손가락 사이를 빠져나가게 할 수 없었다. 그는 쪽문을 통해 서둘러 들어온 뒤 큰 마당을 가로질러 작업장으로 향했다. 전리품을 자세히 조사하려면 빛이 필요했기에 작업장 문은 활짝 열어두었다. 화로의 불쏘시개에도 불을 붙이고 작은 등잔까지 켰다.

옅은 갈색에 짙고 구불구불한 무늬, 적당한 무게감, 오랜 세월을 드러내는 반들반들한 광택. 약간 구부러진 손잡이는 손에 꼭 맞았다. 은으로 된 띠의 폭은 엄지손가락 길이쯤 되었고, 거기 새겨진 포도나무 잎사귀 무늬는 많이 닳아 있었으나 조심스레 물기를 닦아내고 등잔의 불꽃에 가까이 가져가자 노란빛을 받아 도드라진 부분들이 반짝였다. 은이 얇은 천처럼 닳은 터라 양쪽 가장자리가 여기저기 칼날처럼 날카롭게 일어나 있었다. 캐드펠은 띠를 닦다가 손가락을 긁힌 뒤에야 그 위험성을 실감했다.

지팡이는 막강한 무기였다. 에일노스 신부는 자기 집 벽에 대고 공놀이를 하던 성가신 개구쟁이들에게 이 무기를 휘두르는가 하면, 공부를 완벽하게 해내지 못한 운 나쁜 학생들의 어깨를 후려치고 갈비뼈를 찔러대기도 했다. 캐드펠은 고결한 사람들이 저지르는 죄에 고개를 내저으며 지팡이를 두 손으로 천천히 돌려보았다. 어느 순간 물방울이 반짝 빛을 내었다. 은 띠에서 손가락 한 마디쯤 내려간 자리였다. 급히 방향을 바꾸어 거꾸로 돌리자 반짝이는 물방울이 다시 나타났다. 조그만 물방울 하나가 은 띠에 낀 가느다란 머리카락에 매달려 있었다. 그는 손가락 끝으로 길고 흰 머리카락을 빼내기 시작했다. 띠의 날카로운 가장자리에 단단히 끼어 나오지 않을 때까지 죽 당겼다. 머리카락은 한 올이 아니었다. 두 번째 것이 첫 번째 것과 함께 끌려 나왔고, 이어 같은 자리에 작은 동그라미를 이루고 있는 세 번째 머리카락이 보였다.
  은 띠의 가장자리, 날카롭게 벌어진 틈에서 머리카락을 모두 빼내기까지는 약간의 시간이 걸렸다. 모두 다섯 올이었다. 짧게 끊긴 머리카락도 몇 개 엉킨 채 끌려 나왔다. 하나같이 가늘고 길었다. 그중 몇 올은 갈색이었고 몇 올은 은색으로 변해가고 있었는데, 수도사의 것이라 하기에는 너무 길었다. 남자의 것이라 하기도 힘들었다. 머리를 자르지 않고 되는대로 내버려두는 사람이 아니라면 이렇게 긴 머리카락을 가질 리 없었다. 피라든가 벗겨진 피부, 혹은 옷에서 뜯겨 나온 실이었다면 이미 물에 모두 씻겨 갔을 테지만 머리카락은 달랐다. 이것들은 닳아버린 금속에 꼭 낀 채 그대로 남아 있다가 마침내 증언할 기회를 얻은 것이다.
  캐드펠은 지팡이를 손으로 조심스럽게 쓸어보았다. 은 띠가 날카롭게 우그러진 부분, 귀중한 증거를 간직하고 있던 자리가 만져졌다. 폭력에 의해 뽑힌 다섯 올의 머리카락. 아마도 어떤 여자에게서 나온 것이리라.

*

  디오타가 문을 열어 방문객이 누구인지 확인했다. 문을 더 열고 상대를 들여야 할지, 아니면 문 앞에 붙잡아둔 채 이야기가 짧게 끝나도록 유도해야 할지 망설이는 눈치였다. 그녀의 얼굴은 신중하고 조용했으며, 인사도 마지못해 하는 것 같았다. 하지만 망설임은 잠시였다. 디오타가 고분고분 방 안으로 물러서자 캐드펠은 그녀를 따라 들어가 문을 닫았다. 이른 오후의 빛이 창을 통해 들어왔고, 진흙 난로 안에 피워진 불은 연기도 거의 없이 밝고 환하게 타고 있었다.

"해밋 부인," 어둑하고 따뜻한 공기 속에서 그녀와 약간의 거리를 두고 선 채 캐드펠이 입을 열었다. "부인과 할 얘기가 있어 왔소. 니니언 버카일리의 안전과도 관계가 있는 일이오. 당신이 그를 아끼고 있다는 건 내가 잘 알지. 이 말이 도움이 될지 모르겠지만, 그는 날 신뢰하고 있소. 그러니 당신도 나의 선의를 믿고 편히 앉아 이야기를 좀 들어보시오. 마음 깊은 곳의 애정 말고는 딱히 양심에 거리끼는 것도 없잖소. 하느님께서는 당신의 마음을 환히 알고 계시오. 내가 그리로 들어가는 열쇠를 얻기 전부터 그랬지."

그녀가 홱 몸을 돌렸다. 충격이나 두려움보다는 일종의 평정과 결심을 암시하는 몸짓이었다. 그녀는 전에 그가 왔을 때 새년이 앉아 있던 의자로 가서 앉았다. 허리를 꼿꼿이 세우고 팔꿈치를 양옆에 꼭 붙인 채, 발에는 잔뜩 힘을 주고 있었다.

"그가 어디 있는지 아십니까?" 그녀가 낮은 목소리로 물었다.

"난 모르오. 그가 말하려 했지만 말렸지. 하지만 안심해도 될 거요. 바로 어젯밤에 그와 얘기를 나눴는데 아주 잘 지내는 것 같았거든. 내가 하려는 얘기는 당신과 관련된 일이오. 크리스마스 전야에 있었던 일 말이오. 에일노스 신부가 죽고, 당신은…… 얼음 위에서 넘어졌지."

부인은 자신이 숨기고자 했던 일이 이미 드러나버렸음을 확신했다. 하지만 캐드펠도 세세한 정황은 알 수 없을 터였다. 그녀는 가만히 그의 얼굴을 응시하며 입을 다문 채 다음 말을 기다렸다.

"그래, 넘어졌소! 잊지 않으셨을 거요. 얼음 언 길에서 넘어져 문 앞 섬돌에 머리를 찧었다 하지 않았소? 그때 내가 그 상처를 치료했지. 그리고 어제 다시 보니 멍이 좀 남고 피부가 터졌던 곳에 흉터가 있긴 하지만 거의 나은 것 같더구먼. 자, 이제 내가 오늘 아침 저수지에서 뭘 발견했는지 들어보시오. 에일노스 신부의 지팡이요. 건너편 기슭으로 떠내려가 있었지. 한데 그 지팡이의 은 띠 부분, 닳아서 가장자리가 깔쭉깔쭉하고 날카롭게 일어나 있는 곳에 당신 것과 비슷한 긴 머리카락이 다섯 올 끼여 있었소. 부인의 머리카락은 상처를 치료하면서 자세히 봤었지. 여기저기 머리카락이 끊긴 자리도 보았고 말이오. 이제 그 자리에 맞춰볼 것들이 생긴 셈이오."

그녀는 두 손에 얼굴을 묻었다. 뺨과 관자놀이가 고된 노동으로 거칠어진 기다란 손가락들에 꽉 눌렸다.

"왜 얼굴을 가리는 거요?" 그가 부드럽게 말했다. "그건 당신의 죄가 아니잖소."

잠시 후 디오타가 고개를 들었다. 그 얼굴은 눈물 자국 없이 하얗게 질려 있었다.

"그 귀족 어른이 오셨을 때 전 여기 있었어요." 그녀가 천천히 입을 열었다. "그분을 두 번째 본 건데, 왜 왔는지 금방 알겠더군요. 그게 아니고서는 이 집에 올 다른 이유가 없었죠."

"그렇지! 그리고 그가 돌아간 뒤 신부는 당신을 몰아붙였을 거요. 반역에 가담했다고, 거짓말쟁이요 사기꾼이라고 욕설을 퍼부으면서…… 그의 성품에 대해서는 이미 잘 알고 있소. 자비롭게 대하기는커녕 변명이나 호소조차 들으려 하지 않았겠지. 그가 당신을 위협했소? 당신이 아끼는 아이를 먼저 박살 낸 다음 당신을 부끄러운 꼴로 내쫓겠다고 했소?"

그녀가 허리를 곧게 펴더니 위엄 있는 목소리로 말했다. "제 아이가 태어나자마자 죽은 뒤, 저는 도련님께 젖을 먹이며 그분을 키웠습니다. 상냥한 귀부인이셨던 그분 어머니는 병약하셨거든요. 도련님이 이곳에 왔을 땐 마치 죽은 친아들이 돌아온 것 같더군요. 그 사람, 제 주인이었던 그 신부가 제게 무슨 짓을 하든 제가 신경이라도 썼을 것 같습니까?"

"아니, 그럴 리 없지." 캐드펠이 말했다. "그날 밤 에일노스 신부를 따라 나갔을 때 당신은 온통 니니언 걱정뿐이었을 거요. 그래서 그를 만나 따지고 고발하러 간 신부를 어떻게든 막아보려 했던 것 아니오? 그래, 당신은 분명 그를 따라갔소. 그래서 그 지팡이의 은 띠에 당신 머리카락이 남은 거지. 당신은 그를 따라가 그에게 호소했고, 그는 당신을 때렸소. 지팡이를 거꾸로 쥐고 당신 머리를 때린 거요."

"전 그분께 매달렸어요." 그녀의 목소리는 내내 돌처럼 차분했다. "방앗간 옆 얼어붙은 풀밭에 무릎을 꿇고서 그분의 옷자락을 붙잡았죠. 호소하고, 간구하고, 제발 자비를 베풀어달라고 빌었어요. 하지만 그는 그럴 생각이 없었죠. 그래요, 그분이 저를 때렸어요. 그렇게 자길 붙들고 막아서는 제가 짜증스러워 참을 수 없었던 거예요. 이러다 날 죽일 수도 있겠구나 싶을 정도였죠. 계속 붙잡고 있으면 매질이 멈추지 않으리라는 생각이 들었어요. 그래서 옷을 놓고 일어나 어찌어찌 도망을 왔고…… 살아 있는 그분의 모습을 본 건 그게 마지막이었어요."

"혹시 거기서 다른 사람을 보거나 기척을 듣지는 못했소? 그는 혼자였소? 그가 아직 무사할 때 도망친 게 확실하오?"

"예, 아무도 못 봤어요." 그녀가 고개를 저으며 말을 이었다. "수도원 앞 대로에 이를 때까지 다른 사람은 전혀 없었습니다. 하지만 제가 뭘 제대로 보거나 들을 수 있는 상태는 아니었어요. 머리를 맞아 어지러운 데다 끔찍한 절망감에 사로잡혀 있었으니까요. 어느 순간 정신을 차려보니 이마에서 피가 흘러내리고 전 두려움에 떨면서 난롯가 바닥에 웅크리고 있었죠. 어떻게 집까지 왔는지…… 기억나는 거라곤 제 굴로 돌아가는 짐승처럼 마구 내달렸다는 것뿐이에요. 하지만 오는 길에 아무도 보지 못했던 건 확실해요. 만일 누굴 만났다면 정신을 다잡고 제정신인 사람처럼 걸으려고 애쓰면서 인사를 건넸을 테니까요. 어쩔 수 없는 상황에 몰리면 누구나 그렇게 하잖아요. 그리고…… 도망쳐 온 뒤의 일에 대해서는 더 이상 아무것도 모릅니다. 밤새도록 저는 두려움 속에서 그분이 돌아오기를 기다렸어요. 날 결코 용서하지 않겠지, 벌써 니니언에게 끔찍한 해를 끼쳤겠지 걱정하면서요. 그때 전 우리 둘 다 끝장이 났다고, 모든 게 끝났다고 확신하고 있었지요."

"하지만 신부는 돌아오지 않았지."

"네, 그랬죠. 머리를 씻고 지혈한 다음 절망에 빠져 기다렸지만 그분은 돌아오지 않았어요. 그렇다고 마음이 놓이진 않더라고요. 그저 그분에 대한 두려움이 걱정으로 바뀌었을 뿐이에요. 서리가 내린 밤에 밤새도록 바깥에서 하실 일이 뭐가 있겠어요? 만일 성으로 가서 경비병들을 불렀다 해도 그렇게 시간이 오래 걸리진 않을 거잖아요. 그런데 그분은 계속 돌아오지 않으셨어요. 집에서 잠도 못 자고 기다리며 제가 어떤 밤을 보냈을지 생각해 보세요."

"무엇보다 최악의 상황에 대한 두려움이 컸겠군." 캐드펠이 부드럽게 말했다. "당신이 도망쳐 온 뒤 그가 정말로 니니언을 만났다가 그의 손에 재난을 당했는지도 모른다고 생각했겠지."

"그래요." 그녀는 메마른 목소리로 속삭이듯 말하고는 몸을 떨었다. "그런 일이 없으리라 장담할 수 없었죠. 성질이 대단한 아이니 그분을 비난하고 조롱하고, 어쩌면 공격을 했을 수도 있으리라는 생각이 들었어요…… 정말 그럴 수도 있었죠. 하지만 고맙게도 그런 일은 없었어요!"

"그리고 아침에는? 당신은 그의 부재를 더 이상 숨길 수 없었고, 그렇다고 다른 사람들에게 모든 걸 털어놓을 수도 없었지. 그래서 교회로 온 거요."

"예, 그러고서 진실의 절반만 말씀드렸지요." 그녀는 고통스러운 듯 얼굴을 찡그리며 뒤틀린 미소를 지어 보였다. "달리 제가 뭘 할 수 있었겠어요?"

"그런 다음 우리가 신부를 찾으러 나간 사이 니니언과 전날 밤의 일에 대해 이야기를 나누었을 거요. 그는 자기가 방앗간을 떠난 이후 어떤 일이 있었는지 전혀 모른다고 했겠지. 당신은 당신이 했던 일을 들려주었을 테고. 그러나 신부의 죽음에 관한 진실을 알지 못하는 건 그나 당신이나 마찬가지였소."

"맞습니다. 수사님, 맹세하는데, 그때나 지금이나 전 아무것도 몰라요. 이제 절 어떻게 하실 생각이죠?"

"글쎄…… 뭐, 일단 당신은 라둘푸스 원장님께서 맡기신 일을 해야겠지. 여기서 지내며 다른 신부가 올 때까지 집을 잘 돌보시오. 교회가 당신을 이리로 데려왔으니 버림받는 일은 없을 거라는 그분 말씀을 믿으면 되오. 난 내가 아는 것들을 자유롭게 이용하되, 최대한 당신에게 해가 되지 않게끔 하겠소. 사실 지금보다 더 많은 것을 알아내기 전에는 이용할 수도 없지만…… 오늘 당신에게 들은 이야기가 한 걸음 더 나아가는 데 도움이 되기를 바랄 뿐이오. 어쨌든 걱정할 것 없소. 진실이란 밝혀지기 위해 존재하며, 그리로 가는 길은 반드시 있는 법이니까…… 그날 밤 에일노스 외에 그 방앗간에 간 사람은 모두 셋이었소." 캐드펠은 문간에서 멈춰 서서 말했다. "니니언이 첫 번째였고 당신이 두 번째였지. 아, 세 번째 사람이 누구였는지 정말 궁금하군!"

10

캐드펠이 작업장으로 돌아오고 30분쯤 지났을 때 휴가 그를 찾아왔다. 저녁기도 시간이 다가올 무렵 업무 때문에 원장을 만나러 오면 휴는 늘 캐드펠에게 들르곤 했다. 그와 함께 한 무더기의 습기와 차가운 공기와 바람이 작업장에 들이쳤다. 이제 독한 추위가 풀렸으니 이것들이 눈을 더 내리게 할 수도 있고, 아니면 무겁게 드리운 구름을 날려 보내 하늘을 깨끗하게 만들어줄 수도 있었다.

"원장님을 뵙고 왔어요." 휴가 벽 앞에 놓인 의자에 앉아 감사한 기분으로 화로에 발을 뻗었다. "내일 신부를 매장한다면서요. 컬릭이 구덩이를 얼마나 깊이 파났는지 몰라요. 2미터 깊이로 묻지 않으면 그 사람이 흙을 뚫고 나와 자기를 끌고 들어갈 거라 생각하는 모양이에요. 어쨌든 결국 신부는 복수를 하지 못한 채 무덤으로 들어가는군요. 누가 그를 죽였는지 전혀 알 수 없는 상태니 말입니다. 수사님은 처음부터 교구 사람들 전부 장님에 귀머거리에 벙어리 행세를 하리라 말씀하셨죠. 아닌 게 아니라, 크리스마스 전야에 교구민 전체가 다 사라졌던 게 아닐까 싶을 정도예요. 교회에 들른 것을 빼면 집 밖으로 나갔다는 사람이 하나도 없고, 나간 사람들도 길에서 다른 이를 전혀 못 봤다는 거예요. 그 시간에 드나든 사람들에 대해 의미 없는 말 한마디라도 듣고자 타지 사람까지 찾아가봤지만, 그 사람 말이라고 당최 믿을 수가 있어야지요. 그나저나, 수사님은 어떠셨어요?"

캐드펠은 디오타와 헤어진 후로 줄곧 같은 생각에 빠져 있던 터였다. 자신이 알아낸 것을 휴에게 감추기란 불가능하리라. 디오타에게도 신중하게 일을 해결하겠다 말했지, 비밀을 지키겠다 약속한 적은 없었다. 게다가, 헌신이라는 덫에 걸린 여자에게만큼이나 휴에게도 확실한 도움을 주어야 하지 않을까?

"넘칠 정도의 성과를 얻었지." 그는 건조시키려고 꺼내놓은 쟁반 위의 알약들을 치운 뒤 친구 옆에 가서 앉으며 우울하게 말을 꺼냈다. "자네가 오지 않았다면 내가 자네에게 갔을 거야. 어젯밤에 머릿속에 떠오른 물건이 있네. 사건 날 밤 에일노스가 가지고 있던 것, 하지만 다음 날 그의 시신을 찾아올 땐 보이지 않았고 나 또한 다시 찾으려는 생각도 안 했던 물건이지. 사실은 그런 게 두 가진데, 하나는 내가 찾아낸 게 아니라 어린 꼬마들한테서 얼었다네. 크리스마스 날 아침 아이들이 저수지가 꽁꽁 얼었으리라 생각하고 기대에 부풀어 갔다가 그걸 발견했다더군. 잠깐 기다리게. 둘 다 가져올 테니. 보면서 얘기하세."

그는 모자와 지팡이를 가져와 등잔을 가까이 당겼다. 아주 많은 의미가 담겨 있는, 어쩌면 반대로 아무 의미가 없을지 모를 세세한 부분까지 자세히 보여주려는 생각에서였다.

"이 모자는 아이들이 여울의 갈대밭에서 찾은 것이라네. 한쪽 이음매의 실이 풀린 게 보이지? 주위에 두른 끈도 한쪽이 뜯어졌고. 그리고 이 지팡이를 좀 보게. 이건 오늘 아침에야 발견했다네. 에일노스의 시체가 나온 자리 건너편에 있더군." 그는 니니언에 대한 것만 빼고 모든 정황을 자세히 들려주었다. 하지만 아마 결국은 니니언 얘기도 해야만 하리라. "은 띠가 닳아서 아주 얇아져 있지? 가장자리가 찌그러질 정도로 말이야. 바로 여기 갈라진 곳에서……" 그는 면도날처럼 날카롭게 일어난 지점을 손끝으로 가리켰다. "이것들을 꺼냈다네!"

그는 씨를 고를 때 쓰는 점토 접시에 기름을 살짝 묻힌 뒤 그 위에 머리카락들을 붙여둔 터였다. 우연찮게 바람이라도 불어와 날려 갈까 봐 취한 조치였다. 등잔의 노란 불빛에 머리카락들이 선명하게 드러났다. 캐드펠은 그중 끊기지 않은 한 가닥을 집어냈다.

"금속 가장자리에 이렇게 금이 가 있으면 떨어진 머리카락이야 어디서든 낄 수 있겠죠." 휴가 의구심 어린 목소리로 중얼거렸다.

"그렇지. 하지만 이건 다섯 가닥이나 돼. 못된 매질에 걸린 것들이지. 자, 좀 보게. 어떤가?"

휴가 반짝이는 머리카락들을 한 손가락으로 이리저리 움직여 보았다. "여자 머리카락이군요. 젊은 사람 건 아니고요."

"이미 알고 있는지 모르겠네만, 이 복잡한 일에 관련된 여자는 둘밖에 없어. 그중 한 사람은 아직 젊고 앞으로도 여러 해 동안은 머리가 세지 않을 테지."

"그냥 전부 말씀해주시는 게 좋을 것 같은데요." 휴가 고개를 들더니 희미한 미소를 지어 보였다. "수사님은 줄곧 이곳에 계셨지만, 전 뒤늦게 도착한 데다 이 사건에 혼란을 가중할 다른 문제까지 떠안고 왔잖아요. 그 버카일러라는 젊은이가 제 양심을 괴롭히지 않는 이상, 저로선 그가 글로스터로 도망가 황후를 위해 싸우겠다는 걸 막을 생각이 없습니다. 다만 무슨 수를 써서라도 내일 에일노스와 함께 살인이라는 추악한 사건을 묻어버리고 싶을 뿐이에요. 시내와 교구의 주민들이 평온한 마음으로 나날의 일을 이어가고 새 교구신부, 가능하면 함께 지내기 수월한 신부가 큰 문제 없이 여기 들어올 수 있도록 하는 것, 그게 제 유일한 관심사죠. 보아하니 이 머리카락들의 주인은 디오타 해밋 부인인 것 같은데…… 그분을 밝은 곳에서 본 적이 없어 색깔이 정확한지는 모르겠지만요. 하지만 이마에 든 멍은 충분히 잘 보았죠. 미끄러운 계단에서 넘어졌다…… 전 그렇게 들었고 그녀도 그렇게 말했습니다. 그렇지만 수사님은 그녀가 아주 다른 방식으로 상처를 입었다고 생각하시는 것 같네요."

"그 여자는 그날 밤 방앗간 옆에서 다쳤네." 캐드펠이 말했다. "절망에 빠져 신부를 쫓아갔다가 지팡이에 맞았지. 부인은 그 청년을 꾸짖지 말라고, 병사들을 불러다가 그를 잡아 감옥에 집어넣게 하지 말라고, 그가 속였던 것을 그냥 모르는 척 덮어달라고 호소하기 위해 신부를 쫓아갔어. 그녀는 니니언의 유모였거든. 니니언을 위해서라면 뭐든지 할 사람이라네. 그렇게 간청하며 에일노스 신부의 옷자락을 놓지 않자, 그가 지팡이를 거꾸로 들어 머리를 후려친 거야. 만일 부인이 그때 옷을 놓고 황급히 일어나 죽기 살기로 집을 향해 내달리지 않았다면 아마 더 맞았을 걸세."

그는 디오타에게서 들은 이야기를 전부 들려주었다. 휴는 심각한 얼굴로 듣고 있었지만 눈가에는 내내 미소가 머물러 있었다. "그분의 말을 믿으시는군요." 마침내 그가 입을 열었다. 이는 질문이 아니었다. 더하여 그 자신의 생각이기도 했다.

"믿네. 전적으로 믿지."

"그리고 그분은 다른 누군가를 지목하게 만들 만한 내용을 덧붙이지 않았죠. 설사 그런 게 있다 해도 과연 얘기를 할까요?" 휴가 말했다. "그분 역시 다른 교구 주민들과 비슷한 생각일 겁니다. 입을 다무는 편을 택할 거예요."

"그럴지도 모르지. 아니라고 할 수는 없네. 하지만 어찌 됐건 부인도 그 이상은 모르는 것 같았어. 완전히 겁에 질려 넋을 잃은 상태로 도망쳤거든. 그녀에게서는 더 알아낼 게 없을 거야."

"수사님이 아끼는 그 베넷이라는 청년한테서도 들을 게 없을까요?" 휴가 짓궂게 묻더니 캐드펠이 짐짓 화난 표정으로 날카로운 눈길을 던지자 크게 웃었다. "아, 이러지 마세요. 기퍼드가 고발했을 때 그를 도와 도망치게 한 사람이 수사님이 아니라는 건 정말로 믿으니까요. 다른 누군가 먼저 나서서 그 수고를 덜어주었던 거죠. 그래도 수색을 돕는 양 우리를 이끌고 정원으로 들어왔을 때 수사님은 이미 그가 도망쳤다는 사실을 알고 계셨어요. 그 직전에 그가 여기 있는 것도 보셨고요. 수사님은 늘 특별한 방식으로 특별한 사실들을 알아내시죠. 자, 말씀해보세요. 곤란한 처지에 놓인 젊은이의 사정을 알고 그의 신임을 얻은 게 언제였죠? 물론 그가 먼저 수사님께 마음을 열었겠지요." 이어 그가 덧붙였다. "지금 이 순간에도 그가 어디 있는지 수사님은 아실 겁니다. 하지만 전 묻지 않겠어요!"

"아니." 이렇게 대답할 수 있다는 사실에 아주 만족스러워하며 캐드펠이 말했다. "난 모른다네. 그러니 물어봐도 돼. 어차피 대답할 수 없으니까."

"그 얘기를 듣지 않으려고 꽤 애를 쓰셨군요." 휴가 싱긋 웃었다. "좋아요. 전에도 말씀드렸지만 우연히 그 친구를 보시더라도 제 눈에는 띄지 않게 해주세요. 사실 저 또한 그를 보고도 못 본 체할 수 있지만요. 이 문제만 잘 해결된다면 말입니다."

"그에 대해서는 그 친구도 자네와 같은 생각이야." 캐드펠이 솔직하게 털어놓았다. "모든 게 밝혀지고 해밋 부인이 안전한 걸 확인할 때까지는 그도 움직이지 않을 걸세. 글로스터에 가서 성실하게 봉사하기를 몹시 원하지만, 부인이 어려움에 처해 있는 한 이곳을 떠날 수 없다고 하더군. 그녀가 그를 위해 어떤 위험을 감수했었는지 생각하면 당연한 일이지. 하지만 일단 이 일이 마무리되면 그는 자네의 영토 밖으로 나갈 걸세. 게다가 그는 혼자가 아니야!" 호기심 어린 휴의 시선을 마주하며 캐드펠이 만족스러운 얼굴로 말을 이었다. "혹시 내가 아는 것 중 자네가 모르는 게 아직 남았을까?"

휴는 이마를 찌푸린 채 잠시 생각에 잠겼다. "기퍼드가 그 젊은이와 함께 가는 건 아니겠죠. 그건 확실해요! 그렇게 빨리 마음을 바꿀 리 없으니까요. 이 일에 두 여자가 관련되어 있다고 하셨죠? 한 여자는 젊다고요…… 그렇다면 그 젊은 모험자가 이곳에서 신붓감을 발견했단 말씀입니까? 벌써요? 앙주에서 온 젊은 이들은 참 부지런도 하군요!" 생각에 골몰하여 점토 접시의 가장자리를 톡톡 치며 그가 말을 이었다. "그는 수도원에 자리를 잡았습니다. 여자들이 있을 리 없는 곳이죠. 그리고 수사님이 그가 해야 할 만큼의 일은 시키셨을 테니 시내 여자들을 쫓아다닐 기회도 거의 없었을 거예요. 게다가 제가 아는 한 그는 이 지역의 다른 귀족들에게는 접근하지 않았습니다. 결국 기퍼드 집의 사람들만 남는군요. 그 집에서는 니니언의 임무가 큰 비밀이 아니었을 거예요. 그리고 그곳엔 아주 상냥한 젊은 여자가 있지요. 황후 측 신하의 딸로, 워낙 대담하고 단호해 제 의부와는 다른 선택을 할 만한 사람이에요. 그런 여자라면 순수한 호기심에서 저 모험적인 협객을 만나보고자 왔었을 겁니다. 바다를 건너와 숨어 다니다가 이제 자유와 생명이 위태로워진 사람을요. 새년 베르니에르…… 그가 정말 그 여자를 데려가려고 하는 겁니까?"

"그래, 하지만 결정을 내린 건 그녀였을 거야. 그들은 여기서 조금 떨어진 곳에 말을 숨겨두고 있네. 게다가 새년은 어머니에게 물려받은 보석들도 지니고 있지. 아마 어렵잖게 가지고 갈 수 있을 거야. 그에게 단검도 미련해줬을 테고…… 그가 무기도 말도 없이 초라한 꼴로 황후나 글로스터의 로버트 앞에 나아가게 하진 않을 걸세."

"그 두 사람, 정말 진지한 겁니까?" 자신이라면 그런 경우 어떻게 했을지 생각하는 듯 휴가 이맛살을 찌푸리며 물었다.

"둘 다 진심이라네. 기퍼드도 별로 개의치 않겠지. 지금까지 의붓딸에 대한 의무를 꽤나 성실히 수행해온 건 사실이지만, 어쨌든 그러면 지참금을 안 주어도 되잖나. 그는 이미 잃은 게 많은 사람이야. 아들 몫이 커진다는 생각에 오히려 반가워할지도 모르지."

"그러면 그녀는 대체 뭘 얻는 거죠?"

"자신의 길을 갈 수 있게 되지. 자기가 진정 원하는 것, 스스로 선택한 니니언이라는 남자를 얻는 거야. 아마 손해 보는 일은 아닐 걸세."

휴는 말없이 생각에 잠겼다. 그런 탈주를 허용하는 일이 과연 옳은지 그른지 따져보는 걸까? 그게 아니면, 얼라인을 쫓아다니던 시절 자신의 마음이 어땠는지 되짚어보고 있는지도 몰랐다. 그리 오래전 일도 아니었다. 잠시 후, 그의 이마가 펴지는가 싶더니 검은 눈이 짓궂은 기색을 띠며 반짝이고 입 한쪽 끝이 실룩였다. 캐드펠을 주시하는 은근한 눈 위에서 속내를 잘 드러내는 눈썹 한쪽이 쓱 올라갔다.

"제가 마음만 먹으면 여기 큰 마당을 건너는 것만큼이나 쉽게 탈주를 저지할 수 있겠군요. 그 청년이 숨어 있던 곳에서 튀어나와 제 품으로 뛰어들게 만들 수도 있겠고요. 그냥 해밋 부인을 체포하기만 하면 되잖아요. 아니, 체포하려 한다는 소문만 퍼뜨려도 되겠죠. 그러면 그는 그녀를 보호하려고 달려올 겁니다. 부인을 살인죄로 고발하기라도 하면 그 혐의를 풀어주고자 자기가 하지도 않은 짓을 했다고 고백할지도 모르죠."

"그렇게 할 수도 있겠지." 캐드펠은 고개를 끄덕이면서도 그다지 걱정하지 않는 표정으로 그를 바라보았다. "하지만 자넨 안 할 거야. 그날 해밋 부인이 에일노스에게 손을 대지 않았다는 걸 나만큼이나 확신하고 있잖나. 자네 성격에 생각과 반대되는 행동을 하지는 않겠지."

"하지만 비슷한 술책을 쓸 수는 있죠." 휴가 빙글거리며 말을 이었다. "또 다른 누군가를 희생자 삼아서 말이지요. 그래서 에일노스를 익사시킨 자가 수사님의 그 청년처럼 정직하고 용감하게 나서는지 보는 거예요. 사실 제가 오늘 여기 온 건, 수사님이 아직 듣지 못했을 소식이 하나 있어서예요. 에일노스의 신자 중 한 사람에 관한 건데…… 잠시 화를 입어도 크게 나쁠 것이 없는 사람이죠. 누가 알겠어요? 성미가 불같아 가볍게 살인을 저지르고도 다른 무고한 이가 그 죄를 덮어쓴 채 교수형 당하는 꼴을 구경만 하고 있지는 못하는 사람이 많습니다. 한번 시도해볼 만하지 않습니까? 살인자를 잡기 위해서는요. 실패한다 해도 미끼가 됐던 사람이 지속적인 해를 입지는 않을 거예요."

"나라면 개한테도 그런 짓은 않겠네!" 캐드펠이 말했다.

"저라도 안 해요. 개는 훌륭한 짐승이니까요. 정정당당하게 싸우고, 원한을 품지도 않지요. 누군가를 공격하고 싶으면 목격자들이 있든 말든 환한 대낮에 공개적으로 합니다. 사실 전 어떤 사람들에 대해서는 양심의 가책을 별로 느끼지 않아요. 그 사람은…… 그래요, 그렇게 나쁜 인간은 아닙니다. 하지만 그를 겁줘서 해가 될 건 없다고 봅니다. 그의 가엾은 아내에게는 오히려 그게 아주 좋은 기회로 작용할 수도 있고요."

"무슨 말인지 모르겠군."

"알아듣게 말씀드리지요! 오늘 아침에 앨런 허바드가 우연히 마주친 한 남자를 데려왔어요. 어월드의 시골 친척인데, 이곳에 사는 가족들과 크리스마스를 보내려고 왔답니다. 직업은 양치기래요. 마침 게이 초원 너머에 우리에 넣어둔 어월드의 암양 두 마리 중 한 마리가 곧 새끼를 낳을 것 같아서 그가 크리스마스 날 새벽기도가 끝난 뒤 거기 다녀왔다더군요. 무사히 새끼를 받고 다른 양들을 살핀 뒤 막 동이 틀 무렵 게이 초원에서 올라와 수도원 앞 대로를 따라 걷던 그가 누구를 봤는지 아십니까? 바로 조던 어커드예요. 막 잠에서 깼는지 머리는 헝클어지고 눈도 제대로 못 뜬 채 방앗간 앞길을 살금살금 올라와 집으로 가더랍니다. 그 시간에 남의 눈에 띄리라고는 상상도 못 했겠지요. 하지만 그 양치기가 우연히 이곳에서 얼굴을 익힌 주민들 중 그 빵장수가 있었던 거예요. 전날 빵 가게에서 사촌 집에 가져갈 빵을 받아 오느라 얼굴을 봤던 거죠. 그가 아무 생각 없이 이런저런 말을 늘어놓던 중 이 얘기가 나왔답니다. 조던의 평판을 듣고는 악의 없는 농담 삼아 그가 남의 침대에서 나와 집으로 가더라는 얘기를 해버린 거예요."

"그 사람이 방앗간 앞길에서 나왔다고?" 캐드펠이 물었다.

"예, 그날 밤 여러 사람이 그 길을 지나갔던 모양입니다."

"니니언이 첫 번째였어." 캐드펠이 천천히 말을 이었다. "그 얘기는 일부러 빼놓았네만 결국 다 말해야겠군. 그는 거기 일찍 갔었네. 기퍼드가 올지도 모른다고 생각했기 때문이지. 그러다 에일노스가 맹렬하게 달려오는 것을 보고 재빨리 그 자리를 떠났지. 이후 아침이 되어 해밋 부인이 수도원에 와서 신부가 없어졌다고 알릴 때까지 그는 그 일에 대해 더 이상 아는 것이 없었어. 그다음, 디오타 부인이 거기 있었다는 건 이미 말했고…… 세 번째 사람이 있었다는 건 틀림없네. 하지만 그게 조던이라……? 동이 트자마자 비척거리며 집으로 갔다? 그 사람이 그토록 오래 원한을 품고 지낼 사람 같나? 나로서는 믿기 힘들군. 몸집만 컸지 버릇없는 애나 다름없는 사람 아닌가."

"제 생각도 그렇습니다. 하지만 그가 거기 있었다는 건 분명한 사실이에요. 밤샘 기도 이후 크리스마스 날 동틀 무렵 누가 밖에 나와 있었겠습니까? 아픈 암양 때문에 걱정하던 양치기를 제외하면요! 조던으로서는 정말 운 나쁜 일이었죠. 게다가 증거가 더 있습니다. 조던이 화덕 옆에서 바쁘게 일할 때 제가 그의 아내와 은밀히 얘기를 나눠봤거든요. 그의 행적에 대해 우리가 아는 바를 알려주고 그가 그날 오전 어디 있었는지 밝혀졌다는 사실을 이해시켰죠. 그 여자는 금세라도 무너질 것 같더군요. 꼭 열매가 지나치게 많이 달린 가지처럼 말입니다. 그녀가 아이를 몇이나 낳았는지 아세요? 열하나예요. 그중 둘만 살아 있지요. 그 사람이 집에서 밤을 보낸 적이 거의 없다는 걸 고려하면 어떻게 그렇게 많이 낳았는지도 참 모를 일이에요. 고생을 하고 고통을 겪어서 그렇지 얼굴이 못난 여자는 아니에요. 그리고 아직도 남편에게 애정을 품고 있더라고요!"

"그래서, 이번에는 그 사람 아내가 진실을 얘기하던가?" 휴의 마지막 말에 놀라움을 느끼며 캐드펠이 물었다.

"예. 남편에게 애정과 두려움을 느끼고 있었지만, 그래도 진실을 말해주었어요. 밤새 나가 있었다고 하더군요. 처음 있는 일도 아니라면서요. 하지만 그는 아무도 죽이지 않았을 거래요. 그에 대해서만큼은 끝까지 강경했죠. 그 사람은 파리 한 마리도 못 죽인다나요. 그런 남자가 불쌍한 제 아내에게는 못된 짓을 일삼다니! 그녀가 알기로 조던은 최근 가까이 지내던 어느 예쁜 여자와 잤을 뿐이랍니다. 방앗간 주인 옆집에 사는 노파네 하녀 아시죠? 행실이 좋지 않은 그 젊은 여자 말입니다."

"아, 그게 훨씬 더 있을 법한 얘기지." 이제야 상황을 깨닫게 된 캐드펠이 말했다. "그건 사실일 거야! 내가 에일노스를 찾아 다니다가 그 젊은 하녀랑 얘기를 나눴거든." 캐드펠은 그때 일을 상기했다. 길게 늘어뜨린 짙은 갈색 머리에 대담하고 호기심 많은 눈을 가진 열여덟쯤 되는 예쁜 여자가 이렇게 말했었다. "지난밤에는 아무도 이곳에 오지 않았어요. 뭐 하러 여기까지 오겠어요?" 물론 의도적인 거짓말은 아니리라. 그저 어둠 속에서 은밀하게 방앗간에 왔던 방문객들 중 자신의 연인이 포함되리라고는 생각하지 못했던 것이다. 그의 볼일에 대해서는 이미 알고 있었으니까. 죄가 아니라 할 수는 없으나, 그녀에겐 지극히 자연스럽고 무해한 일이었다. 그 하녀는 자신이 이해하는 그대로 얘기했을 뿐이다.

"아마 조던 얘기는 안 했겠죠? 하긴, 왜 했겠습니까? 그의 행적에 대해서야 누구보다 잘 알지만 수사님의 질문은 그런 일에 대한 것이 아니었으니까요. 아, 물론 저 역시 그녀에게 악감정은 없습니다. 하지만 그녀도 모든 것을 알지는 못해요. 그가 정확히 언제 왔다가 언제 갔는지도 모를 테지요. 그저 날이 밝을 무렵에 갔다는 정도나 말할 수 있을까…… 아니면 미리 약속한 대로 귀먹은 노파의 집 앞에 가서 문을 열어달라고 속삭이기 전에 벌써 사람을 죽였을 수도 있고요."

"그랬을 것 같지는 않은데." 캐드펠이 말했다.

"제 생각도 마찬가집니다. 하지만 그 사람을 두고 얼마나 그럴듯한 상황을 만들어낼 수 있는지 생각해보세요! 그의 아내는 이미 그가 거기 갔었다는 사실을 인정했습니다. 양치기는 그가 거기서 돌아오는 모습을 목격했고요. 에일노스 신부도 같은 길을 갔었다는 건 모두가 아는 사실이죠. 해밋 부인이 도망간 뒤에도 에일노스는 먹잇감을 기다리며 거기 있었잖습니까. 그러다 자기 교구민 중 한 사람을 봤다면 어떻게 했을까요? 자신과 다투었던 남자, 자신이 이미 그 평판을 알고 있는 남자가 남의 집 문 앞에서 은밀히 누군가를 부르고 또 젊은 여자가 그에게 문을 열어주는 것을 봤다면요? 그의 코는 귀신같이 죄인의 냄새를 맡죠. 아마 거기 온 목적도 잊은 채 그 자리에서 발견한 죄인을 향해 달려들었을 겁니다. 노파는 완전히 귀가 먹었어요. 그 젊은 하녀에 대해 말하자면, 싸움을 목격하고 결말까지 봤다 하더라도 그에 대해서는 입을 다물었을 테고요. 그렇게 신부는 흥분한 토끼를 몰아대다가 끔찍한 변을 당하고 저수지에서 발견된 것이지요."

"에일노스의 머리에 가해진 타격은 뒤에서 힘껏 내리친 걸세." 캐드펠이 기억을 되살리며 말을 이었다. "싸웠다면 서로 마주 보앉을 텐데."

"그러다 옆으로 돌아섰을지도 모르고, 무의식중에 잠시 등을 돌렸을 수도 있어요. 그 상처가 어떤 모양으로 났는지는 수사님도 알고 저도 압니다. 하지만 일반 사람들이 알까요?"

"자네, 정말로 그 일을 벌일 생각인가?" 캐드펠이 놀라 물었다.

"예, 그것도 아주 공개적으로 할 생각입니다. 내일 아침 에일노스의 장례식에서 말이죠. 그를 가장 미워했던 사람들도 그가 정말 땅에 묻히는지 확인하러 올 거예요. 그보다 더 좋은 기회가 어디 있겠어요? 계획이 성공할 경우 우리는 답을 찾게 되고, 소동이 일단락되면 주민들도 평화를 되찾겠지요. 만일 일이 어긋나더라도 조던이 겁에 질린 채 평소보다 딱딱한 침대에서 며칠 밤을 보내는 정도로 끝날 테고요." 이어 휴가 심술궂게 덧붙였다. "그리고 나면 제 집 침대가 세상에서 가장 안전한 곳이라는 사실을 깨닫게 될지도 모르죠."

"만일 그를 구하기 위해 자신의 범죄를 고백하고 나서는 사람이 아무도 없으면 어떻게 할 작정인가?" 캐드펠이 물었다. "게다가 방금 자네가 상상으로 만들어낸 그 일이 사실이라면, 그러니까 조던이 진짜 범인이라면 그땐 어쩔 건가? 그가 태연하게 모든 것을 부인하고 그 여자가 유리한 증언을 해주면 자네로선 아무 성과 없이 미끼만 낭비한 셈이 되는데."

"이런, 수사님도 조던을 잘 아시잖아요." 휴는 조금도 망설이지 않고 대꾸했다. "덩치 크고 힘이 좋지만 배짱은 없는 사람이에요. 게다가 만일 그가 범인이라면, 처음 고발을 당할 때야 한껏 큰 소리로 그 사실을 부인하겠지만 돌 위에서 이틀쯤 보낸 뒤에 모든 걸 털어놓을걸요. 그저 자신을 방어하려고만 했다, 단순한 사고였는데 신부를 물에서 끌어낼 수가 없었다, 그와 자신의 사이가 나쁘다는 걸 모두가 알고 있으니 당최 겁이 나서 말을 할 수가 없었다, 뭐 이런 식으로요. 며칠 감옥 생활을 한다고 그에게 해가 될 건 없을 겁니다. 만일 오래 두어도 계속 완고하게 버틴다면……" 자리에서 일어서며 휴가 말을 맺었다. "풀어줘도 괜찮은 거죠. 교구 사람들도 그렇게 생각할 거고요."

"자네 참 교활하구먼." 비난인지 칭찬인지 모를 어조로 캐드펠이 말했다. "내가 왜 이런 얘길 가만 듣고 있는지 모르겠군."

휴가 문간에서 고개를 돌려 어깨 너머로 흘끗 그를 바라보았다. 그 눈이 번쩍 빛났다. "우린 동류니까요." 이어 그는 자갈이 깔린 길을 성큼성큼 걸어서 점점 짙어지는 어스름 속으로 사라졌다.

*

저녁기도 때의 성가는 참회의 엄숙함을 띠었고, 저녁 식사 후 총회실에서 열린 강독회에서도 장례의 분위기가 짙게 묻어났다. 에일노스 신부의 그림자가 한 해의 죽음 위에 드리워 있었으니, 1142년은 장례식이 끝나고 무덤이 메워진 뒤에야 올 것만 같았다. 교회력에 따르면 다음 날은 성탄절로부터 여드레째 되는 날, 즉 주님의 할례를 축하하는 날이었으나, 교구 주민들에게는 악마를 달래고 떨쳐내는 의식이 치러지는 날이었다. 신부의 죽음과 함께 시작되는 새해라니, 누구에게든 썩 즐거운 출발은 아니리라.

"내일 교구 미사가 끝난 뒤 에일노스 신부의 장례식이 치러질 거요." 마지막 기도 전, 30여 분의 행복한 휴식을 위해 보온실로 향하는 수사들에게 로버트 부원장이 말했다. "내가 의식을 주관하되 강론은 원장님께서 하실 예정이오. 원장님이 그러기를 원하시더군." 늘 잘 조절된 어조로 직설적인 이야기를 늘어놓는 부원장의 목소리가 오늘따라 다소 모호하게 들렸다. 원장의 결정을 죽은 자에 대한 진심 어린 경의로 보아야 할지, 아니면 자신의 웅변 기회를 빼앗는 행위로 여겨 유감스럽게 보아야 할지 확신이 서지 않는 눈치였다. "기도와 찬송은 죽은 자들을 위한 의식에 따를 거요."

즉 기도가 길어질 테니 분별 있는 수사들이라면 마지막 기도를 마친 뒤 곧장 잠자리에 드는 편이 현명하리라는 뜻이었다. 캐드펠은 이미 화로가 천천히 타도록 뗏장을 덮어두고 온 터였다. 새벽에 닥칠 추위에 대비하여 고약과 내복약 들을 얼지 않게 보관하고 병들도 터지지 않게끔 간수해두었다. 하지만 얼음이 얼 만큼 추운 날씨는 아니었다. 바람 없는 하늘에 엷게 구름이 드리운 것으로 보아 이날 밤은 비교적 편안하게 지낼 수 있을 것이었다.

그는 감사한 마음으로 형제들과 함께 보온실로 가 자리를 잡고는 즐겁게 빈둥거리며 휴식 시간을 보냈다.

이 시간에는 말수가 적은 사람들도 느긋해져 말문이 열렸고, 부원장 역시 어느 정도의 수다는 눈감아주었다. 오늘 밤 그들 대화의 주제는 자연스레 에일노스 신부의 짧은 통치와 끔찍한 죽음, 그리고 내일 있을 그의 장례식으로 이어졌다.

"그러니까 원장님께서 직접 추도사를 하신다는 거죠?" 안젤름 수사가 캐드펠의 귀에 대고 말했다. "그러면 들을 만하겠네요." 안젤름 수사는 신성한 의식에서의 음악을 총괄하는 사람이었다. 그는 말이라는 것을 그리 높이 치지 않았으나, 그 힘과 영향력만은 인정하고 있었다. "전 원장님께서 모든 의례를 부원장께 맡기실 줄 알았어요. 죽은 자에 대해서는 좋은 얘기만 하라는 말도 있으니…… 혹시 처음 그 사람을 여기 데려온 것에 대한 책임감을 느끼고 나서신 걸까요?"

"그런 이유도 없지 않겠지요." 캐드펠이 고개를 끄덕였다. "하지만 내 보기엔 진실을 밝히는 게 좋겠다고 생각하신 것 같군요. 부원장님이야 그저 칭찬만 늘어놓을 테니까…… 원장님은 모든 걸 분명하게 밝히고 솔직하게 말씀하시려는 생각인 겁니다."

"쉬운 일이 아닐 거예요." 안젤름이 말을 이었다. "제 추도사를 듣고자 원하는 이가 하나도 없으니 저로선 참 다행스러울 정도예요. 그나저나, 그의 후임자가 누가 될지에 대해 아직 아무런 얘기가 없군요. 주민들은 자기들이 잘 아는 사람이 와주기를 간절히 바라고 있어요. 라틴어를 알든 모르든, 그런 건 상관도 않더 군요. 이 지역 사람이고 그들을 아는 사람이라면 누구라도 환영받을 겁니다. 어쨌든 잘 아는 악마는 다룰 수 있잖아요."

"그보다 나은 사람을 기대한다고 해서 나쁠 것은 없지요." 한숨을 쉬며 캐드펠이 말했다. "아주 평범한 사람, 천사들보다 낮고 자신의 결점을 잘 아는 사람이라면 이곳 교구에 잘 어울릴 겁니다. 다만 지난 몇 주를 낭비한 게 안타까울 뿐이에요."

커다란 돌난로 안에서 활활 타던 통나무가 하얀 재로 변하며 내려앉았다. 땔감은 저녁을 춥지 않게 보낼 수 있을 정도로만 채워져 있어서 마지막 기도의 종이 울릴 즈음이면 불기 없이 완전히 꺼지곤 했다. 어느새 낮 동안 추위와 바깥일로 얼어 있던 얼굴들이 발그레하니 만족스럽게 누그러졌고, 튼 손들도 캐드펠이 나누어준 연고 덕에 부드러움을 되찾았다. 친한 이들끼리 모여 앉은 무리 사이에서 예의 바르게 낮춘 목소리들이 벌통에서 들릴 법한 만족스러운 웅웅거림 속으로 섞여 들었다. 몇몇 젊고 건강한 수사들은 대부분의 시간을 바깥에서 보낸 뒤 쏟아지는 졸음을 쫓느라 애쓰고 있었다. 내일 아침기도가 길고 우울할 테니 오늘 마지막 기도는 짧게 마무리될 것이었다.

"내일이면 새해군요." 진료소를 지키는 에드먼드 수사가 말했다. "새로운 시작이고요."

누군가가 "아멘!"이라 중얼거렸다. 습관에서 나온 것인지 아니면 강한 믿음에서 나온 것인지 알 수 없었으나, 그 말에 캐드펠은 온몸이 굳어버렸다. '아멘'이라…… 결말에, 해결에, 평화에 어울리는 말이지. 그러나 아직 그들은 그 어느 것에도 가까이 가지 못한 터였다.

*

 침소의 좁은 칸막이 방에 놓인 캐드펠의 침대에서 서쪽으로 2킬로미터도 채 떨어지지 않은 곳, 니니언은 건초가 잔뜩 쌓인 다락에 누워 새넌이 가져다준 외투를 두른 채 뒹굴고 있었다. 새넌은 의부가 세인트채드 교회에서 저녁기도를 마치고 돌아오기 전에 망아지를 마구간에 돌려놓느라 이미 두 시간 전에 떠나고 없었지만, 기운을 북돋는 그녀의 온기는 아직 그의 품안에 남아 있었다. 밤에 혼자 다니지 말라고 몇 번이나 간곡히 부탁했는데도 그녀에겐 도무지 먹혀들지 않았다. 정말이지 두려움을 모르는 채 태어난 사람, 하고 싶은 일은 어떻게든 하고야 마는 여자였다. 숲 가장자리에 있는 이 외양간은 기퍼드 집안의 소유였다. 하지만 숲을 감싸며 펼쳐진 목초지를 따라 소를 먹이고 돌보는 이는 새넌의 친아버지 집에서 일하던 늙은 머슴으로, 자신의 젊은 주인을 위해서라면 무엇이든 할 헌신적인 사람이었다. 그녀가 사서 이곳에 데려온 두 마리의 훌륭한 말은 그에게 커다란 기쁨이었으며, 새넌의 계획을 알고 있다는 사실 또한 죽는 날까지 그의 자랑이자 기쁨으로 남을 것이었다.

그녀는 여기 와서 니니언과 함께 외투를 두른 채 서로를 안고 다락에서 뒹굴곤 했다. 그러나 이는 육체의 즐거움이 아니라 생존과 위안을 위한 것이었다. 겨울잠을 자는 다람쥐처럼 아늑하게 자리 잡고 깊은 만족을 느끼며 생명력으로 가득 찬 대화를 나눈 뒤 그녀가 돌아가면, 그는 이 짧은 만남의 기억을 부둥켜안고 밤새 자신을 따뜻하게 지켜줄 온기를 얻었다. 언젠가는—아, 제발 그날이 빨리 왔으면!—밤이 되어도 그녀가 일어나 떠나지 않고 그도 마지못해 팔을 벌려 그녀를 보내지 않아도 되는 날이 올 것이다. 그때 밤은 비로소 완벽한 것이 되고 아름답고 별빛 밝은 어둠은 정열로 가득 차리라. 그러나 아직은 혼자 누워, 조금은 고통스럽게, 그녀와 내일 일과 너무도 부적절한 방식으로 되갚음된 자신의 빚에 대해 생각할 수밖에 없었다.

머리카락을 그의 뺨 위에 늘어뜨리고 따뜻한 입김으로 그의 목을 간지럽히며, 새년은 지난 며칠 사이 벌어진 일들에 대해 전부 들려주었다. 캐드펠 수사가 흑단 지팡이를 발견하고 디오타를 방문해 그녀의 얘기를 들었다고, 또 에일노스 신부의 장례식이 내일 교구 미사 후에 있을 거라고……. 그가 디오타에 대한 걱정으로 몸을 일으키자 그녀는 두 팔을 그의 목에 감고 다시 옆에 끌어다 눕힌 뒤 불안해할 필요 없다고 말해주었다. 자신이 디오타를 데리고 신부의 장례미사에 가서 누구 못지않게 세심히 그녀를 보살필 것이며, 만일 부인에게 어떤 위협이 가해질 경우에는 누구보다 용감하게 맞설 거라고, 그러니 자기가 돌아올 때까지 이곳에서 움직이지 말라는 것이었다. 그러나 그녀가 쉽게 복종하지 않는 여자인 만큼 그 또한 쉽게 막을 수 없는 남자였다.

어찌어찌, 그녀는 예기치 못한 일이 발생해 어쩔 수 없는 경우가 아니라면 이곳에서 얌전히 기다리고 있겠다는 약속을 받아낼 수 있었다. 일단은 그것으로 만족해야 했다. 두 사람은 그 약속을 확인하듯 입을 맞춘 뒤 현재의 근심거리를 제쳐둔 채 미래에 대해 속삭였다. 웨일스 국경까지는 얼마나 될까? 15킬로미터쯤? 그보다 멀지는 않으리라. 그리고 포위스는 황량한 곳이긴 해도 스티븐 왕의 군인과도, 황후의 병사와도 분쟁이 없는 지역이었다. 그곳 사람들은 본능적으로 잉글랜드의 법을 집행하는 세력보다 쫓기는 자들의 편을 들어주었다. 게다가 그곳엔 새년의 먼 친척이 있었다. 웨일스인이자 그녀에게 이름을 남겨준 할머니 쪽 사람들이었다. 만일 숲에서 질이 나쁜 떠돌이들을 만난다 해도 싸움 솜씨가 좋은 니니언이 있고, 건초 더미 속에 숨겨둔 좋은 칼과 긴 단검도 있었다. 슈루즈베리 포위 때 죽음을 맞이한 존 베르니에르의 무기들이었다. 그렇다, 두 사람은 무사히 여행을 마칠 테고, 글로스터에 도착하면 공개적으로 떳떳하게 결혼식을 올릴 것이었다.

하지만 아직은 아니야, 니니언은 누운 채 생각했다. 디오타에게 닥친 모든 위험이 사라지고 수도원장의 보호 아래 그분의 삶이 안전하게 보장되는 것을 확인하기 전까지는 안 되고말고. 도무지 끝이 보이지 않는 기분이었다. 내일 에일노스의 시체는 땅

속에 묻히겠지만 그의 죽음이 드리운 추악한 그림자는 여전히 남아 있을 것이다. 설령 디오타에게 아무 위협이 가해지지 않고 내일이 지나간다 해도 나중에 가서 어떤 일이 생길지 모르는 상황이었다.

니니언은 좀처럼 자신을 놓아주지 않는 그 뒤엉킨 실타래에 대해 생각하느라 자정이 지나도록 잠을 이루지 못하다가, 묵은해와 새해의 경계선을 지난 뒤에야 마침내 불안한 잠 속으로 빠져들었다. 그는 달콤하고 향기로운 허브 향기를 남기며 끝없이 자신에게서 멀어져가는 여자, 꼭 새넌처럼 생긴 한 여자를 쫓아 찔레와 가시나무로 뒤덮인 끝없는 숲길을 따라 힘겹게 나아가는 꿈을 꾸었다.

*

희미하게 불이 밝혀진 성가대석의 거대한 돌천장 아래 죽은 자들을 위한 의식의 소리, 낮에는 결코 들을 수 없는 경건한 기도 소리가 여기저기 부딪쳐 메아리쳤다. 성구 보관을 맡은 베네딕트 수사가 성가 사이사이 봉독문을 읽었다. 아름답고 깊이 있는 목소리가 둥근 천장을 가득 채우며 크게 울렸고, 그가 읽는 모든 문장 마지막마다 응답 성가가 이어졌다.

"오 주여, 그들에게 영원한 안식을 주소서……."

"또한 그들 위에 영원한 빛이 비치게 하소서……."

베네딕트 수사의 깊고 웅장한 목소리가 계속되었다. "제 영혼이 제 삶에 지쳐 있습니다…… 영혼의 고통 속에 주께 말씀드리오니, 저를 벌하지 마시옵고 주께서 내리시는 시련의 이유를 알게 하소서……."

「욥기」라…… 그리 큰 위안을 주지는 않지만 훌륭한 시들이 가득하지, 자리에 앉아 열심히 귀를 기울이며 캐드펠은 생각했다. 하지만 시 자체가 일종의 위안 아닐까? 불안과 쇠퇴와 죽음을, 욥이 원망하는 모든 것을 당당한 도전으로 만들고 있지 않은가.

"오, 주께서 저를 무덤 안에 숨기시고 주의 분노가 사라질 때까지 절 감춰두시며……."

"제 기운이 쇠하였고 제 날들이 나하였으며 무덤은 저를 위해 준비되었습니다…… 어둠 속에 침상을 마련하고, 구덩이를 향해 아비라 부르고, 구더기를 향해 어미라 부를 제게 희망이 어디 있으며 기쁨이 어디 있겠습니까?"

"그러하니 멈추시고 절 버려두소서, 돌아오지 못할 곳에, 암흑의 땅과 죽음의 그림자로 남게 하소서…… 그저 빛조차 어둠이 되는 땅으로 가기 전에 조금의 위안을 얻게 하소서……."

이어 위안의 모습을 한 탄원은 한 단계 더 진전하여 마침내 희망을 넘어 확신으로 올라가기 시작했다.

"오 주여, 그들에게 영원한 안식을 주소서……."

"또한 그들 위에 영원한 빛이 비치게 하소서……."

기도를 마친 뒤 졸음에 겨워 교회에 난 계단을 비척비척 올라

가면서, 캐드펠은 그 끈질긴 호소가 자신의 마음속에 여전히 울리고 있는 것을 느꼈다. 그리고 잠들 무렵, 그것은 의기양양한 주장이 되어 그토록 원하는 것을 손에 쥐기 위해 다가오고 있었다. 영원한 안식과 영원한 빛을…… 에일노스에게도.

에일노스뿐 아니라 우리 모두에게 그것은 연옥을 통과하는 긴 여행이 될 거야, 잠 속으로 빠져들며 캐드펠은 생각했다. 하지만 가장 멀리 돌아가는 길도 결국에는 목적지에 닿는 법이지.

11

 1142년, 새해의 첫날이 축축하게 습기를 머금은 잿빛으로 밝았다. 해가 천천히 모습을 드러내 한두 시간쯤 머물며 흐릿한 빛을 뿜겠지만, 어스름 무렵에는 다시 안개가 내려앉을 터였다. 평소 아침기도 훨씬 전부터 일어나 있곤 하던 캐드펠이 오늘은 종이 울리고서야 잠에서 깨어나, 여전히 졸음에 겨워 있는 다른 수사들과 함께 교회 내부 계단을 내려갔다. 기도를 마친 뒤에는 모든 것이 제대로 되어 있는지 확인하고 제단 램프에 쓸 신선한 기름도 가져올 겸 작업장으로 향했다. 컨릭은 초의 심지를 전부 손질해놓고 회랑을 통해 묘지로 나갔다. 수도원 담장 아래 파놓은 구덩이에 흐트러진 곳은 없는지 살피기 위해서였다. 널빤지 몇 개가 구덩이 위에 얌전히 덮여 있었고, 나무 관 속의 시신은 천으로 잘 감싸인 채 제단 앞 관대에 자리 잡고 있었다. 장례미사가 끝나면 관은 큰 마당을 통해 묘지로 나가는 대신 북쪽 문을 통과해 수도원 앞 대로를 지난 뒤 마시장터 못 미친 곳 모퉁이를 돌면 나오는, 평신도들이 드나드는 정문으로 들어가게 될 것이었다. 수도원의 성무일도가 소란 없이 조용하게 치러지게끔 취해진 조치였다.

미사가 시작되기 한참 전부터 큰 마당은 그날 할 일들을 준비하고 전날 미처 끝내지 못한 작은 일들을 마무리 짓느라 이리저리 서두르는 수사들로 부산스러웠다. 곧 교구 주민들도 교회 서쪽 문 앞에 모이기 시작했다. 같이 들어갈 친구들을 기다리느라 문지기실 주변을 서성대는 이들도 보였다. 다들 입을 꽉 닫은 채 심각하고 격식 차린 얼굴을 하고, 그러면서도 마치 매복한 이들인 양 재빠르고 조심스러운 눈길로 사방을 살피고 있었다. 자신들이 정말로 그 끔찍한 존재의 그림자로부터 벗어난 것인지 아직도 확신이 안 서는 눈치였다. 오늘만 지나면 범인도 마음을 놓고 숨어 있던 곳에서 나올지 모른다. 조심성 없이 이웃들에게 이런저런 얘기를 늘어놓을지도 모른다. 아마 그럴 것이다! 하지만 아니라면? 휴가 놓은 덫에 아무도 걸려들지 않으면 어떻게 할 것인가?

캐드펠에겐 그 계획의 모든 면면이 불안했다. 그러나 불신과 두려움으로 가득한 이 불확실한 상황이 계속될지도 모른다고 생각하면, 그건 더욱 혼란스러운 노릇이었다. 밝은 빛 속에서 진실을 정면으로 마주하고 끝장을 보는 편이 낫지! 그러면 적어도 한 사람만 빼놓고는 모두들 평화를 찾을 수 있지 않겠는가. 아니, 그 한 사람도. 누구보다도 그가 평화를 얻을 것이다!

교구의 주요 인물들이 들어서기 시작했다. 먼저 어월드가 시장이라는 직함에 더없이 어울리는 엄숙한 얼굴을 하고 위엄 있는 품새로 나타났다. 웨일스인 편자공인 리스 아브 오아인—교구 장인들 중에는 웨일스인이 몇몇 포함되어 있었다—도 오랜만에 대장간을 나선 듯했다. 양치기라는 어월드의 친척과 빵 장수 조던 어커드도 모습을 보였다. 키가 크고 건장한 체격에 살집이 두둑한 조던은 다른 사람들과 마찬가지로 잔뜩 굳은 표정이었으나, 자신을 비방했던 이를 땅에 묻을 수 있게 되었기 때문인지 그 얼굴에서 은근한 만족감이 풍겼다. 다른 보잘것없는 이들도 하나둘 모여들었다. 에일노스에게서 신분에 관한 의심을 받았던 교회 일꾼 아일가, 에일노스가 지나치게 바짝 쟁기질을 하는 바람에 경계석을 옮기는 소동을 벌였던 에드윈, 에일노스 때문에 아이에게 세례를 주지 못하고 결국 축복받지 못한 땅에 무덤을 마련해야 했던 켄트윈, 그리고 늘 에일노스의 흑단 지팡이가 미치는 거리 너머에 있어야 한다는 교훈을 힘들게 깨치고 수업에 들어가야 할 때마다 벌벌 떨었던 소년들의 아버지들……. 예의 소년들은 조금 떨어진 곳에 모인 채 자기들끼리 속삭이며 안을 들여다보려고 서로 밀치는가 하면 이리저리 자리를 옮기기도 했다. 그들의 조심스러운 얼굴에는 갑자기 벙글거리는 미소가 떠올랐다가 사라졌고, 속삭임은 잠깐씩 킬킬거리는 웃음으로 바뀌었다. 남자아이들 특유의 허세일까? 아니면 무의식중에 느끼는 경외감을 감추려는 행동일까? 개들도 인간들의 흥분과 불안을 감지했는지, 몰려선 무리 사이를 헤집고 다니다가 지나가는 말의 발굽에 채기도 하고, 갑작스러운 소리가 날 때마다 높은 소리로 일제히 짖어대기도 했다.

여자들은 대부분 집에 남아 있었다. 조던의 아내는 틀림없이 빵 가게에 앉아 화덕의 재를 긁어내고, 오늘 두 번째로 나올 빵들의 반죽을 준비하고 있을 것이다. 곧 일어날 일로부터 안전한 거리를 둔 채 떨어져 있는 편이 그녀에겐 더 나으리라. 제 남편을 더 심각한 혐의에서 구해내기 위해 그가 다른 곳에서 밤을 보낸 사실을 시인한 그 불쌍한 여자를 휴는 더 이상 이 일에 끌어들이지 않을 터였다. 하지만 수도원에 나온 여자들도 있었다. 대부분 노파, 나이 지긋한 부인, 남편을 여읜 과부 들로, 다른 이들이 배교자가 되었을 때조차 교회를 지지하던 사람들이었다. 교구 미사뿐 아니라 수도원의 저녁기도에도 빠짐없이 참석하는 이 충실한 신자들은 다른 평신도들처럼 점잖은 검은색 옷을 입고 있었다. 이들은 오늘 있을 의식의 모든 순간에 진심으로 임할 것이었다.

캐드펠이 반쯤 다른 생각에 잠겨 사람들이 도착하는 것을 지켜보고 있는데, 문득 디오타 해밋이 대문으로 들어섰다. 새닌이 걱정스러운 얼굴로 그녀의 팔을 붙들고 있었다. 그 모습이 곧 벌어질 일에 대한 불안과 기분 좋은 청량감을 동시에 안겨주었다. 조심스럽게 덧씌운, 어찌 보면 연약하다 할 만한 위엄 속에 서로 연결된 두 여인은 단단히 마음을 먹은 듯 침착하면서도 결연한 얼굴이었다. 마치 가을과 봄이 서로를 용감하게 부축하며 다가오는 것 같았다. 혼자 숨어 있어야만 하는 니니언은 그들에게 여기서 일어나는 일을 잘 살피고 제대로 설명해달라 청했으리라. 모든 것을 알 때까지 그는 한순간도 마음을 놓지 못할 것이다. 그리고 이제 두 시간쯤 뒤면 그 일은 어떤 식으로든 끝이 날 터였다.

두 여인은 대문을 지나 마당으로 나와서 누군가를 찾는 듯 주위를 둘러보았다. 새년이 먼저 캐드펠을 발견하고 얼굴을 환히 밝히며 디오타의 귀에 대고 재빨리 무슨 말인가를 했다. 디오타도 곧 이쪽을 돌아보더니 곧장 그를 향해 걸어왔다. 그들이 찾던 사람이 바로 자신이었음이 분명했기에 캐드펠도 망설임 없이 그들에게로 다가갔다.

"미사 시작 전에 이렇게 뵐 수 있어서 다행입니다." 디오타가 말했다. "수사님께서 주신 연고가 아직 반쯤 남았는데, 보시다시피 제겐 더 이상 필요하지 않아서요. 그것을 낭비하는 건 안 될 말이지요. 겨우내 그 약을 필요로 하는 사람들이 많이 나올 테니까요." 그녀는 외투 밑으로 손을 넣어 허리띠에 매어 늘어뜨린 작은 주머니를 꺼내더니 한참이나 그 안을 뒤적여 작고 거친 사기 단지를 꺼냈다. 그 입구에는 나무 마개가 끼워져 있었다. 부인은 단지를 손바닥 위에 놓고서 창백하지만 침착한 미소를 띤 채 그에게 내밀었다. "정말 감사드려요. 제 상처는 다 나았으니 다른 사람에게 유용히 쓰이길 바랍니다. 자, 받으세요."

손바닥의 쓿린 상처들은 거의 아물어 머리카락처럼 가느다란 하얀 선으로 남았고, 관자놀이의 멍도 이젠 둥근 자국만 겨우 보일 정도였다.

"그냥 가지고 계시다가 나중에 필요할 때 쓰셔도 되는데요."
단지를 받아 들며 캐드펠이 말했다.

"글쎄요, 혹시 그게 다시 필요할 일이 생길 경우에도 제가 여전히 이곳에 있어서 수사님께 부탁드릴 수 있게 되면 좋겠네요."

이어 디오타는 위엄 있는 태도로 목례를 한 뒤 몸을 돌려 교회 쪽으로 걷기 시작했다. 그녀의 어깨 너머, 초롱꽃처럼 부드럽고 하늘처럼 밝은 새년의 푸른 눈이 캐드펠을 향했다. 공모자들끼리 주고받는 신호처럼 은밀한 시선이었다. 곧 그녀도 몸을 돌려 디오타의 팔을 붙든 채 그에게서 멀어졌다. 두 사람은 큰 마당을 지나 대문을 나가서 교회의 서쪽 문으로 들어갔다.

*

니니언은 날이 완전히 밝고서야 깨어났다. 밤을 거의 지새우다가 짧고 깊은 수면에 빠졌던 탓인지 머리가 무거워 도무지 얼른 정신을 차릴 수가 없었다. 겨우 몸을 일으킨 그는 잠기운을 떨치려 다락에서 그대로 뛰어내린 뒤 신선하고 차갑고 습한 아침 대기 속으로 나갔다. 아래층 마구간은 비어 있었다. 시내 근처 오두막에 사는 새넌의 하인 스웨인이 벌써 와서 두 마리의 말을 목장 안으로 데려간 모양이었다. 얼음이 얼 정도로 추워진 이후 줄곧 마구간에 갇혀 있던 말들에게도 운동할 공간이 필요한 터였다. 지금쯤 녀석들은 공기와 빛을 즐기며 자유를 만끽하리라. 어리고 혈기왕성한 데다 운동 부족으로 몸이 근질근질할 테니 아마 굴레를 씌우기 쉽지 않겠지, 그는 생각했다. 어쨌든 적어도 오늘은 녀석들이 필요할 것 같지 않군.

소들은 그대로 외양간에 있었다. 스웨인이 가까운 곳에서 지킬 만할 시간이 날 때 강변에 있는 목초지로 풀어줄 것이다. 외양간과 마구간은 트인 곳이라고는 강이 있는 방향뿐 온통 숲이 무성한 구릉지 사이의 넓은 빈터에 자리 잡고 있었다. 서쪽 숲 아래로는 작은 시내가 세번강으로 흘러가는, 기분 좋은 은밀함이 느껴지는 곳이었다. 니니언은 반쯤 졸며 그곳으로 가서는 외투와 셔츠를 벗고 머리와 팔을 물에 담갔다. 온몸으로 퍼져나가는 한기에 순간적으로 움찔하며 숨을 들이쉬었으나 정신이 활발하게 깨어나는 것을 느끼자 금세 기분이 좋아졌다. 그는 얼굴을 닦고 숱진 곱슬머리에 손을 넣어 물기를 짜면서 풀밭을 두어 바퀴 전속력으로 달린 뒤, 아무렇게나 던져놓았던 옷가지들을 주워 들고는 마구간의 피난처 안으로 돌아왔다. 깨끗한 자루로 열이 날 때까지 힘 있게 몸을 문질러 닦고서 옷을 입자 비로소 하루가 시작되는 느낌이었다. 길고 외롭고 근심 가득한 하루가 될 테지만, 지금 이 순간만큼은 상쾌하고 희망찬 기분이 들었다.

니니언은 손가락으로 최대한 단정하게 머리를 빗고 건초 더미 위에 앉아 새년이 마련해둔 음식들 중 빵 한 덩어리와 사과를 꺼내 먹기 시작했다. 그때 누군가 울퉁불퉁한 길을 따라 문으로 다가오는 소리가 들렸다. 스웨인인가? 설마 다른 사람은 아니겠지? 그는 씹는 것을 멈추고 사과 때문에 뺨이 불룩해진 채 긴장해서 귀를 기울였다. 스웨인은 늘 휘파람을 부는데 지금은 너무 조용했다. 멋대로 자란 풀과 작은 돌멩이들을 밟는 소리에서도 왠지 묘한 성급함이 느껴졌다. 니니언은 황급히 일어나 다락으로 날래게 올라가서는 누가 오든 공격할 준비를 갖춘 채 숨을 죽였다.

"도련님!" 열린 문간에서 목소리가 들렸다. 스웨인이었다. 급히 서둘렀는지 그는 숨을 헐떡이고 있었다. 휘파람은 불 생각조차 못 한 듯했다. "도련님, 어디 계십니까? 얼른 내려오세요!"

니니언은 크게 한숨을 내쉬고 들창문을 통해 미끄러져 나와 그의 옆에 내려섰다. "맙소사, 까딱하면 아저씨한테 칼을 들이댈 뻔했어요! 아저씨를 잘 안다고 생각했는데 지금은 영 모르는 사람처럼 오셨잖아요. 대체 무슨 일이죠?" 그는 안도를 느끼며 친구이자 후원자를 한 팔로 감싸 안은 뒤 얼른 다시 떼어놓고서 머리끝부터 발끝까지 찬찬히 살펴보았다. "이런, 아주 멋지게 차려입으셨네요! 어디 가시는 거예요?"

스웨인은 짤막하고 딱 바라진 체격에 희끗희끗한 갈색 수염과 초롱초롱한 눈을 가진 중년의 남자였다. 늘 몸에 꼭 붙는 튼튼한 단벌 바지와 누덕누덕 기운 우중충한 갈색 외투 차림이었던 그가, 오늘 아침에는 기운 자리도 보이지 않는 초록색 외투에 머리와 어깨를 감싸는 진갈색 짧은 망토를 걸치고 있었다.

"슈루즈베리에 다녀오는 길이에요." 그가 말을 꺼냈다. "아내가 코비저 님 가게에 수선을 맡겼던 구두를 찾아오려고요. 날이 밝자마자 여기 와서 말들을 풀어주고―녀석들이 너무 오랫동안 갇혀 있었으니까요―곧장 시내에 다녀오느라 작업복으로 갈아입을 틈이 없었습니다. 그런데 시내에 도는 소문을 듣자니, 장관님이 교구신부의 장례식에서 살인자를 잡아낼 계획이라는 겁니다. 그래서 최대한 빨리 도련님께 알려야겠다고 생각했지요."

니니언은 충격 속에 잠시 멍해져서 입만 딱 벌린 채 스웨인을 바라보다가 간신히 외쳤다. "안 돼! 그가 그분을 체포한다고요? 그런 뜻이에요? 맙소사, 디오타는 아무 짓도 안 했는데! 그분은 아무 의심 없이 그 자리에 갔다가 체포되겠죠!" 그가 스웨인의 팔을 꽉 붙들었다. "정말입니까? 확실한 얘기예요?"

"시내 사람들이 다들 그 얘기를 하고 있어요. 모두 흥분해서 현장을 구경하겠다고 떼 지어 다리를 건너가더라고요. 하지만 범인에 대한 얘기는 나오지 않았어요. 아무도 모르는 것 같았습니다. 그저 이러저러한 추측만 무성하지요. 어쨌든 그 불쌍한 사람이 곧 체포되리라는 건 확실한 것 같습니다."

니니언은 그때까지도 쥐고 있던 사과를 던져버린 뒤 미칠 것 같은 마음에 주먹 쥔 두 손을 맞부딪쳤다. "내가 가봐야겠어요!

미사는 10시에나 시작할 테니 아직 시간이―"

"안 됩니다! 아가씨께서―"

"그녀가 무슨 말을 했는지는 나도 알아요. 하지만 이제 이건 내 일이에요. 내가 디오타를 구해야 한다고요. 장관이 잡아내리는 범인이 달리 누구겠어요? 아니, 그렇게는 안 되지! 그렇게 되도록 내버려두지 않겠어요!"

"그러시면 눈에 띄고 말아요! 장관님이 잡으려는 이가 그 부인이 아니면 어떻게 하시려고 이러세요?" 스웨인이 차근차근 그를 설득했다. "장관님은 진실을 알고, 누굴 잡아야 하는지도 잘 아실 거예요. 도련님 혼자 쓸데없이 스스로를 내던지는 꼴이 될 거라고요."

"아니, 눈에 띌 리 없어요. 많은 사람들 사이에 섞여 있을 테니까요. 게다가 내 얼굴을 잘 아는 건 수도원 사람들과 교구 주민 몇 명뿐이잖아요. 물론……" 니니언이 엄숙하게 말을 이었다. "누구라도 그녀에게 손을 대면 그땐 사람들 앞에 나설 수밖에 없겠지만요. 그래, 확실하게 모습을 보여줘야죠. 그래도 일단은 군중들 사이에 숨어 있을 테니까 그 외투하고 망토 좀 빌려줘요. 두건을 쓰고 있으면 누가 나를 알아보겠어요? 수도원 사람들은 지금 이 옷을 입은 베넷만 보았어요. 그 베넷이 아저씨의 것처럼 좋은 옷을 입었으리라고는 생각 못 할 거예요."

"그럼 말을 타고 가세요." 스웨인은 이렇게 말한 뒤 고분고분 망토를 풀고 헐렁한 외투를 머리 위로 올려 벗었다.

니니언은 자유롭게 놓여나 기쁜 듯 바깥에서 이리저리 뛰어다니는 말들을 흘끗 내다보았다. "아니, 시간이 없어요! 뛰어가는 편이 빠를 거예요. 게다가 말을 타면 눈에 더 잘 띄잖아요. 에일노스의 장례식에 말을 타고 올 사람이 몇이나 되겠어요?" 그는 이미 따뜻하게 덥혀진 그 커다란 옷에 서둘러 머리를 넣었다. 목깃 안쪽으로 다시 나타난 그의 얼굴은 발그레하게 상기되어 있었다. "칼은 커서 안 되겠지만 단검이라면 숨겨 가지고 다닐 수 있겠군요." 그는 다락으로 뛰어 올라가 단검을 찾아서는 외투 안쪽 허리춤에 보이지 않게끔 단단히 고정했다.

문간에서 막 달려 나가려던 순간, 니니언은 새로운 걱정에 사로잡혀 다시 스웨인 쪽으로 돌아서서 그의 팔을 잡았다. "스웨인, 만일 내가 잡히면 새넌이 알아서 당신에게 보상할 거예요. 이웃들이랑······."

"아, 그냥 가지세요!" 스웨인은 모욕이라도 당한 양 이렇게 말하며 그를 목초지로 거칠게 밀어냈다. "전 자루를 걸치고 다녀도 돼요. 도련님은 안전하게 돌아오시기나 하세요. 그러지 않으면 아가씨가 절 죽이실 겁니다. 길에 가까이 가기 전에 두건 꼭 쓰시고요!"

니니언은 목초지를 가로질러 숲의 경사면으로 달려갔다. 그 길을 따라 2킬로미터쯤 가면 메올천이 나올 것이고, 내천을 건너면 수도원 앞 대로와 시내를 잇는 다리 근처로 나갈 수 있을 것이었다.

*

슈루즈베리에 떠도는 흥미로운 소문은 얼마 후 랠프 기퍼드의 귀에도 들어갔다. 9시가 될 때까지는 집안 사람들 중 아무도 밖에 나오지 않아 소식을 전혀 모르고 있었는데, 하녀 하나가 우유를 한 주전자 사러 갔다가 이 흥미진진한 얘기에 정신이 팔려 한참 만에야 돌아왔던 것이다. 곧 부엌에서 서기에게 그 소문이 전해졌고, 이에 서기는 즉시 기퍼드에게 보고하러 갔다. 그때 기퍼드는 이제 시내의 집을 관리인에게 맡겨두고 북동쪽에 있는 자신의 가장 큰 장원으로 갈 때가 된 것 아닌가 하고 생각하던 참이었다. 물론 여기서 좀 더 머물며 편안하게 시간을 보내도 괜찮겠지만, 아무런 감독 없이 혼자만의 힘으로 장원을 경영하는 기술을 익히고 싶어 하는 어린 아들의 소원을 못 이기는 척 들어주는 것도 그로서는 즐거운 일이었다. 그의 아들은 새년보다 두 살이 어린 열여섯 살로, 벌써 집안에서 여자가 할 일을 책임지고 해내는 제 누이의 성숙함과 책임감을 약간은 질투하던 터였다. 그는 신분에 걸맞은 이웃 여자와 약혼한 상태였으니 이제 자신의 능력을 시험해보고 싶어 하는 것도 당연했다. 틀림없이 잘해낼 것이며 훌륭한 솜씨를 자랑스러워하게 되겠지만, 아버지의 입장에서는 신중하게 모든 일을 살펴야 했다. 두 아이는 사이가 나쁘지 않았으나 누이가 결혼을 해서 집을 나간다 해도 아들은 별로 서운해하지 않을 것이다. 새년을 시집보내는 데 돈이 많이 들지나 않으면 좋을 텐데!

"주인님." 오전 시간도 다 지나갈 무렵, 그의 깊은 생각을 깨뜨리며 늙은 서기가 들어와 입을 열었다. "조만간 주인님을 괴롭히던 그 악마를 떨쳐버릴 수 있을 것 같습니다. 벌써 소문이 시내에 쫙 퍼져 가게에서나 집 안에서나 다들 그 얘기뿐이라는군요. 베링어 님이 살인자를 알아내고 증거를 찾아냈답니다. 신부의 장례식에서 그를 체포할 거래요. 피챌런의 그 젊은이가 아니면 범인이 누구겠습니까? 한 번은 도망쳤는지 모르지만 이번에는 마침내 덜미가 잡힐 듯합니다."

서기는 이를 좋은 소식이라 여겼고, 기퍼드도 그렇게 받아들였다. 니니언이라는 악당이 자유롭게 돌아다니는 한 그 청년과 관계를 맺었던 이들은 누구든 불쾌한 소문에 시달릴 수밖에 없을 것이다. 이제 저 성가신 녀석이 안전하게 갇히고 이 사건에서 자신이 보여준 품위 있고 충성스러운 역할이 인정되면 앞으로는 마음을 놓을 수 있으리라.

"그놈의 정체를 밝히길 정말 잘했군……." 기퍼드가 안도하며 말을 이었다. "안 그랬으면 그가 체포되었을 때 나까지 의심을 받았을 거야. 자, 됐어! 그 일은 이제 끝난 거나 다름없군. 피해를 입은 것도 없고."

정말이지 만족스러운 결과였다. 물론 마음에 남아 여전히 찝찝하게 그를 괴롭히는 배신의 행위 없이 모든 일이 마무리되었다면 더 좋았겠지만, 니니언이 신부를 죽인 게 사실로 밝혀진 이상 더는 양심의 가책 같은 건 느낄 필요가 없을 것이었다.

그가 다소 늦게나마 장례식에 가보기로 결심한 것은 성공적인 결말을 직접 보고 싶다는 욕구 때문이기도 했으나, 무언가 일이 잘못될지도 모른다는 불안이 결정적으로 작용한 탓이었다. 한편 자신의 것을 지켜냈다는 사실을 확인하고 마음껏 즐기고픈 마음도 있었다.

"교구미사가 끝난 뒤라고 했나? 지금쯤 수도원장의 강론이 한창 진행 중이겠구먼. 말을 타고 가서 조금이라도 봐야겠어."

그는 자리에서 일어나 마부를 부르며 말에 안장을 얹으라고 소리쳤다.

*

라둘푸스 원장은 천천히, 말 한마디 한마디에 신중을 기하며 강론을 이어가고 있었다. 생각에 몰입한 탓에 그의 목소리가 자꾸 잦아들었다. 성가대석은 언제나 그렇듯 어둑했다. 인간의 삶에 대한 비유인 듯, 그 위에 호를 그리며 퍼진 깊은 어둠 가운데 작고 희미한 빛이 머물러 있었다. 회중석은 그보다 밝았고, 워낙 많은 사람들이 조밀하게 들어찬 터라 그리 춥지 않았다. 성가대석의 수사들과 세속의 신자들이 함께 모여 기도할 때면 그들 사이의 간격은 한층 두드러져 보이곤 했다. 우리는 여기 있고 당신들은 거기 있지, 캐드펠은 생각했다. 하지만 우린 모두 같은 인간이고, 우리의 영혼은 똑같은 심판대에 오를 거야.
"성자라는 것은 우리가 이해할 수 있는 어떤 잣대로 결정되지 않습니다." 라둘푸스 원장은 고개를 들어 둥근 천장을 바라보며 강론을 펼쳤다. "죄 없는 사람들만이 성자가 되는 것도 아닙니다. 인간의 몸으로 태어난 이상, 단 한 분을 제외하고는 어느 누구도 그렇게 높은 경지에 도달할 수 없기 때문입니다. 분명 성자들 속에는 고결한 목표를 세우고 거기 이르기 위해 최선을 다한 이들을 위한 자리가 있을 것입니다. 죽은 우리의 형제이자 목자인 고인도 그런 사람이었지요. 그렇습니다. 그가 목표를 달성하는 데 실패했더라도, 나아가 그의 목표가 너무나 편협했더라도, 그 목표를 세운 마음이 편견과 오만으로 눈멀고 개인적인 우월함을 향해 있었다 해도 말입니다. 그러나 완벽을 향한 추구조차도 다른 이들의 권리와 요구를 침해한다면 죄가 될 수 있습니다. 우리 자신의 보상을 얻는 데 급급해서 다른 사람을 보지 못하고 그를 외로움과 절망 속에 버려두는 것보다는, 그를 일으키느라고 옆길로 벗어남으로써 조금 실패하는 편이 더 낫습니다. 혼자서 거침없이 나아가는 것보다는, 절뚝거리고 잘못을 저지르면서도 비틀거리는 다른 이들을 붙들어주려 애쓰는 것이 더 낫습니다.

또한 악을 삼가는 것만으로는 충분치 않으니, 밖으로 드러나는 선이 있어야 합니다. 축복받은 영혼들, 성인들께서는 큰 죄를 지었다 해도 타인에 대한 사랑이 지극한 이들, 타인의 요구를 외면하지 않고 할 수 있는 한 선을 베풀며 조금의 해도 끼치지 않고자 노력한 이들도 정당하게 팔을 벌려 품에 안을 것입니다. 왜냐하면 그런 이들은 이웃의 요구에서 하느님의 요구를 보았기 때문입니다. 이웃의 얼굴을 자신의 얼굴보다 더 뚜렷하게 보았다면, 그들은 하느님의 얼굴을 본 셈입니다.

나아가 저는 이 세상에 태어났다가 개인적인 죄에 물들지 않고 죽은 모든 이들이 성스러운 갓난아기들의 순결을 나누어 가지고 있음을, 그들이 우리 주를 위해 죽었다는 사실을 여러분께 분명히 말씀드리고 싶습니다. 주님께서는 그들을 품에 안으시고 더 이상 죽지 않는 곳에서 그들을 살리실 것입니다. 설령 이곳에서 이름 없이 죽었다 해도 그들의 이름은 주님의 책에 쓰여 있을 것이니, 그날이 올 때까지 우리들은 그 이름을 알 필요가 없습니다.

그리고 우리는, 죄의 짐을 나누어 가진 우리 모두는 우리에게 올 잣대에 대한 의문이나 걱정을 가지지 않는 것이 옳습니다. 우리 자신의 장점과 가치를 계산하지 않는 것이 옳습니다. 우리에겐 영혼의 가치를 잴 수단이 없기 때문입니다. 그것은 하느님의 일입니다. 우리는 그저 우리 안에 있는 진실과 애정을 최대한 꺼내어 오늘이 마지막 날인 것처럼 매일을 살며, 내일이 새롭고 순결한 첫날인 것처럼 매일 밤 자리에 들어야 합니다. 최후의 날이 오면 모든 게 분명해질 것입니다. 그때가 되면 지금 우리가 믿듯이 우리는 알게 될 것입니다. 또한 그런 믿음을 가지고 우리는 여기 우리의 신부를, 부활에 대한 확실한 희망 속에서, 목자들 중의 목자이신 분의 품에 맡깁니다."

마침내 그가 축도를 시작하며 회중석에 모인 이들에게로 시선을 돌렸다. 그중 그의 말을 이해한 이들은 얼마나 될까? 그리고 그 말을 이해해야 할 사람들은 얼마나 될까?

미사가 끝나자 회중석의 신도들이 재빨리 일어나 북쪽 문을 향해 미끄러지듯 나아갔다. 다들 얼른 나가서 좋은 자리를 차지하고 장례 행렬을 구경하려는 생각이리라. 원장과 부원장, 그리고 부원장의 보좌 수사가 관대로 내려가자 다른 수사들이 뒤에 둘씩 서서 조용한 행렬을 이루었고, 곧 관을 운반하는 이들이 수도원 앞 대로로 열린 북쪽 문을 향해 나아가기 시작했다. 그 모습을 지켜보던 캐드펠의 머릿속에 다소 불경하긴 하나 흥미로운 의문이 떠올랐다. 왜 관을 운반하는 이들 중에는 보조를 제대로 맞추지 못하는 사람이나 키가 작아 힘겹게 걸음을 옮겨야 하는 사람이 하나씩 포함되어 있는 걸까? 지켜보는 이들로 하여금 죽음을 지나치게 심각하게 받아들이는 잘못에 빠지지 않게 하려고?

북쪽 문을 나선 행렬은 이제 오른쪽으로 돌아 수도원 담을 따라가고 있었다. 대로는 사람들로 인산인해를 이루었다. 교구 사람들이 몰려온 것은 놀라운 일이 아니었다. 하지만 시내 사람들까지 절반은 여기 와 있는 듯했다. 캐드펠은 곧 그 이유를 깨달았다. 휴가 자신의 계획에 대한 신중한 속삭임이 새어나가게끔 유도한 것이다. 그것도 사건과 가장 밀접한 이곳 교구 주민들이 듣고 대책을 세우기에는 너무 늦게, 그러나 슈루즈베리의 명사들―더 확실하게 말하자면 흥밋거리에 낭비할 만한 시간이 차고 넘치는 이들—이 사건의 결말을 목격하기 위해 서둘러 오기에는 넉넉하게 시간을 맞추어서.

어떻게 결말이 날지 캐드펠은 여전히 짐작할 수가 없었다. 누군가의 양심을 일깨워 그릇되게 고발당한 이웃을 구하기 위해 자백하도록 하려는 것이 휴의 계획이었지만, 반대로 이것이 죄인에게 크나큰 안도를 선사하게 될 가능성도 있었다. 그자에게는 천국이 아닌 다른 어떤 곳에서 온 엄청난 선물이 되겠지! 캐드펠은 마음속에서 마구 뒤엉키는 사건의 여러 증거들을 떠올리며 혼란에 빠져 대로를 따라 걸었다. 그 증거들 사이에서 어떠한 일관성도 찾을 수가 없었다. 한순간, 얼음이 녹은 울퉁불퉁한 진흙길에 발이 미끄러지면서 품에 넣어두었던 작은 연고 단지가 허리에 부딪쳤다. 그 촉감이 마음을 조급하게 찔러대는 것만 같았다. 캐드펠은 단지가 놓여 있던 디오타의 손을 다시금 떠올렸다. 잘생겼지만 노동으로 거칠어진 손바닥. 평생을 일해온 탓에 깊이 파인 손금. 그와 교차하며 손목에서 손가락으로 뻗은, 이제는 실처럼 가느다란 흰 선이 되어 거의 보이지도 않고 얼마 안 가서는 아예 사라져버릴 상처 자국.

얼음이 얼 정도로 추운 밤이었다. 그 자신도 아주 조심하며 길을 걷지 않았던가. 한 여자가 집 앞 섬돌로 올라서다가 미끄러져 넘어졌다. 그녀는 자기도 모르게 두 손을 뻗었고, 그 행동이 머리의 부상은 막지 못했을지언정 넘어진 순간의 거친 충격을 고스란히 흡수해주었다……. 아니, 그러나 디오타는 넘어진 것이 아니었다. 그녀의 머리에 상처가 난 건 그와 아주 다른 이유에서였다. 물론 그녀가 그날 밤 무릎을 꿇었던 건 사실이다. 필사적으로 호소해야 했으니까. 그때 그녀의 손에 닿았던 건 언 땅이 아니라 에일노스의 신부복과 외투 자락이었다. 그런데, 어쩌다 그녀의 두 손바닥에 쓿린 상처가 생긴 걸까?

　순진하게도 디오타는 자신이 모든 이야기를 털어놓는다고 생각하면서도 사건의 절반밖에 말하지 않았던 것이다. 그렇지만 당장 그녀에게 가서 확인할 수는 없었다. 캐드펠은 자리를 지켜야 했고, 그녀 또한 자신의 자리를 지켜야 했다. 이 순간 그녀를 붙들고 그때 기억해내지 못한 기억의 한구석을 뒤져보게 할 수는 없는 노릇이었다. 이 경건한 의식이 끝난 뒤에야 다시 이야기를 나눌 수 있으리라. 그러나…… 다른 증거물들이 있었다. 말 없는, 하지만 많은 것을 웅변하는 증거물들이. 행렬이 대로를 따라가다가 마시장터 옆으로 꺾어질 때까지 그는 헨리 수사와 보조를 맞추며 마지못해 걸음을 옮겼다. 장례 의식의 예절을 무시할 수는 없지, 그는 생각했다. 아직은 안 돼! 하지만 저 안에서라면……? 묘지에 도착하면 행진이 끝난다. 그다음엔 각자 흩어져서 씻고 식당에서 식사를 할 것이다. 한두 사람이 살짝 빠져나간다 해도 누가 알아채지는 못하리라.

　수도원 담장에 난 커다란 대문이 활짝 열린 채 애도 행렬을 넓은 묘지로 맞아들였다. 왼쪽으로 채소밭과 그 너머에 있는 원장숙사의 긴 지붕, 울타리로 둘러싸인 작은 꽃밭이 보였다. 수사들은 관례상 교회의 동쪽 끝에 묻혔고, 교구신부들은 그로부터 약간 떨어진 곳에 묻혔다. 수도원이 세워진 지 아직 쉰여덟 해밖에 되지 않은 터라 무덤의 수는 그리 많지 않았다. 물론 이 교구의 본당은 더 오래전부터 존재했는데, 로저 백작이 예배당을 돌로 새로 지어 기부하기 전까지는 작은 목조 예배당이 본당 역할을 했었다. 묘지는 나무와 풀이 무성하고 여름이면 풀꽃들이 만개하는, 아주 기분 좋은 곳이었다. 담장 가까운 곳에 새로 파놓은 시커먼 구덩이만이 초록의 풍경을 망치고 있었다. 컬릭은 관이 무덤 속으로 내려지기 전에 놓일 임시 받침대를 설치하고 방금 옮겨 온 널빤지들을 담에 붙여 깔끔하게 쌓아 올리는 중이었다.

 교구 주민들과 시내 사람들이 수사들을 따라 들어와 가까이 둘러섰다. 다들 이제부터 일어날 일들을 하나도 빠짐없이 보고 들을 작정이었다. 캐드펠은 뒷걸음쳐 빠져나와 이 호기심 많은 이들 틈에 숨어들었다. 얼마 지나지 않아 헨리 수사가 그의 부재를 알아챌 테지만 상황이 상황이니만큼 조용히 입을 다물고 있을 것이다. 로버트 부원장이 낭랑한 목소리로 매장 의식의 첫 문구를 암송하기 시작할 즈음, 그는 이미 총회장 모퉁이를 돌아 방앗간으로 이어지는 진료소 옆 쪽문을 향해 큰 마당을 잰걸음으로 가로지르고 있었다.

 휴는 성에서 부관 둘과 젊은 경비병 둘을 데리고 왔다. 그들 모두 타고 온 말들을 수도원 문지기실에 묶어놓고 기다리다가 장례 행렬이 묘지에 이르고서야 모습을 드러냈다. 모든 이들의 눈이 부원장과 관에 쏠려 있는 동안, 휴는 아무도 이곳에서 나갈 수 없게 하겠다는 듯 열린 문 밖에 경비병 둘을 세워놓은 뒤 부관들과 함께 안으로 들어섰다. 꽉꽉 들어찬 인파를 뚫고 관대 앞으로 나아가는 내내 그곳의 경건함을 깨뜨리지 않으려 조용히 움직였지만 오히려 그 신중함이 모든 이들의 시선을 끌었으니, 마침내 그가 관을 사이에 둔 채 부원장과 마주 서고 부관들은 조던의 뒤에 한두 걸음 떨어져 자리 잡을 즈음에는 수많은 이들의 은밀한 시선이 이들을 향해 있었다. 사방에서 사람들이 살짝살짝 발을 움직이는가 하면, 조심스럽게 자리를 옮기며 수군대기 시작했다. 그러나 모든 의식이 끝날 때까지 휴는 아무런 행동도 취하지 않았다.

컨릭이 다른 일꾼들과 함께 관을 들어 올린 뒤 밧줄을 걸어 그것을 무덤 속으로 내려놓았다. 흙이 둔탁한 소리를 내며 떨어지고, 마지막 기도가 끝났다. 피할 수 없는 정적과 고요가 내려앉았다. 얼마 후 사람들이 천천히 걸음을 옮기기 시작했다. 수많은 이들의 목구멍에서 한숨이 쏟아지더니 마치 돌풍에 흔들리는 나뭇잎처럼 동요가 뒤따랐다. 그 순간, 모든 사람들의 움직임을 저지하는 목소리가 크고 또렷하게 울렸다.

"원장님, 부원장님, 용서를 구하고 싶습니다. 비록 담장 밖이긴 하지만, 감히 수도원에 경비병을 배치하는 무례를 범했습니다. 제가 여기 온 목적을 알리기 전에는 아무도 이곳을 떠날 수 없습니다. 이런 때에 온 것은 죄송하게 생각합니다만, 저로서도 어쩔 수가 없었습니다. 저는 왕의 법을 지키는 사람으로서 살인자를 찾으러 왔습니다. 지금, 에일노스 신부를 살해한 혐의를 받고 있는 중죄인을 체포하고자 합니다."

12

찾아야 할 것은 많지 않았지만, 그걸로 충분할 것이었다. 캐드펠은 높은 둑의 가장자리에 서 있었다. 에일노스의 시신이 방앗간 방수로에서 나오는 힘찬 물살이 만들어내는 파장에 조금씩 밀려와 꼼짝없이 갇혀 있던 곳. 사람 엉덩이 높이에서 잘린 버드나무 둥치가 가느다란 연초록 머리카락들을 곤두세우고 있었다. 잘린 지 오래되어 마르고 갈라진 줄기의 표면에 남은 거친 도끼질 자국과, 그 가장자리를 둘러싼 부러진 가지들이 눈에 들어왔다. 그는 죽은 나무의 갈라 터진 표면 귀퉁이 한쪽 끝에 시선을 집중했다. 검은 실이 거기 끼어 흔들리고 있었다. 손가락 길이의 많은 양모. 검은색 모자에서 사라진 부분에 꼭 맞을 길이였다. 혹시 거기 있었을지도 모를 다른 흔적들, 핏자국이나 찢긴 피부 조각 같은 것들은 얼음이 얼었다가 녹으면서 모두 가라앉져버린 뒤였다. 날아간 모자가 물의 흐름을 따라 갈대밭까지 이동하던 중 우연찮게 여기 걸린 이 검은색 실오라기 말고는 아무것도 남아 있지 않았다.

캐드펠은 작디작은 실오라기를 쥐고 서둘러 돌아왔다. 큰 마당을 반쯤 지났을 때 항의와 흥분과 혼란의 외침이 한데 엉켜서 들려왔다. 그는 걸음을 늦추었다. 더 이상 서두를 필요가 없었다. 덫이 이미 튀어 올랐으니 거기 걸린 것이 무엇이든 일단은 잡아야 했다. 막기에는 늦었지만 적어도 그로 인한 손상은 되돌릴 수 있을 것이고, 어떤 손상도 없다면 더 좋은 일이리라. 그리고 그가 말하고 보여주려 하는 것은 여기, 그의 손에 있었다.

*

니니언은 훤히 트인 길로 나와 메올천의 다리를 건넜다. 계속 달려온 탓에 온몸이 후끈거렸다. 슈루즈베리로 들어가는 다리 끝에 이르러 큰길로 들어서기 직전에야 그는 속도를 줄이며 망토에 달린 두건을 당겨 썼다. 수도원 앞 대로로 이어지는 지점에서 잠시 멈칫하며 주위를 살피던 그는 이내 마음을 놓으며 행운에 감사했다. 여전히 아주 많은 사람들이 시내를 나와 수도원 쪽으로 향하고 있었던 것이다. 그는 눈에 띄지 않고 그들 틈에 섞여 앞으로 나아가며 주위에서 들려오는 말 한마디 한마디에 귀를 기울였다. 사람들의 대화마다 니니언의 이름이 빠짐없이 등장했다. 다들 뭔가 기대와 흥분에 차 그의 이름을 말하고 있었다. 몇몇은 그가 체포되기를 기대하는 듯했다. 그러나 휴 베링어의 머릿속에 있는 게 그것일 리는 없었다. 며칠 전 이미 니니언의 흔적을 놓친 상황에서 오늘 갑자기 그를 잡아내겠다 공언할 이유가 전혀 없지 않은가. 한편 몇몇 사람들은 신부의 하녀에 대해 이야기했고, 또 다른 이들은 니니언이 알지 못하는, 그러나 에일노스의 완고함과 혹독함 때문에 고통받았던 게 분명한 두세 사람의 이름을 들먹이며 이런저런 추측을 하고 있었다.

그는 아무래도 뒤늦게야 소식을 듣고 나온 후발대 틈에 끼어 있던 모양이었다. 저 앞쪽, 수도원의 문지기실에서부터 벌써 사람들로 발 디딜 틈이 없었다. 니니언이 문지기실에 이르렀을 때 성직자들이 북쪽 문에서 나타났다. 그 뒤로 관이 나왔고, 수사들의 엄숙한 행렬이 이어졌다. 니니언에게는 최악의 상황이었다. 적어도 그 자신의 의지에 따라 스스로를 드러내야 하는 상황이 올 때까지는 저들을 피해야 했다. 수사들 중에는 단번에 그의 얼굴을 알아볼 사람이 있었고, 심지어 체격이나 걸음걸이만으로 그를 기억해낼 만한 사람도 있었다. 그는 흥분하여 지켜보는 구경꾼들 사이를 비집고 길 저편으로 황급히 물러나서 수사들이 모두 지나갈 때까지 좁은 골목의 입구에 숨어 있었다. 곧 교구의 유지들이 교회에서 나왔다. 묘지에서 좋은 자리를 차지하려고 안달하던 구경꾼들은 위엄에 눌려 감히 나서지 못하다가 이들이 지나가고 나서야 움직이기 시작했는데, 홀린 듯 뒤따라가는 모습이 마치 떠돌이 곡예사를 쫓는 아이들과 개들 같았다. 다만 저 구경거리에 대한 기대를 아이들만큼 솔직하게 드러내지 못할 뿐이었다.

마지막에 외떨어져 혼자 걷는다는 건 앞으로 나서는 것만큼이나 좋지 않을 터였다. 니니언은 뒤쪽에서 따라가는 이들 틈에 끼어들기 적당한 때를 기다렸다. 곧 장례 행렬이 대로를 따라가다가 마시장터 옆 모퉁이에서 돌아 열린 묘지 문으로 들어설 즈음 그는 구경꾼들 후미에 섞였다.

곧 일어날 일을 빠짐없이 보고 싶어 하면서도 다른 이의 눈에 띄지 않고자 하는 이들이 그 말고도 꽤 있는 것 같았다. 몇몇 사람들이 니니언처럼 문 밖에 있는 군중의 가장자리에 섞여 조심스레 안을 들여다보고 있었다. 보아하니 성에서 나온 두 경비병, 문 양쪽에 서서 안으로 들어가는 사람들을 주의깊게 살피는 그들의 눈초리가 적잖이 신경 쓰이는 모양이었다.

니니언은 문 안과 밖의 경계쯤에 서서 목을 길게 빼고 엄청난 인파 너머 무덤 옆에 모여선 사람들을 살폈다. 원장과 부원장은 키가 큰 편이라 얼른 눈에 띄었다. 로버트 부원장이 음악적인 어조로 낭송하는 장례 기도가 크게 울려 퍼졌다. 아닌 게 아니라 부원장은 아주 멋진 목소리를 가지고 있었으니, 기도문을 극적으로 낭송할 수 있는 경우라면 언제든 자랑스레 자신의 재능을 사용하곤 했다.

한두 걸음 옆으로 비집고 가자 디오타의 모습이 보였다. 검은색 두건 아래 부인의 갸름한 얼굴은 너무도 창백했다. 디오타는 죽은 신부의 가족 자격으로 관대 가까이 서 있었는데, 그 바로 옆에 다른 누군가도 있는 듯했다. 어깨의 곡선과, 부인을 부축한 팔의 모양으로 보아 새넌이 틀림없었다. 그러나 이쪽저쪽으로 아무리 목을 빼봐도 그보다 높이 솟은 머리들이 줄곧 앞을 가려 그녀의 사랑스러운 얼굴을 볼 수가 없었다.

사제들이 무덤가로 다가가자 모여선 사람들도 그쪽으로 몰리며 물결처럼 움직임이 일었다. 관이 내려가고 마지막 기도가 끝났다. 높은 수도원 담장 아래, 에일노스의 관 위로 흙덩어리들이 떨어지기 시작했다. 이제 거의 끝난 셈이다. 장례 의식의 경건함을 깨뜨리는 일은 일어나지 않았다. 군중들 사이에서 속삭임과 움직임이 일었고, 니니언은 조심스러운 희망에 차 가슴을 쓸어내렸다. 하지만 그 순간, 높고 또렷한 목소리가 무덤가에서 들려왔다.

"원장님, 부원장님, 용서를 구하고 싶습니다······."

니니언의 심장이 갑자기 세차게 뛰기 시작했다. 귓속에서 피의 약동이 너무나 크게 울려 그는 다음 말을 듣지 못했다. 그러나 그것이 장관의 목소리라는 것은 알 수 있었다. 수도원장을 제외하고 이곳에서 저토록 권위를 내세울 수 있는 사람이 누가 있겠는가? 그리고 휴의 마지막 말은 그에게도 아주 똑똑히 들렸다.

"지금, 에일노스 신부를 살해한 혐의를 받고 있는 중죄인을 체포하고자 합니다."

결국 소문으로 예고되었던 최악의 상황이 닥친 것이다. 모두 충격을 받은 듯 짧은 침묵이 내려앉았고, 곧 커다란 소란과 흥분의 소음이 광풍처럼 군중을 뒤흔들었다. 니니언은 숨을 죽이고 귀를 귀울였으나 장관의 다음 말들은 소음에 묻히고 말았다. 그처럼 문 밖에 서 있던 사람들 중 일부도 이 기막힌 구경거리를 놓치지 않으려고 밀려들었다. 마시장터를 돌아 빠른 걸음으로 기운차게 다가오는 말발굽 소리 따위는 그 누구의 귀에도 들어오지 않았다. 담장 안은 그야말로 아수라장이었다. 외침과 항의, 앞에 있는 이에게 질문을 퍼붓고 뒤에 있는 이에게 부정확한 대답을 전달하는 목소리들이 마구 뒤엉켜 거대한 소음을 만들어냈다. 니니언은 사랑하는 여인들, 적들에게 둘러싸인 채 무방비로 서 있는 그들에게 다가가기 위해 온 힘을 다해 몸을 움직였다. 이제 다 끝났구나, 그는 생각했다. 운이 좋아 생명을 구할 수 있다 해도, 자유를 빼앗긴 셈이었다. 니니언은 숨을 깊이 들이쉰 뒤 길을 막은 앞 사람의 어깨에 손을 올려놓았다. 호기심에 가득 찬 사람들이 이미 조심성을 버린 채 문간을 꽉 메우고 있었다.

그 순간 담장 아래서 크게 울려 나오는 성난 목소리에, 니니언은 걸음을 멈추고 문자 그대로 튕겨나가듯 문간에서 물러났다. 항의의 고함 소리, 자신의 무죄를 하늘에 맹세하는 목소리. 디오타가 아니었다! 어떤 남자의 목소리였다!

"장관님, 맹세코 전 아무것도 모릅니다! 그날 낮이건 밤이건, 그분을 전혀 본 적이 없어요. 전 집에 꼼짝 않고 있었습니다. 제

아내가 증언해줄 겁니다! 전 아무도 해치지 않았습니다. 하물며 신부님을 해치다니요…… 누군가 저에 대해 거짓말을 한 겁니다, 거짓말을 했다고요! 아, 원장님, 하느님께서 아십니다……."

그 사람의 이름이 앞에서 뒤로 전해져 니니언에게 이르렀다.

"조던 어커드…… 조던 어커드구먼…… 관리들이 조던 어커드를 붙들고 있어……."

니니언은 가볍게 몸을 떨었다. 정신이 하나도 없는 통에 두건이 흘러내려 어깨 위에 접혀 있는 것도 몰랐다. 그때 살짝 녹은 진흙 위를 디디는 말발굽 소리가 뒤에서 들려왔다.

"이보게, 자네!"

채찍 손잡이가 날카롭게 등을 찌르자 그는 놀라 휙 돌아서면서 멋진 밤색 말의 안장에 앉아 자신을 향해 몸을 굽힌 이의 얼굴을 정면으로 올려다보았다. 쉰 살쯤 되어 보이는, 덩치 크고 혈색 좋은 남자였다. 맵시 있는 옷차림에 마구도 훌륭했으며, 목소리와 얼굴에 귀족의 권위가 배어 있었다. 턱수염을 기른 얼굴은 살이 올라 날카롭고 또렷한 선이 무너지기 시작한 참이었으나, 그래도 아직은 꽤나 강렬한 인상을 주는 미남이었다. 서로를 응시하는 이 짧은 순간조차 기다리기 힘들다는 듯 그가 채찍 손잡이로 재차 니니언을 찌르며 쾌활하게 입을 열었다.

"그래, 자네 말이야, 젊은이! 내가 안에 들어가 있는 동안 내 말 좀 잡고 있어주게. 수고비는 잘 쳐주지. 대체 저기서 무슨 일이 일어나는 건가? 누가 마구 소란을 피우고 있는 것 같은데."

디오타에 대한 걱정에서 놓여나 마음이 가벼워진 니니언은 다시 한번 가진 것 없는 촌뜨기 마부 베넷이 되어 아무런 경계심 없이 기꺼이 고삐를 받아 들었다. "저도 잘은 모르겠습니다, 나리. 듣자니 어떤 남자가 신부를 죽인 죄로 체포되었다는데……." 그는 한 손으로 말의 부드러운 이마와 쫑긋한 두 귀 사이를 쓰다듬었다. 밤색 말은 머리를 흔들더니 부드러운 코를 그에게로 돌리고 따뜻한 콧김을 뿜으며 기품 있게 그의 애무를 받아들였다. "참 훌륭한 말이네요! 제가 잘 돌보겠습니다."

"그러니까, 살인자가 잡혔다는 거지? 이번에는 소문이 사실이었나 보군." 그는 단숨에 땅으로 내려서더니, 낫이 풀을 베듯 소란스러운 군중 사이를 가르며 앞으로 나아갔다. 퉁명스럽고 단단한 어깨와 언제든 명령할 준비가 되어 있는 당당한 혀 덕분이었다. 니니언은 매끈한 말의 어깨에 뺨을 댄 채 서 있었다. 웃음과 감사, 그리고 모든 걱정과 유보를 떨쳐버리고 떠날 일에 대한 즐거운 기대가 뒤섞여 마음속에서 들끓었다. 하지만 동시에 아직 젊은 신부가 너무 일찍 세상을 떠났다는 점, 그리고 이제 지금 다른 누군가가 그를 죽인 자로서 고발당하고 있다는 사실에 적잖은 슬픔과 쓸쓸함이 느껴지기도 했다. 두건을 다시 당겨 얼굴에 그늘을 드리워야 한다는 생각이 떠오른 것은 조금 더 지나서였다. 다행히 모든 이들이 묘지 안에서 일어난 소란에 정신이 팔려 주인의 말을 붙들고 선 일꾼 따위에겐 아무런 주의를 기울이지 않았다. 말이 훌륭한 가림막으로 작용한 셈이었다. 그러나 녀석 때문에 그는 다시 문 있는 쪽으로 갈 수가 없었다. 아무리 귀를 기울여도 안에서 들려오는 소음을 가려듣기란 불가능했다. 겁에 질린 항변이 이어지는 와중에 구경꾼들이 시끄럽게 한마디씩 얹었으니, 그 모든 말들이 서로 부딪치며 정신없이 엇갈리고 있었다. 휴 베링어나 원장처럼 논리적이며 이치에 맞는 이야기를 하는 사람들이 있겠지만, 그 목소리는 이곳을 뒤덮은 혼란 속에 잠겨버리고 말았다.

니니언은 자신의 손길 아래 가만히 떨고 있는 따뜻한 가죽에 이마를 기댄 채, 그처럼 때맞추어 그를 구해주신 신께 경건한 감사의 기도를 올렸다.

*

마침내 라둘푸스 원장이 목소리를 높였다. 좀처럼 큰소리를 내지 않는 그의 입에서 나온 천둥 같은 음성은 그야말로 즉각적인 효과를 냈다.

"조용히 하시오! 여러분은 지금 스스로를 부끄럽게 할 뿐 아니라, 이 신성한 장소를 욕되게 하고 있소. 그만 침묵을 지키시오!"

그러자 고요가 찾아왔다. 갑작스럽고 깊은 고요. 그러나 조금이라도 고삐가 늦추어지면 새로운 혼란 속에 금방이라도 깨어질 수 있는 고요였다.

"자, 이제 변호하거나 부인할 것이 없는 이는 침묵을 지키되,

말할 것이 있는 사람들만 입을 여시오." 이어 그가 휴를 향해 돌아섰다. "장관께서는 이 사람, 조던 어커드를 살인자로 고발하셨소. 무슨 증거로 그러는 거요?"

"증인이 있습니다." 휴가 말했다. "증인은 사건 날 밤 집에 있었다는 그의 말이 거짓임을 증언했고, 필요하다면 다시 증언할 겁니다. 숨길 것이 없다면 왜 거짓말을 했겠습니까? 그리고 크리스마스 아침, 여명이 밝자마자 그가 방앗간으로 이어진 길에서 슬그머니 나와 자기 집으로 가는 것을 보았다는 목격자도 있습니다. 이 두 사실만으로도 그에게 혐의를 두기에 충분합니다." 그가 두 부관에게 손짓하자 그들은 겁에 질린 조던의 양팔을 가볍게 붙들었다. 휴는 단호하게 말을 이었다. "그리고 조던 어커드가 에일노스 신부에게 불만을 가지고 있었다는 것은 누구나 아는 사실이지요."

"원장님." 조던이 정신없이 외쳐댔다. "제 영혼에 대고 맹세합니다. 전 신부님에게 손대지 않았고, 그분을 보지도 못했습니다. 전 그 자리에 없었어요…… 다 거짓말이에요…… 사람들이 거짓말을 한 겁니다……."

"당신이 거기 있었다고 맹세할 사람들도 있는 것 같은데." 라둘푸스가 말했다.

"제가 바로 그 목격자입니다." 자신의 말 몇 마디가 일으킨 파장에 불안을 느끼며 시장의 사촌, 예의 양치기가 나섰다. "달리 뭐라 할 수가 없군요. 정말로 그를 봤으니까요. 막 날이 밝을 무렴이었지요. 제가 말씀드린 것은 전부 사실입니다. 하지만 해를 끼치려는 생각이 있었던 건 아니에요. 저 사람 평판을 듣다가, 아마 그날도 놀러 나갔던 모양이구나 싶어서……."

"당신 평판이라는 게 어떤 내용일 것 같소, 조던?" 휴가 부드럽게 물었다.

조던은 수치심과 공포 사이에서 고민하며 어찌할 바를 몰랐다. 어디서 밤을 보냈는지 솔직히 고백하면 비난의 시선을 감당해야 할 것이고, 그렇다고 가만히 입 다물고 있다가는 더 나쁜 상황에 빠질 수도 있었다. 마침내 땀을 흘리고 몸을 뒤틀며 그가 입을 열었다. "전 나쁜 사람이 아닙니다. 뭇 사람들의 존경을 받고 있다고요…… 제가 거기 있었다면, 그건 나쁜 목적이 있어서가 아닙니다. 전…… 전 거기 볼일이 있었습니다. 자선을 베푸는 일이었어요. 아침 일찍 거기 사는 워런 할머니를 찾아가ㅡ"

"아니면 전날 늦은 시각에 그 할머니네 하녀를 찾아갔거나!" 군중의 안전한 익명성 속에서 누군가 외쳤다. 커다란 웃음의 물결이 퍼져나가다가 원장의 번쩍이는 눈길에 급히 잦아들었다.

"저 사람 말이 맞소? 그러다 우연히 에일노스 신부의 눈에 띄었던 거요?" 휴가 물었다. "사람들 얘기를 듣자니, 그분은 그런 타락한 행위를 가장 심각한 죄로 여겼다던데. 당신이 그 집으로 숨어드는 걸 그분이 봤소? 그분은 죄를 보면 그 자리에서, 그것도 심하게 꾸짖었다지. 그래서 그분을 죽이고 저수지에 밀어 넣은 거요?"

"전 아니에요!" 조던이 울부짖었다. "맹세컨대 그분과는 아무 일도 없었습니다. 그래요, 제가 그 여자와 죄를 지었는지는 모르지만, 그게 전부였어요. 전 그 집까지만 갔어요. 그 여자한테 물어보시면 다 말씀드릴 겁니다! 전 밤새 그 집에만 있었어요……."

이 소동이 벌어지는 내내 컨릭은 꾸준히 무덤을 메우고 있었다. 서두르는 몸짓도, 자기 등 뒤에서 벌어지고 있는 혼란에 신경을 쓰는 기색도 보이지 않았다. 그러다 조던이 휴의 질문에 대답할 때 그가 갑자기 허리를 폈다. 관절에서 우두둑 소리가 들렸다. 이어 그는 쇠를 댄 삽을 여전히 한 손에 든 채 둥글게 둘러선 무리 한가운데로 걸어갔다.

늘 말수 없고 혼자인 사람이 보이는 이 뜻밖의 행동에 말소리가 그치고 모두의 시선이 그쪽을 향했다.

"그를 놔주십시오, 장관님." 컨릭이 입을 열었다. "조던은 그분의 죽음과 아무런 관련이 없습니다." 그는 백발이 성성한 머리 아래 눈이 움푹 들어간 침울한 얼굴을 휴에게서 원장에게로, 다시 휴에게로 돌렸다. "에일노스 신부님이 어떻게 죽었는지 아는 사람은 저밖에 없습니다." 그가 표정 없이 말했다.

완전한 정적이 엄습했다. 원장의 권위가 이끌어낼 수 있었던 것보다 더한 정적, 에일노스가 그랬듯 누구라도 그 속에서 익사할 정도로 깊고 무거운 정적이었다. 녹슨 듯한 검은색 옷을 입은 교회지기는 허리를 쭉 펴고 위엄 있는 태도로, 두려움이나 후회의 기색도 없이, 곧 쏟아질 질문을 기다리고 있었다. 그는 자신의 말에 대해 많은 생각을 하지 않았다. 더 많은 것을 얘기하거나 더 일찍 얘기해야 했다는 생각도 없었다. 그러나 설명을 요구하는 사람들을 기꺼이 참아낼 작정이었다.

"자네가 안다고?" 앞에 선 남자를 오랫동안 찬찬히 바라보다가 원장이 물었다. "그런데 왜 얘기를 안 했지?"

"그럴 필요를 못 느꼈습니다. 지금까지는 누구도 혐의를 받은 사람이 없었으니까요. 일은 이미 저질러졌고, 그대로 내버려두는 편이 제일 나았습니다."

"자네······" 라둘푸스가 의구심 섞인 목소리로 이어 물었다. "지금 자네가 거기 있었고 그 일을 목격했다는 말을 하려는 건가? 아니면 혹시 자네가······."

"아닙니다." 길게 늘어뜨린 잿빛 머리 타래를 천천히 흔들면서 컬릭이 대답했다. "제가 그분을 죽인 게 아니에요." 이런저런 질문을 해대는 아이들을 대할 때처럼 참을성 있고 부드러운 목소리였다. "그저 거기 있다가 그 장면을 목격했을 뿐이지요. 전 신부님을 죽이지 않았습니다."

"그렇다면 지금 말하시오." 휴가 조용히 말했다. "누가 그분을 죽였소?"

"아무도 그를 죽이지 않았습니다." 컬릭이 대답했다. "폭력을 행하는 이들은 폭력에 의해 죽기 마련입니다. 그게 공정하지요."

"어서 말하시오." 휴가 여전히 부드러운 목소리로 반복했다.

"그날 무슨 일이 일어났는지 전부 얘기해보시오. 모두가 진실을 알고 다시 평화를 찾아야 하오. 그분의 죽음이 사고였다는 거요?"

"사고가 아닙니다." 컨릭이 말했다. 깊숙이 박힌 그의 눈이 활활 타올랐다. "심판이었지요."

그는 고개를 들어 그들의 머리 너머 성모 성당을 응시했다. 문맹에, 천성적으로 말수가 적은 이가 거기서 할 말을 읽기라도 하려는 것처럼.

"그날 밤 전 저수지로 나갔습니다. 가끔 달도 사람도 없는 밤이면 그리로 가곤 해요. 방앗간 너머 버드나무 사이에서 그녀가 물에 뛰어들었거든요…… 네스트네 딸, 엘리네드 말입니다…… 에일노스 신부가 그녀의 고해성사를 거부하고 교구민들 전부가 보는 앞에서 비난하며 교회 문을 닫아버렸기 때문이었지요. 신부는 그녀의 심장을 찌른 거나 마찬가지였어요. 아니, 차라리 찌르는 게 더 친절한 일이었을 겁니다. 결국 그 모든 빛과 아름다움이 우리에게서 사라져버렸지요…… 저는 그녀를 잘 알았습니다. 애덤 신부님이 살아 계실 때 그녀는 위안을 찾아 자주 교회에 왔었고 신부님은 결코 그녀를 외면하지 않으셨어요. 자기 죄를 떠올리며 괴로워할 때가 아니면 그녀는 한 마리 새, 한 송이 꽃 같았습니다. 그녀를 보는 건 기쁨이었어요. 세상에는 아름다운 것들이 많지 않아요. 하나를 망가뜨리면 그 자리는 메워지지 않지요. 그녀가 후회에 젖어 있을 땐 꼭 어린애 같았어요…… 정말이지 그녀는 어린애나 마찬가지였습니다. 신부는 그런 어린애를 쫓아낸 거예요…….”

그는 잠시 침묵했다. 슬픔에 북받쳐 더는 벽에 적힌 글귀를 읽을 수 없는 것처럼. 그는 다시금 잘 해독해보려는 듯 이마를 찡그렸다. 아무도 말이 없었다.

“전 거기 서 있었습니다. 엘리네드가 저수지로 뛰어들었던 곳에요. 그때 그가 오더군요. 전 누구인지도 몰랐어요. 제가 있는 곳까지 오지 않았거든요. 방앗간 옆에서 땅을 쿵쿵 차면서 뭐라 투덜대고 있더라고요. 몹시 화가 나 있는 것 같았어요. 그때 한 여자가 비틀거리며 그에게 다가와 무어라 말하기 시작했습니다. 그 사람 앞에 무릎을 꿇고 울면서 매달리더군요. 그가 떼어내려 해도 도무지 옷자락을 놓질 않았죠. 그러자 그가 여자를 때렸어요. 제가 그 소리를 똑똑히 들었습니다. 여자는 그저 신음 소리만 냈지요. 그대로 두면 살인이 나겠다 싶어 전 그들에게로 다가갔습니다. 그래서 남자가 여자에게 다시 지팡이를 휘두르고, 여자가 맞지 않으려 두 손으로 지팡이 손잡이를 붙들고, 남자가 다시 온 힘을 다해 그걸 잡아당겨 결국 여자 손에서 빼내는 모습까지 전부 보았지요. 주위가 어두웠지만 전 밤눈이 밝거든요. 곧 여자가 도망쳤어요. 비틀거리며 달아나는 소리가 들렸죠. 아마 그 여자는 제가 들은 소리를 못 들었을 겁니다. 아무것도 모르겠죠. 전 그가 비틀비틀 뒷걸음치다가 버드나무 둥치에 부딪치는 소리를 들었어요. 잔가지들이 부러지는 소리에 이어, 그가 물에 빠지면서 텀벙거리는 소리가 들렸습니다. 그리 큰 소리는 아니었어요."

그가 상황을 정확하게 전달하고자 기억을 더듬는 동안, 다시금 길고 깊은 침묵이 흘렀다. 놀라움에 굳어버린 수사들 뒤로 조용히 다가선 캐드펠은 컨릭의 이야기 중 뒷부분밖에 듣지 못했지만, 이미 그의 손에는 그 모든 것을 증명할 초라한 증거가 들려 있었다. 휴가 놓은 덫이 결국 모든 이들을 자유롭게 놓아준 셈이군, 그는 둥글게 둘러선 사람들 너머 서로 팔을 끼고 선 디오타와 새넌을 바라보며 생각했다. 두 여자 모두 얼굴 깊숙이 두건을 눌러썼고, 지팡이의 날카로운 은 띠에 찢긴 디오타의 한쪽 손은 외투의 주름을 모아 잡고 있었다.

"전 그리로 갔습니다." 컨릭이 말했다. "물속을 들여다보고서야 그가 에일노스 신부라는 걸 알았죠. 잠시 정신을 잃었는지 내 발밑에서 떠다니고 있더군요. 제가 그의 얼굴을 보고 있는데 그가 눈을 떴습니다. 저는…… 그곳을 떠났어요. 그가 엘리네드에게 등을 돌렸듯이, 그렇게 돌아섰습니다. 그는 엘리네드의 눈물에도 문을 닫아버렸고, 울며 호소하는 여자를 때렸지요…… 만일 하느님께서 그를 살리고자 하셨다면 그는 살아났을 겁니다. 그게 아니라면 왜 바로 그 외진 곳에서 그런 일이 일어났겠습니까? 그리고 제가 뭐라고 하느님의 특권을 빼앗겠습니까?"

이 모든 이야기를 그는 교회의 제단에 놓기 위해 산 양초의 숫자를 보고할 때와 똑같은 사무적인 목소리로 털어놓았다. 다른 점이 있다면 지금은 모든 내용을 분명하게 전달하고자 천천히 생각해가며 말을 했다는 정도일까. 그러나 라둘푸스 원장에게는 그 음성이 예언의 반향과도 같이 들렸다. 설혹 그가 신부를 구하려 했다 해도, 혼자서 가능했을까? 이미 손을 쓰기에는 늦은 상황이 아니었을까? 그 어둠 속에, 모두들 밤샘 기도를 준비하던 시간, 도움을 청할 틈도 없이 깊이 파인 둑 너머로 떨어진 커다란 사내를 건져내는 게 가능했을까? 어쩔 수 없는 일이라 생각하고 컨릭이 그랬듯 하느님의 뜻이라 받아들이는 편이 나을 터였다!

"저, 원장님······." 가만히 서서 자신에게 쏟아질 질문을 기다리던 컨릭이 다시 입을 열어 침묵을 깨뜨렸다. "더 이상 물으실 것이 없다면 무덤 메우는 일을 계속하겠습니다. 잘 마무리 지으려면 오늘 하루 종일 해야 할 겁니다."

"그렇게 하게." 원장은 이렇게 대답한 뒤 잠시 그의 눈을 똑바로 쳐다보았다. 그 눈빛에 비난의 기색은 전혀 없었다. "일을 마치거든 내게 와서 사례비를 받아 가게."

컨릭은 아까 나아온 모습 그대로 다시 돌아가 일을 시작했다. 놀라움과 충격에 침묵을 지키며 그를 지켜보던 사람들은 긴 다리로 성큼성큼 걷는 그의 걸음걸이나 조용하고 규칙적인 삽질 소리에서 어떤 변화도 느끼지 못했다.

라둘푸스는 휴를, 이어 조던을 바라보았다. 공포에서 놓여난 조던은 두 관리 사이에서 말없이, 침울하게 서 있었다. 원장의 엄한 얼굴에 보일락 말락 한 미소가 떠올랐다가 금세 사라졌다. "장관, 이 사람에 대한 혐의는 이미 벗겨진 것 같군. 만일 이자가 양심에 거리낄 만한 다른 죄를 지었다면 내가 고해하도록 권하겠소." 기가 꺾인 조던을 응시하며 원장이 엄격하게 말을 이었다. "더하여 앞으로는 그런 짓을 피하라는 충고도 건네야겠지. 그도 오늘 일을 하나의 경고로 받아들여, 자신의 습관이 불러올 위험에 대해 잘 생각해볼 거요."

"이제 진실을 알고, 여기 있는 이들 중 누구도 그 살인에 대한 책임이 없다는 사실을 알게 되어 저로서는 기쁠 뿐입니다." 휴가 말했다. "조던 어커드, 당신은 집으로 돌아가 충직한 아내를 잘 보살피시오. 진실을 밝혀줄 사람이 나온 것을 행운으로 알아야 할 거요. 온통 당신에게 불리한 증거들뿐이었으니까…… 자, 그를 놔주게!" 그는 부관들에게 명했다. "가서 자기 일을 하라고 하게. 이렇게 구원을 얻었으니, 저 사람은 감사의 표시로 교구 제단에 제물을 바쳐야 할 거야."

관리들이 손을 떼자마자 조던은 땅바닥에 주저앉았다가 윌 워든이 손을 내밀어 팔을 붙들자 겨우 다리에 힘을 주고 일어섰다. 이제 정말로 다 끝났다. 하지만 거기 모인 모든 사람들이 놀라움에 완전히 넋을 잃고 선 터라 원장은 다시금 축복을 내려 이들을 해산시켜야 했다.

"여러분, 이제 돌아가십시오." 그가 다소 무뚝뚝한 어조로 입을 열었다. "에일노스 신부의 영혼을 위해 기도해주시기를, 우리 이웃의 죄를 우리 죄에 대한 깨달음의 계기로 삼기를 바랍니다. 그리고 이 교구의 성직 수여권을 가진 우리가 어떤 결정을 내리든, 이번에는 무엇보다 여러분의 요구를 최우선으로 고려하리라는 점을 믿어주십시오." 이어 그가 짧고 힘찬 말로 축복하자 하나둘 수도원을 나서기 시작했다. 지금이야 이렇게 침묵을 지키며 녹는 눈처럼 움직이고 있지만 다들 곧 수다스러워질 것이다. 시내며 교구며 이 지역의 모든 곳이 오늘 오전의 사건에 대한 이런저런 설명들로 꽤나 시끄러워지리라. 그리고 그 이야기들은 마침내 신화로서, 오래전에 있었던 중대한 사건 들에 관한 전설 중 하나로 회자될 것이다.

*

"형제들도 이제 일상으로 돌아가서 식사 준비를 하시오." 라둘푸스가 수사들을 돌아보며 짧게 말했다. 다들 울음을 그치고 지친 날개를 펄럭이는 비둘기들 같은 모습이었다.

두려움 비슷한 감정을 느끼며 어디로 가야 할지 몰라 우왕좌왕하던 수사들은 이내 정신을 차리고 천천히 걸음을 옮겼다. 사방으로 튀는 불티처럼, 혹은 바람에 흩날리는 먼지처럼 모두 새롭게 드러난 사실에 여전히 반쯤 넋을 잃은 채 흩어져갔다. 목표와 순서를 알고 자기 일을 계속하는 사람은 컨릭뿐이었다. 그는 담장 끝에서 열심히 삽질을 하고 있었다.

제롬 수사는 몹시 심란해 보였다. 일련의 상황이 베네딕토회의 규율과 관례에 대한 자신의 관념에 전혀 맞지 않는 방향으로 흘러간 터였다. 그는 뒤처져 걸어가는 몇몇 수사들을 세면소와 식당으로 몰고, 수도원 경내에서 어슬렁거리는 교구민들을 새 쫓듯 바깥으로 내보냈다. 그러다 수도원 앞 대로를 향해 열린 넓은 대문 가까이 이르러, 말고삐를 잡고 비스듬히 선 채 문을 나서는 이들에게 가끔씩 짧은 눈길을 던지는 한 젊은이를 보게 되었다. 두건을 잔뜩 당겨 쓴 터라 얼굴이 똑똑히 보이지 않았으나 낯선 외투와 망토, 고집스레 등을 돌리고 있는 자세에서 무언가 제롬 수사의 날카로운 눈을 잡아끌었다. 한동안 수사들 틈에서 지내다 기묘하게 사라져버린 그 젊은이 같은데, 그는 생각했다. 한 번이라도 좋으니 얼굴을 완전히 이쪽으로 돌려줬으면!

캐드펠은 미적미적 움직이며 새년과 디오타가 무사히 떠나는지 지켜보았다. 두 여인은 성모 성당의 그늘 속에 들어가 있었다. 새년이 디오타의 팔을 붙잡고 선 품새가, 아마 이곳 군중이 모두 빠져나가기를 기다리는 듯했다. 왜 저렇게 시간을 끌지? 마주치고 싶지 않은 사람이라도 본 것일까? 떠나는 이들의 뒷모습을 훑어보던 캐드펠은 새년에게 그리 반갑지 않을 사람을 발견했다. 저런, 새년도 디오타처럼 내내 외투의 두건을 얼굴 깊숙이 눌러 쓰고 있었겠지? 그랬어야 할 텐데.

이제 두 여자도 사람들의 뒤를 따라 천천히 움직이기 시작했다. 새년의 눈은 문에 거의 다가간 키 큰 남자의 등에 꽂혀 있었다. 그를 눈으로 쫓던 캐드펠과 새년은 동시에 제롬 수사의 모습을 발견했다. 잠시 문간에서 머뭇거리던 그는 마음의 결정을 내린 듯 길로 나가는 중이었다. 아주 다른 두 뒷모습, 꼿꼿 자신에 찬 한 사람과 마르고 구부정한 또 한 사람을 시선으로 따라가다 보니 문 앞에서 말고삐를 쥔 채 누군가를 기다리는 청년의 모습이 시야에 잡혔다.

제롬 수사는 반신반의의 마음으로 어디 한번 확인이나 해보자 작정한 터였다. 정당한 이유나 허락 없이 경내를 떠나서는 안 되었지만 어쩔 수 없었다. 올바른 경보를 울릴 수만 있다면, 그래서 도망친 왕의 적을 왕의 법률에 넘길 수만 있다면 그것이 곧 정당한 이유 아니겠는가. 장관은 문 밖에 경비병을 세워두었다고 했다. 그러니 추적자의 코앞에서 자신이 안전하다 믿는 저 사냥감을 잡도록 그들을 부르기만 하면 되었다. 물론 저 젊은이가 정말로 한때 베넷이라 알려졌던 그 청년이라면 말이다.

새넌과 캐드펠은 그가 누구인지 확실히 알아보았다. 이 지역에서 그의 얼굴과 자세와 몸가짐을 그들만큼 잘 아는 사람이 또 있겠는가. 그런데 바로 그 두 사람의 눈앞에서 제롬 수사가 악의를 품고 그를 향해 다가가고 있었다. 그들에게는 재앙을 막을 방법이 없었다.

새넌이 디오타의 팔을 놓고 앞으로 달려가기 시작했다. 캐드펠도 다른 방향에서 문으로 다가가며 큰 소리로 외쳤다. "수사님!" 제롬으로서는 이유를 알지 못할 독기와 분노를 품은 음성이었다. 그의 주의를 딴 데로 돌리려는 생각이었지만 소용없었다. 제롬은 에일노스가 그랬듯 눈길 한 번 돌리지 않은 채 악인의 뒤를 쫓고 있었다. 이제 그를 막는 일은 다른 사람에게 맡길 수밖에 없었다.
　말의 주인이 긴 다리로 성큼성큼 걸어서 제롬보다 한두 걸음 앞서 문간에 도착했다. 간발의 차이였다. 기대했던 결말은 아니었지만 이 신사는 꽤나 만족스러운 기분이었다. 불충했다는 의심을 받거나 땅을 빼앗길 위험에 처하지 않은 이상, 자신에게 크나큰 걱정을 안겨주었던 그 무모한 젊은이에 대한 악의 같은 것을 품고 있을 까닭이 없었다. 그저 그가 다시 나타나 다른 이들에게 고통을 안겨주는 일 없이 무사히 도망치기를 바랄 뿐이었다.
　니니언은 주위를 둘러보다가 말의 주인을 발견했다. 그리고 동시에, 너무 때늦게 제롬 수사의 흰 담비 같은 얼굴도 눈에 들어왔다. 자신을 향해 다가오고 있는 게 분명했다. 무슨 선한 의도가 있어서 그러는 게 아니라는 점도 명백했다. 피할 시간이 없었다. 그는 제자리에 멍하니 서 있었다. 그때, 정말 다행히도 말 주인이 사냥꾼보다 먼저 그에게 다가오더니 고삐를 건네받고는 젊은 마부의 어깨를 툭툭 두드려주었다. 니니언은 재빨리 허리를 굽혀 그가 말에 올라타도록 등자를 잡아주었다.
　그것으로 충분했다! 제롬은 걸음을 멈추었다. 뒤따라오던 어월드가 커다란 손을 들어 그를 한옆으로 밀어낸 뒤 지나쳐 갔다. 말 주인은 이미 고마움의 표시로 마부에게 은화 하나를 던져준 뒤 한가롭게 달각거리며 큰길을 따라가고 있었다. 니니언은 경중거리며 그를 뒤따라 마시장터 모퉁이를 돌아서 사라져버렸다.
　운이 좋았어. 높은 담장 모퉁이를 돌자마자 걸음을 늦추며 니니언은 생각했다. 그러면서 키도 크고 손도 큰 예의 귀족이 던져 준 은화를 만족스럽게 꼭 쥐었다. 하느님께서 그를 축복해주시길. 누군지 모를 그 사람이 내 목숨을, 내 안전을 지켜주었어! 보아하니 꽤 중요한 인물인 것 같은데. 분명 이 지역에서는 유명한 사람이겠지. 하지만 그의 마부들은 주인만큼 잘 알려지지 않은 모양이니 얼마나 다행이야! 그게 아니었다면 꼼짝없이 붙잡혔을 텐데.

운이 좋았어, 안도의 한숨을 내쉬고 성모 성당의 커다란 동쪽 창문 아래서 라둘푸스 원장과 심각하게 얘기를 나누는 휴에게로 돌아가며 캐드펠은 생각했다. 뜻밖의 장소에서, 뜻밖의 사람들이 그를 구했군. 게다가 아주 적절한 결말이 아닌가!

운이 좋았어, 당혹감과 두려움에 떨다가 갑자기 의기양양한 웃음을 터뜨리며 새넌은 생각했다. 방금 무슨 일이 일어났는지 그는 전혀 모르겠지. 두 사람 다 모를 거야! 아, 이 얘기를 해주면 니니언이 어떤 표정을 지을까?

운이 좋았어, 자신의 일과로 총총히 돌아가며 제롬은 생각했다. 그 젊은이를 붙잡아 윽박질렀다면 얼마나 우스운 꼴이 되었을까? 모습이나 태도가 어쩌다 우연히 닮았을 뿐, 그 이상은 아니었는데. 그의 주인이 마침 때맞게 앞질러 갔던 게 나로서는 얼마나 다행한 일인지.

랠프 기퍼드가, 다른 사람도 아닌 바로 그가, 그토록 당당하게 고발했던 죄인을 스스로 나서서 보호했을 리는 결코 없지 않은가!

13

"한 가지 의문이 있소." 원장이 말했다. "그 대답이 없었음은 물론, 아직 제기된 적조차 없는 의문이오."

식탁이 치워지고 손님의 포도주 잔이 비워질 때까지 한참을 기다린 뒤였다. 식사 중에는 사무적인 일을 절대로 거론하지 않는 것이 라둘푸스 수도원장의 철칙이었다. 그 자신은 음식을 그리 즐기는 편이 아니나, 다른 이들의 즐거움을 존중하기 위해서였다.

"무슨 의문입니까?" 휴가 물었다.

"그가 모든 진실을 말했다고 생각하오?"

휴는 식탁 너머에서 날카로운 눈으로 그를 바라보았다. "컬릭 말씀입니까? 절대로 거짓말을 하지 않으리라 장담할 수 있는 사람이 어디 있겠습니까? 하지만 컨릭에 대해 하는 말들을 듣자니, 그는 꼭 해야 할 때가 아니면 결코 입을 열지 않고, 말을 할 때는 요점만 짚어 짧게 한다더군요. 그런 까닭에 조던이 고발당할 때까지 침묵을 지켰던 게지요. 정말 과묵한 사람입니다. 그동안 일하며 했던 말을 모두 합쳐도 오늘 아침 그 짧은 동안 꺼내놓은 것들보다 적을 겁니다. 꼭 필요한 진실을 말하는 데도 그처럼 많은 수고를 들여야 하는 사람이니 아마 거짓말을 지껄이지는 않았을 겁니다."

"그 사람, 오늘은 정말 말을 잘하더구먼." 라둘푸스가 쓴웃음을 지어 보였다. "그래도 그 말을 확인시켜줄 만한 어떤 확실한 증거가 있다면 좋겠소. 그가 생사의 문제를 하느님께, 혹은 그런 경우 정의를 결정하는 힘이라 믿는 것에 맡긴 채 그냥 돌아서서 자리를 떠나버렸는지, 아니면 그 자신이 직접 타격을 가했는지 누가 알겠소? 혹은 그 모든 광경을 목격한 것은 사실이나 신부가 정신을 잃었을 때 물에 밀어 넣은 사람이 바로 그였을 수도 있소. 컨릭이 이를 감추기 위해 그럴듯한 얘기를 꾸며낼 만큼 교활한 사람이라고는 생각지 않지만, 또 폭력을 쓰고 싶은 욕구를 느끼더라도 결코 그것을 실행에 옮길 사람이 아니라는 것을 알지만, 우리로선 무엇도 확신할 수 없소. 그리고 만일 그가 말한 것이 진실이라 해도, 그에 대해 어떤 조치를 취해야 할지 모르겠군. 그를 어떻게 하면 좋겠소?"

"저로서는 아무 일도 할 수 없고, 하지도 않을 겁니다." 휴가 단호하게 말했다. "그는 법을 어기지 않았습니다. 죽게 내버려뒀다는 것이 도덕적으로 옳지 못할 수는 있지만 범죄는 아니지요. 전 제가 지키는 법대로 합니다. 그러한 죄는 종교의 영역에 속하는 문제이지, 제 소관이 아닙니다." 타지에서 에일노스를 데려와 교구민들의 의사와는 상관없이 그들의 영혼을 돌보도록 맡긴 사람에게도 일말의 책임이 있는 것 아닌가 하는 생각이 들었지만, 휴는 굳이 덧붙이지 않았다. 하지만 분명 원장도 그 생각을 하고 있을 터였다. 아마 최초의 불평이 귀에 들어왔을 때부터 죽 그랬으리라. 그는 자신의 잘못을 못 본 체하거나 책임을 회피하는 사람이 아니었다.

"이것만은 말씀드릴 수 있습니다." 휴가 다시 입을 열었다. "에일노스를 따라갔다가 지팡이로 맞았던 여자에 대한 그의 증언은 분명 진실입니다. 해밋 부인은 언 땅에 넘어져 다쳤다고 했지만, 그건 거짓이었습니다. 신부가 그녀에게 상처를 입힌 겁니다. 부인이 이후 자신의 상처를 치료해주었던 캐드펠 수사님께 다 털어놓았다더군요. 말이 나온 김에 제안드릴 것이 있는데, 이 자리에 그분, 캐드펠 수사님을 부르면 어떨까 싶습니다. 오늘 아침 이후 저도 그분과 얘기를 나눌 기회가 없었거든요. 그분은 아마 사건에 관해 더 잘 알고 계실 겁니다. 아까 묘지에 갔을 때 수사님들이 모인 곳을 살펴봤는데 그분의 모습이 보이지 않았어요. 나중에야 대로가 아닌 큰 마당 쪽에서 오시더군요. 뭔가 중요한 이유가 있는 게 아니었다면 자리를 뜨지 않았을 겁니다. 그리고 그분이 제게 하실 말씀이 있다면, 전 그걸 소홀히 할 수 없습니다."

"나도 그럴 수 없을 것 같군." 라둘푸스는 이렇게 대꾸한 뒤 책상 위에 놓인 작은 종을 울렸다. 작은 은종이 울리는 소리에 곁방에 있던 보좌 수사가 들어왔다. "비탈리스 형제, 캐드펠 형제를 이리로 불러주겠소?"

문이 닫히자 원장은 생각에 잠겨 잠시 말없이 앉아 있다가 다시 입을 열었다. "물론 에일노스 신부가 크게 속았다는 사실은 나도 알고 있소. 그게 그에게는 조금이나마 참작의 여지를 줄 수 있었겠지. 하지만 그 부인—사실 그녀는 우리가 베넷이라 알던 이의 친척이 아닐 텐데—은 3년 동안 주인에게 훌륭한 하인이었고, 잘못한 거라곤 그 젊은이를 보호하려 한 것뿐이잖소. 순전히 애정에서 비롯한 잘못이라 할 수 있지. 그녀에게 벌을 줄 생각은 없소. 적어도 내 권위로는 어떤 벌도 부과하지 않을 거요. 바로 내가 그녀를 데리고 왔으니, 그녀는 여기서 조용히 살게 될 거요. 만일 새 신부가 오고 그에게 살림을 돌봐줄 어머니나 누이가 없다면, 그때부턴 그를 위해 일해줄 수도 있겠지. 이제 그녀가 고해할 때 외에는 신부 앞에 무릎을 꿇을 일이 없기만을 바랄 뿐이오. 신부도 그녀를 때릴 이유가 없었으면 좋겠고. 그리고 그 젊은이 말인데……" 그는 체념과 관대함이 섞인 눈빛으로 그때를 회상하며 미소를 띤 채 고개를 저었다. "추위가 닥치기 전에 힘든 일들을 도우라며 그 청년을 캐드펠 형제에게 보냈던 게 기억나는군. 그가 정원에서 일하는 모습을 한 번 본 적이 있소. 긴 밭이랑을 갈아엎고 있더군. 적어도 제 몫의 일은 정직하고 성실하게 해낸 셈이지. 피챌런의 기사는 밭일을 두려워하지도, 부끄러워하지도 않았소." 그는 고개를 갸웃하며 휴를 향해 물었다. "혹시……모르고 있었소?"

"알게 될까 봐 조심했지요." 휴가 말했다.

"어쨌든 그가 살인으로 손을 더럽히지 않았다니 다행이오. 나는 무성히 자라 삽으로는 절대 파낼 수 없는 잡초들을 뽑느라 그 손이 시커멓게 흙투성이가 된 것을 보았소." 라둘푸스는 다시금 미소를 지으며 창 너머 낮게 드리운 연회색 하늘을 내다보았다. "그는 무슨 일이든 잘해낼 거요. 그런 젊은이가 무장을 하고 또 다른 젊은이와 싸워야 하니 참 안타까운 현실이군…… 그래도 칼을 뽑으려면 넓은 들판에서만 뽑는 편이 나을 거요. 어둠 속에서 몰래 해서는 안 될 일이지."

*

캐드펠은 원장의 책상 위에 에일노스 신부의 유품을 늘어놓았다. 흑단 지팡이와 가장자리 끈이 끊어진 지저분한 검은 모자, 그리고 모자에서 없어진 부분에 꼭 들어맞는 양모 끈이었다.

"컨릭은 틀림없는 사실을 얘기했습니다. 여기 그 증거들이 있어요. 오늘 아침 해밋 부인의 손바닥을 다시 보고서야 제가 치료했던 그 상처가 어떻게 생겼는지 이해하게 됐지요. 부인은 넘어진 게 아니었습니다. 자, 머리의 상처는 이 지팡이에 맞아 생긴 것이었죠. 흰머리가 되어가는 연갈색 긴 머리카락 몇 올이 여기 은 띠 가장자리에 끼어 있었어요. 보십시오, 띠가 아주 얇아져 가장자리가 갈라지고 일어난 게 보이시지요."

라둘푸스는 길고 가느다란 손가락으로 면도날처럼 날카롭게 일어난 은 띠를 죽 돌려가며 만져보고는 굳은 얼굴로 고개를 끄덕였다. "그렇군. 그 손의 상처도 이것 때문인 모양이지. 컨릭이 그런 말을 하지 않았소? 그가 두 번째로 지팡이를 휘둘렀을 때 부인이 그걸 붙들고 매달렸다고…… 머리를 맞지 않으려고 말이오."

"그러자 그는 온 힘을 다해 지팡이를 잡아당긴 겁니다." 휴가 말했다. "그렇게 부인의 손에서 지팡이를 빼내긴 했지만, 결국 그 기세에 자신이 다치고 말았죠."

"그들은 방앗간을 지나 몇 걸음 안 간 곳에 있었을 겁니다." 캐드펠이 다시 입을 열었다. "컨릭은 그로부터 얼마간 떨어진 곳, 버드나무 사이에 있었고요. 저수지 쪽으로 기운 첫 번째 버드나무 둥치 가장자리의 꺾인 잔가지 사이에 이 양모 끈이 걸려 있더군요. 신부가 물에 빠지는 순간 그의 모자가 이 실오라기를 거기 남겨놓은 채 날아가버린 겁니다. 지팡이도, 은 띠에 여자의 머리칼이 걸린 상태로 손에서 내던져졌죠. 그곳은 겨울 풀들이 길게 자라 무성한 곳이었으니, 부인이 지팡이를 놓쳤을 때 그는 뒷걸음질 치다가 풀에 걸렸을 겁니다. 그러다가 나무둥치에 부딪친 거예요. 오래전에 잘린 그 나무의 줄기에는 울퉁불퉁한 도끼 자국이 그대로 남아 있었는데, 거기 깔쭉깔쭉한 가장자리에 뒷머리 아래쪽이 세차게 부딪친 겁니다. 원장님께서도 그 상처를 보셨지요? 장관도 마찬가지일 테고."

"봤지." 라둘푸스가 말했다. "그러면 그 부인은 자신이 도망친 이후 어떤 일이 일어났는지 전혀 모르고 있던 거요?"

"집까지 어떻게 왔는지도 모르더군요. 아마 밤새 두려움에 떨며 기다렸을 겁니다. 그가 그 젊은이에게 하려던 일을 마치고 집으로 돌아와 자신을 비난하며 쫓아내리라 생각하면서요. 그러나 그는 돌아오지 않았지요."

"컨릭은 정말 신부의 목숨을 구할 수 없었을지……." 신부의 운명을, 더하여 그에게 반감을 품고 분노한 신도들을 떠올리며 원장이 슬프게 중얼거렸다.

"워낙 어두운 곳이었으니까요. 혼자서는 아무리 애를 써도 둑 아래로 떨어진 사람을 구해내지 못했을 겁니다." 캐드펠이 말했다. "설령 가까운 곳에 도와줄 사람이 있었다 해도, 그들이 달려와 끌어내기 전에 벌써 익사했겠지요."

"죄책감이 느껴지긴 하지만, 그래도 형제의 말이 위안을 주는군." 라둘푸스가 보일 듯 말 듯한 미소를 띠며 말했다. 그 미소는 곧 체념의 미소로 바뀌었다. "어쨌든 우리 가운데 살인자는 없다는 뜻이니 말이오."

*

"죄에 대한 얘기가 나오면 난 어쩔 수 없이 내 양심을 들여다 보게 된다네." 휴와 함께 허브밭 작업장에 편안히 앉았을 때, 캐드펠이 말했다. "나는 약간의 특권을 누리고 있잖나. 병자들을 봐준다거나 대자를 만나러 간다는 핑계로 수도원 밖에 나갈 수 있지. 하지만 그런 특권을 나 자신의 목적을 위해 이용해서는 안 되거늘…… 고백하자면 크리스마스 이후로 서너 번 그런 뻔뻔스러운 외출을 감행했네. 원장님께서도 오늘 아침에 내가 허락도 없이 나갔던 걸 잘 아실 텐데 아무 말씀 안 하시더군."

"아마 내일 총회 때 수사님이 자발적으로 고해하리라 믿고 계신 모양이지요." 휴가 달래듯 말했다.

"아니, 그분은 그러지 않기를 바라실 거야. 고해를 하려면 그 이유를 설명해야 할 텐데, 지금 그분 마음이 어떻겠나? 이곳에는 그분과 나처럼 강풍을 견뎌내는 늙은 매도 있지만, 비둘기장 틈으로 들어오는 거친 바람에 몸을 떠는 순진한 사람들도 있거든. 그분은 에일노스 신부가 끼친 영향에 대해 걱정하고 계시네. 그 일이 어서 멀리 치워지고 하루빨리 잊히기를 바라시지. 아마 곧 새 신부가 오게 될 거야. 성직 수여권이 있는 우리도, 그를 맞이할 주민들도 모두 잘 알며 기꺼이 환영할 만한 사람으로 말이지. 에일노스를 묻어버리는 방법으로 그보다 나은 게 없거든."

"솔직히 교황대사가 추천하는 신부를 거절한다는 건 무척 어려운 일이었을 겁니다. 원장님 같은 위치의 사람에게도 말이지요." 휴가 사려 깊게 말했다. "게다가 에일노스는 눈과 귀에 워낙 깊은 인상을 남기는 사람이었잖습니까. 학식도 갖추었고요……원장님은 당신이 보물을 데려온다고 생각하셨을지도 모르죠. 하느님께서 다음엔 제발 사람 좋고 겸손하고 평범한 사람을 보내주시길 바랄 뿐이에요."

"아멘! 그 사람이 라틴어를 알건 모르건 전 상관없습니다!" 캐드펠은 간절함을 담아 외친 뒤 화제를 돌려 말을 이었다. "이보게, 나는 왕의 적과 공모하지 않았지만, 그래도 니니언이 잘되기를 바라고 있네. 어찌 보면 그는 범죄자인데 말이야! 내가 종종 내 양심을 들여다본다고 했지? 한데 그다지 부지런히 들여다보는 건 또 아니거든. 그래서 늘 곤란에 빠지곤 하지."

"그 두 사람은 출발했을까요?" 화롯불을 바라보며 휴가 너그러운 미소를 지었다.

"어두워진 뒤에 출발하겠지. 이 밤이 지나면 가고 없을 걸세. 새넌이 랠프 기퍼드에게 어떻게든 인사를 남기고 갔으면 좋겠는데." 캐드펠이 생각에 잠겨 말했다. "기퍼드도 악인은 아니야. 그저 지금 다른 많은 사람들이 하듯 행동할 수밖에 없었던 게지. 아들 생각도 해야 했고 말이야. 새넌도 제 의부에게 큰 불만이 없어 보였네. 그가 재산과 타협하고 황후에 대한 희망을 포기했다는 점만 제외하면 말이야. 아직 한참 어리니 그의 태도를 도무지 이해할 수 없겠지. 하지만 자네나 나는 그 모든 것을 이해하잖나. 그 젊은이들은 자기들 원하는 대로 자기들만의 삶을 찾게 놔두세."

젊은 한 쌍을 떠올리며 캐드펠은 미소를 지었다. 그의 생각은 주로 니니언을 향하고 있었다. 활기차고 대담하며 무모한 청년. 그동안 한 번도 쥐어본 적 없는 삽을 들고 재빨리 일을 익히려 애쓰며 굳세게 일하던 젊은이. "존 수사 이후―그게 벌써 5년 전이지!―그렇게 강인한 일꾼은 처음이었어. 존 기억하나? 왜, 대장장이의 조카딸과 결혼해서 귀더린에 살고 있는 친구 말이야. 지금쯤은 그 친구도 용맹스러운 대장장이가 되어 있겠지. 어찌 보면 베넷은 그와 많이 닮았어…… 전부가 아니라면 다 필요 없다는 식의 사고방식이라든가, 어떤 모험이든 기꺼이 뛰어드는 데도라든가."

"니니언이죠, 베넷이 아니라." 휴가 무심히 그의 말을 고쳐주었다.

"맞아, 이젠 니니언이라고 불러야겠지. 자꾸 그걸 잊어버리는군. 아, 그러고 보니 자네에게 한 가지 말해주지 않은 게 있네." 즐거운 기분으로 기억을 떠올리며 캐드펠이 말을 이었다. "이 사건의 결말 중 가장 재미있는 일이지. 상황이 나빠지고 의심과 죽음으로 가득한 와중에도 농담거리는 필요하잖나."

"아니라고는 못 하겠네요." 휴는 이제 몸을 구부린 채 세심하게 자리를 살피며 목탄 몇 개를 넣어 불을 살리고 있었다. 평소 다른 이들이 대신 해주는 일을 일부러 하며 즐거움을 맛보는 것이리라. "하지만 오늘 그럴 만한 일은 전혀 보지 못했는데요. 언제, 어떤 일이 있었던 거죠?"

"자네가 묘지 곁에서 원장님과 대화를 나눌 때의 일이지. 사람들이 모두 흩어지는 중에, 나는 그리 바쁜 일이 없어 천천히 걸었고, 제롬 수사도 그랬지. 그런데 그 사람이 언제나 그러듯 자신이 참견해서 해를 끼칠 빌미를 찾아낸 거야. 새년도 그 모습을 봤고." 캐드펠이 즐거워하며 말했다. "그녀는 정신을 잃을 정도로 겁을 먹더구먼. 그런데 그게 참 재미있게 해결됐거든. 자네도 알겠지만 그쪽 대문 폭이 얼마나 넓은가……."

"저도 그리로 들어왔죠." 휴가 참을성 있게 대꾸했다. 큰 걱정으로부터 놓여난 데다 화로에서 올라오는 연기 때문에, 그리고 이젠 안개와 함께 차차 어둠이 내리는 오늘 하루를 워낙 일찍 시작한 탓에 그는 조금 졸린 상태였다.

"거기 문 밖 길에서 한 청년이 말을 붙들고 있더군. 아무도 그를 눈여겨보지 않았어. 그런데 제롬이 양치기 개처럼 주위를 뛰어다니며 사람들을 쫓아내다가 자꾸만 길 쪽을 내다보기 시작한 거야. 그 청년을 보고 낯이 익다 생각한 게지. 곧 가까이서 제대로 확인하고 싶었는지 그리로 다가가더군. 얼마나 열중했는지 가슴이 두근거리는 게 보일 정도였어. 그 사람이 어떤지는 자네도 잘 알겠지!"

"악을 들춰내는 이들은 보상을 얻는 법이지요." 은근한 조롱의 즐거움을 느끼며 휴가 말했다. "말을 붙들고 있던 그 청년에게서 얻을 만한 보상은 무엇이었을까요?"

"베넷인지 니니언인지 하는 청년은 우리의 군주이신 스티븐 왕의 배신자로서, 우리의 귀하신 장관님께 고발되어 추적당하고 있잖나. 유감스럽지만 휴, 자넨 얼마 전에 관직을 재가받았으니 제롬 수사에겐 자네가 전보다 훨씬 더 중요한 사람이 된 거야! 아무튼 제롬 수사가 본 게 바로 그 사람이었네. 그 범죄자가 전에 보지 못하던 옷을 걸치고 있다는 것만 달랐지."

"정말 사람 놀라게 하시네요." 흥미롭다는 표정으로 얼굴을 빛내며 휴가 친구를 바라보았다. "그 사람이 정말로 그 베넷, 아니 니니언이었단 말씀이세요?"

"그랬다니까. 제롬이 바라보던 곳을 나도 봤고 새닌도 봤어. 그가 틀림없었네. 어떤 덫에든 머리를 집어넣을 만큼 대담한 그 청년 말이야. 누구에게 죄가 씌워지는지, 혹시 자기 유모에게 어떤 비난이라도 쏟아지는 건 아닌지 직접 확인하러 온 게지. 만일 자네가 소리 높여 조던을 몰아붙이지 않았다면 그가 무슨 짓을 했을지 하느님만 아실 걸세. 결국 그 친구도 그날 밤 숨을 헐떡이며 교회로 돌아온 뒤에 벌어진 일에 대해서는 아는 바가 없잖나. 자네가 그 사냥감을 몰아댔을 때 그로서는 그걸 믿을 수밖에 없었을 걸세."

"정말 다행입니다." 휴가 싱긋 웃어 보였다. "원장님이 저를 붙들고 계속 이야기를 이어갔기에 망정이지, 안 그랬으면 그 친구와 마주쳤을지도 모르잖아요. 그 와중에 제롬 수사가 그의 두건을 잡아당겼다면…… 그나저나, 그래서 어떻게 됐습니까? 문 쪽에서 소란스러운 소리 같은 건 들리지 않던데요."

"아무 일도 없었네." 캐드펠이 장난스럽게 웃으며 말을 이었다. "랠프 기퍼드가 거기 군중 속에 섞여 있었는데, 못 봤나? 키가 워낙 커서 교구민들 대부분을 내려다볼 정도인데. 하긴, 자네는 사람들에게 완전히 둘러싸여 있었으니 이리저리 살필 수 없었을 거야. 그래, 그가 그 자리에 왔었네. 그리고 일이 다 끝나자 만족스럽게 돌아갔지. 자기가 지목한 그 젊은이가 아닌 다른 사냥감이 범인으로 지목당했는데도 그리 싫은 기분은 아니었던 모양이야. 정말 볼만했네! 그 긴 다리로 제롬을 지나쳐 가더니, 누구보다 열성적인 우리의 사냥개가 강렬한 냄새에 막 코를 들이대려는 찰나 니니언의 손에서 고삐를 받으며 미소를 짓는 거야. 그러자 니니언은 충실한 마부처럼 그를 위해 등자를 잡아주었지. 제롬은 어쩔 줄 몰라 머뭇거리다가, 착실하게 주인을 기다리고 있던 마부한테 터무니없는 비난을 퍼부을 뻔했다는 생각에 새파랗게 질려서는 허둥지둥 돌아서더군. 그 순간 새년은 온몸이 산산조각 날 것처럼 웃음을 터뜨렸고 말이야! 곧 기퍼드는 대로를 되짚어 말을 타고 달려갔어. 그의 마부가 아닌 마부도 그 뒤를 쫓아 달려가더니 사라졌지."

"정말입니까? 일이 그렇게 됐다고요?"

"내가 다 봤다니까. 그 장면을 오랫동안 잊을 수 없을 걸세. 랠프 기퍼드는 니니언에게 은화 한 닢까지 던져주더군. 니니언은 그것을 쥔 채 모퉁이를 돌아 사라졌어. 아마 거기 멈춰 한숨을 돌렸겠지. 자기를 위험에서 구해준 사람이 누구인지 그는 아직도 모르고 있을 거야." 캐드펠은 문 너머로 시선을 돌려 저녁기도를 한 시간쯤 앞둔 늦은 오후의 흐릿한 빛을 살폈다. "한 시간 남짓 말을 보살펴준 대가로 그렇게 엄청난 보수를 준 이가 누구인지 새넌이 이야기해줄 때 나도 옆에서 그의 얼굴을 살필 수 있다면 얼마나 좋을까! 장담하는데, 니니언은 그 은화를 결코 쓰지 않을 걸세. 아마 거기 구멍을 뚫어서 자기 목이나 새넌의 목에 걸어두 겠지." 그가 어깨를 으쓱이며 말을 맺었다. "그런 행운의 기념품을 얻을 기회는 좀처럼 오지 않거든."

"그러니까 그 두 사람이 그렇게 만났다 헤어지며 서로 노움을 주고받았다, 그러면서도 자기가 누구를 상대하고 있는지 전혀 몰랐다, 그 말씀입니까?" 휴가 재미있다는 듯 물었다.

"전혀 몰랐지! 서로 전갈을 주고받은 사이인데 말이야. 두 사람은 동지이자 반대파였고, 친구이자 적이었어. 뭐라고 부르건 무슨 상관인가? 어쨌든 가장 가깝게 맺어진 관계였던 셈인데." 깊은 만족감을 느끼며 감사하는 마음으로 캐드펠은 말했다. "하지만 그들 둘 다 상대방이 어떻게 생겼는지 전혀 몰랐어. 한 번도 서로를 본 적이 없거든."

주

1 **라둘푸스 수도원장** Abbot Radulfus(?~1148)
헤리버트 원장의 뒤를 이어 1138년부터 1148년까지 슈루즈베리 수도원장을 지냈다.

2 **헨리 주교** Henry of Blois(1096?~1171)
윈체스터의 주교. 정복왕 윌리엄의 딸 아델라와 블루아 공 스티븐 사이에서 태어난 넷째 아들로, 스티븐 왕의 막냇동생이다. 외숙부인 헨리 1세와 로마 교황의 힘을 등에 업고 막강한 권력을 누렸다. 형 스티븐을 왕위에 올리는 데 커다란 공헌을 했으며 이후에도 왕정 체제 수호를 위해 혼신의 힘을 쏟았다.

3 **웨스트민스터 사원** Westminster Abbey(잉글랜드, 런던)
템스강 북쪽에 위치한 건축물. 수백 년에 걸쳐 영국 정치의 본산으로 여겨졌으며 현재에도 영국 의회장으로 사용되고 있다. 제2차 세계대전 당시 폭격당했으나 자일스 길버트 스콧에 의해 복구되었다.

4 **모드 황후** Empress Maud(1102~1167)
마틸다(Matilda of England)라고도 불린다. 정복왕 윌리엄의 아들인 헨리 1세의 딸로, 신성로마제국 황제 하인리히 5세와 결혼했다가 그가 죽은 뒤 앙주 백작 조프루아 5세와 재혼해 헨리 2세를 낳았다.

5   스티븐 왕 King Stephen(1092 또는 1096~1154)
정복왕 윌리엄 1세의 외손자이며 잉글랜드 노르만 왕조의 네 번째 국왕. 외숙부이자 잉글랜드 왕인 헨리 1세가 살아 있을 때 헨리 1세의 딸인 모드 황후의 왕위 계승을 돕겠다고 서약했으나 1135년에 헨리 1세가 죽자 약속을 깨고 잉글랜드 군주의 자리를 차지했다.

6   글로스터의 로버트 백작 Earl Robert of Gloucester(1090~1147)
헨리 1세의 서자이자 모드 황후의 이복형제로, 1135년 스티븐 왕이 왕위를 찬탈한 이후 모드 황후의 편에서 싸웠다.

7   브라이언 피츠카운트 Brian Fitz-Count(1090?~1149?)
헨리 1세의 가신. 왕의 총애를 얻어 기사 작위를 비롯한 모든 것을 후원받으며 자랐다. 모드 황후의 충신이기도 했던 그는 1139년부터 황후의 편에 서서 스티븐 왕과 맞섰다.

8   슈루즈베리 성 베드로 성 바오로 수도원 the Shrewsbury abbey of Saint Peter and Saint Paul
잉글랜드 슈롭셔주에 위치한 수도원으로, 원래 성 베드로에게 헌정된 작은 목조 교회였으나 11세기 후반 성 베드로와 성 바오로 두 사도에게 헌정된 석조 건물로 개축되었다.

9   로버트 페넌트 부수도원장 Prior Robert Pennant(?~1168)
12세기 전반에 슈루즈베리 수도원의 부수도원장을 지냈고, 1148년부터 1168년까지 슈루즈베리 수도원장을 지냈다. 성 위니프리드의 귀더린으로의 순례를 담은 『성 위니프리드의 생애』를 남겼다.

10   헤리버트 수도원장 Abbot Heribert(?~1138)
1127년 고드프리드 수도원장의 갑작스러운 사망 이후 1138년까지 슈루즈베리 수도원장을 지냈다.

11 성 위니프리드 Saint Winifred
홀리웰에 살았던 위니프리드에 관한 이야기는 중세 전설에 근거를 두고 있다. 그녀는 성 베이노의 조카이자 테비트라고 불리는 기사의 외동딸이었다. 크래독 왕자가 그녀를 겁탈하려 하자 달아났고, 분노한 왕자는 그녀의 목을 잘랐다. 하지만 성 베이노가 그녀를 되살렸고 새 생명을 얻은 위니프리드는 로마로 순례를 떠났다가 웨일스로 돌아와 귀더린 수녀회의 수도원장이 되었다고 전한다.

캐드펠 수사 시리즈 12
어둠 속의 갈까마귀

초판 1쇄 발행. 2000년 4월 14일
개정판 1쇄 발행. 2025년 6월 30일

지은이. 엘리스 피터스
옮긴이. 손성경
펴낸이. 김정순
편집. 홍상희 허영수
마케팅. 이보민 손아영

펴낸곳. (주)북하우스 퍼블리셔스
출판등록. 1997년 9월 23일 제406-2003-055호
주소. 04043 서울시 마포구 양화로 12길 16-9(서교동 북앤빌딩)
전자우편. editor@bookhouse.co.kr
홈페이지. www.bookhouse.co.kr
전화번호. 02-3144-3123
팩스. 02-3144-3121

ISBN. 979-11-6405-308-7 04840

옮긴이. 손성경
고려대학교 영문학과와 동대학원을 졸업했다. 『제발 조용히 좀 해요』 『사랑의 비밀』 『어둠 속의 갈까마귀』 『워크 투 리멤버』 『이단자의 상속녀』 등을 우리말로 옮겼다.